축복을 비는 마음

김혜진 소설집
축복을 비는 마음

초판 1쇄 발행 2023년 11월 1일
초판 2쇄 발행 2024년 5월 9일

지은이 김혜진
펴낸이 이광호
주간 이근혜
편집 방원경 김필균 이주이 허단 윤소진 유하은
마케팅 이가은 최지애 허황 남미리 맹정현
제작 강병석
펴낸곳 ㈜문학과지성사
등록번호 제1993 - 000098호
주소 04034 서울 마포구 잔다리로7길 18 (서교동 377 - 20)
전화 02) 338 - 7224
팩스 02) 323 - 4180 (편집) 02) 338 - 7221 (영업)
전자우편 moonji@moonji.com
홈페이지 www.moonji.com

ISBN 978 - 89 - 320 - 4200 - 8 03810

*축복을 비는 *마음*

김혜진 소설집

문학과
지성사

차례

미애

친구 주희의 빈 아파트에 처음 온 날, 미애는 대충 짐을 푼 다음 여섯 살짜리 딸 해민을 데리고 아파트 노인정으로 갔다. 매주 수요일, 거기서 엄마와 아이가 함께하는 독서 모임이 열린다는 공지를 보았기 때문이다. 아파트 입주민을 대상으로 한다는 안내가 있었고, 미리 전화 연락을 바란다는 당부가 적혀 있었으나 미애는 무시했다.

전화를 걸고 대화를 주고받다 보면 결국 기준에 안 맞는다거나, 자격이 안 된다거나 하면서 거절당할 게 뻔해서였다.

며칠 전 내린 눈이 아파트 단지 여기저기 잿빛으로 뭉개져 있었다. 임대동인 주희의 아파트가 상대적으로 외곽에 위치한 탓에 걷는다고 걸어도 같은 장소를 맴돌고 있는 듯

한 착각이 들었다. 놀이터와 운동기구, 테니스장과 관리 사무소를 지나쳐 한참을 더 걷고 나서야 아담한 노인정 건물이 눈에 들어왔다. 눈과 얼음을 만지느라 자꾸만 뒤처지는 해민을 여러 차례 다그치고 난 다음이었다.

어머, 저희 모임에 오신 거예요?

노인정 문을 열고 조그마한 회의실 앞에 섰을 때, 네 명의 여자들과 네 명의 아이들이 돌아갈 채비를 하고 밖으로 나오는 중이었다. 낮인데도 실내는 어두웠고 맵싸한 소독약 냄새가 배어났다. 마스크가 얼굴 대부분을 가리고 있었으나 당황한 기색은 숨겨지지 않았다. 이런 일이 처음인 듯 사람들은 서로의 얼굴을 바라보며 말을 고르는 눈치였고 미애와 잠깐씩 눈이 마주치면 어색하게나마 웃으려고 애썼다.

그것이 미애에게 어떤 확신을 주었다. 그러니까 이 사람들이 자신을 단번에 내치지는 않을 거라는, 그럴 수는 없을 거라는 여지 같은 것을 읽은 거였다.

원래는 저희가 여기서 모임을 하는데 코로나 때문에 당분간은 사용을 할 수가 없게 됐다네요. 지금 자리를 옮겨야 하나 어쩌나 그러는 중이에요.

그렇게 말한 건 체구가 작은 여자였고, 여자는 가방을 뒤져 안내문 하나를 건넸다. 일단 오늘은 그냥 돌려보낼 작정인 것 같았다.

아, 그러시구나. 저희 아이가 계속 졸라서 무작정 온 건데, 아무래도 다음에 연락드리고 다시 와야겠네요.

미애는 침착하게 대답하고는 곁에 서 있는 해민의 머리를 쓰다듬었다.

엄마! 나 저 책 알아. 그때 내가 말했던 거 기억나? 쓰레기통 귀신 있잖아.

해민은 털모자를 쓴 아이가 안고 있는 커다란 그림책을 가리키며 속삭였다. 소곤거리는 것이었지만 모두가 다 들을 만큼 목소리가 컸다. 미애는 기억난다는 듯 말없이 고개를 끄덕이고 해민을 돌려세우려고 했다. 매사 겁이 없고, 고집이 세며, 그래서 하루에도 수십 번씩 자신의 마음을 들었다 놨다 하는 어린 딸이었지만 이런 상황에서는 제법 손발이 맞는 편이었다.

세상에, 손이 빨갛게 얼었네. 손 안 시려?

그 순간 안내문을 건네준 여자가 놀란 얼굴로 해민과 눈을 맞추었고, 그제야 미애는 빨갛게 언 아이의 손을 내려다보았다.

해민, 엄마가 고드름 만지지 말라고 말했지. 손 시리잖아. 이걸 왜 쥐고 있어?

미애는 해민의 손에서 거의 다 녹아버린 고드름을 떨어

냈다. 아이의 손이 얼음처럼 차가웠다.

예쁘잖아. 진짜 보석 같아. 엄마 주려고.

해민이 혀를 살짝 내밀고 웃는 바람에 미애도 따라 웃을 수밖에 없었다. 그 순간엔 아이 장갑도 챙기지 않은 정신없는 엄마로 비칠지 모른다는 걱정 같은 건 말끔히 지워지고 없었다.

그래도 여기까지 오셨는데 차 한잔 하실래요? 어차피 오늘은 시간도 늦었고 마땅한 장소도 없으니 시간 되시는 분들은 저희 집에 가서 차나 한잔하고 가세요.

뒤쪽에서 눈치를 살피던 사람이 부드러운 목소리로 권했고, 1207동 708호인 그 사람 집까지 따라간 뒤에야 미애는 송선우라는 이름을 처음 들었다. 훈기가 도는 집 안은 말끔했고, 발코니 창 너머로 멀리 눈 쌓인 산의 풍경이 한눈에 들어왔다.

미카야!

현관 앞에서부터 꼬리를 흔들던 강아지가 아이들과 뒤섞여 정신없이 뛰어다니는데도 차분하고 고요한 실내의 분위기는 흐트러지지 않았다. 재연 엄마와 이찬 엄마, 규민 엄마까지. 다른 세 명의 엄마들과 형식적인 대화를 나누면서 미애는 조심스럽게 집 안을 둘러보았고 선우가 내오는 차와 쿠키를 맛보았다. 앞으로 몇 년간은 아이를 키우는 데에만 집중할 거라는 선우의 말을 듣고 난 후에는 다른 사람들처럼 선우를 선우 씨라거나 세아 엄마라고 부르지 않겠다고 마음먹었다.

선우 언니.

한 주가 지나지 않아서 미애는 선우를 그렇게 부르기 시작했고, 2주가 될 무렵에는 1년 전 이혼하고 혼자 해민을 키우는 자신의 궁색하고 어려운 처지를 담담하게 고백했다. 친구 주희의 아파트에 머물 수 있는 3개월 안에 적당한 직장을 구하고 이사할 집도 알아봐야 한다는 사정까지 털어놓고 나서는 가끔 문자를 주고받는 사이가 되었다. 3주가 넘었을 때는 선우가 먼저 해민을 맡아주겠다고 제안할 정도로 가까워졌다. 감염병 확산 추세에 따라 수시로 문을 닫는 어린이집과 유치원, 돌봄 센터 같은 기관에는 아이를 맡길 수 없는 상황이기도 했다.

해민, 엄마 봐. 세아랑 절대 싸우면 안 돼. 네가 언니잖아. 원래 언니가 양보하고 참는 거야. 엄마 말 무슨 말인지 알지?

처음 해민을 선우에게 맡기던 날, 미애는 차가운 복도에 아이를 세워놓고 거듭 당부했다. 일자리를 알아보고, 이사할 집을 구하고, 이런저런 비용을 마련해야 하는 미애로서는 꾸물거리고 있을 시간이 없었다.

엄마, 걱정하지 마. 세아 엄청 착해. 아줌마도 엄청 착하잖아!

사실이었다. 미애가 해민을 데리러 오겠다고 약속한 시각을 번번이 넘기는데도 선우는 못마땅한 기색 한번 내비친 적이 없었다. 오히려 혼자였던 세아에게 함께 놀아주는 언니가 생겨서 기쁘다고 했고, 이왕 늦었으니 저녁도 먹고 가라며 미애를 붙잡을 때도 있었다.

그게 자신을 배려하는 말이고, 얼마간 빈말이라는 걸 알면서도 미애는 뭐든 거절하는 법이 없었다. 더 있다 가라고 하면 그렇게 했고, 저녁을 먹자고 하면 같이 먹었다. 선우와 선우의 남편, 세아까지. 그 세 사람이 항상 편하고 좋아서는 아니었다. 다섯 살 세아는 끊임없이 어른들의 관심을 받고 싶어 했고, 선우의 남편은 미애와 해민에게 쉬지 않고 질문을 던지는 사람이었다. 미애와 해민을 주시하고 있다가 밥과 반찬, 국 같은 것을 넘치게 채워 오는 선우도, 어쩐지 자신과 해민을 만만하게 여기는 듯한 강아지 미카도 부담스럽긴 마찬가지였다.

어떤 순간엔 선우 부부가 해민과 자신의 처지를 안쓰러워하는 것을 넘어 동정하고 있다는 걸 분명히 알 수 있었다. 그러나 레몬빛 조명 아래 정갈하게 놓인 그릇들과 정성과 온기를 머금은 음식, 뭐든 조금씩만 입에 넣고 느긋하게 씹어 삼키는 선우 부부의 모습과 그들을 둘러싼 집안 분위기가 어린 해민에게 끼칠 좋은 영향을 생각하면 그들 부부의 속마음은 그리 중요하지 않았다.

알아볼 때마다 조금씩 바뀌고, 한 번 들어서는 이해할 수도 없는 아동수당과 자립수당, 주거급여와 행복주택, 뉴딜 일자리와 공공근로 같은 여러 정책의 세부를 두루 알고 있는 선우 부부가 도움이 되는 것도 사실이었다. 선우와 이야기를 나눌 때면 캄캄하던 머릿속에 조그마한 불빛이 켜지고 비로소 가느다란 길이 보이는 기분이었다. 이롭고 유용하며 꼭 필요한 정보들이 빼곡한 선우의 머릿속이 미애는 신기하고 놀랍고 부러웠다.

어쨌든 여섯 살 해민도 느낄 만큼 선우가 좋은 사람인 건 분명했다. 아니, 좋은 것들을 많이 가진 사람이 틀림없었다. 선우가 처음 제안했고 몇 달째 이어지고 있다는 독서 모임도, 그 모임 사람들도, 미애가 지금껏 만나온 사람들과는 달랐다.

저도 어제부터 후원 시작했어요. 지난주에 재연 엄마 이야기 듣고 조금 부끄럽더라고요. 말만 할 줄 알았지, 실천은 안 하고 사는구나 싶어서. 이찬이 보기에도 민망하고요.

그들은 항상 어려운 사람들을 도우려고 했고,

맞아. 한 번씩 그 트럭 방송 소리가 진짜 크게 들리긴 해.

출입 못 하게 해달라고 민원 넣는 사람들도 있대요. 근데 매일 오는 것도 아니고, 그거 파는 게 그분들 생계잖아요. 그 트럭이 단지 안에 있으면 얼마나 있는다고. 다들 너무하지 않아요?

알지 못하는 누군가의 곤란한 처지를 헤아리려고 했고,

저기 아파트 단지 뒤쪽에 샛길 막는다는 이야기 들었죠? 보안 때문이라고는 하는데, 몸이 불편하신 분들도 있고 주변 동네분들은 어떡해요? 다 그 길로 다니잖아요. 저희라도 나서서 이야기해야 해요. 보안이니 안전이니 다 좋지만 이기적이잖아요.

대담하게 어떤 일을 도모하자고 제안할 때도 있었다.

때로는 비장하게까지 여겨져서 사정을 모르는 미애조차 숙연한 마음이 들 정도였다. 그런 모습들이 놀랍고 얼마간 감동적으로 다가올 때가 없지 않았으나 미애의 눈에 점점 또렷하게 보이는 건 지금보다 더 나은 사람이 되고 싶다는 그들의 열망이었다. 그들에겐 그렇게 될 거라는 확신이 있었고, 그 확신을 지켜나갈 여유가 있었다. 그러니까 그것이 자신을 그 모임에 끼워준 진짜 이유라는 것을 미애는 모르지 않았다.

세아는 북극에 사는 곰 아저씨에게 어떤 이야기를 해주고 싶어?

플라스틱 섬을 없애려면 어떻게 해야 할까? 해민이가 방법을 알 것 같은데?

두 시간 남짓 이어지는 독서 모임에서 미애는 말이 없는 편이었다. 엄마들이 아이들에게 하는 질문은 대체로 답이 정해져 있어 선택의 여지가 없어 보였고, 아이들이 하는 대답도 옳고 바르고 선한 가치들에 둘러싸여 있어 숨이 막히긴 매한가지였다.

지금 당장은 별거 아닌 것 같아도 이게 정말 심각한 문제거든요. 결국 우리 애들이 감당해야 할 몫이잖아요. 지금이라도 우리 어른들이 할 수 있는 일을 찾아서 해야죠.

그래서 누군가 확신에 찬 그런 말을 할 때마다 정색하고 반박하고 싶은 충동이 일곤 했다. 제대로 된 직장도 없고, 당장 몇 달 뒤 이사할 집도 구하지 못했으며, 몇 년 뒤에 학부모가 될 자신에게 얼마나 많은 문제가 닥쳐올지 알 수 없는 이런 상황에서 북극곰과 플라스틱 조각을 삼키는 고래까지 걱정해야 하느냐는 말이 목 끝까지 차오르는 거였다.

그렇죠. 맞아요.

그러나 미애는 미지근하게 동의를 표하는 수준에서 의견을 내고 말았다. 어차피 독서에 관심이 있어서 온 것이 아니었고 낯선 동네에서 어린 해민을 돌보려면 무엇보다

가깝게 알고 지낼 이웃이 필요했다. 자기 생각을 밝힌답시고 사람들의 마음을 불편하게 하느니 적당하게 동의를 표하고 그들이 선심 쓰듯 나누어 주는 생필품 몇 가지를 받는 쪽이 훨씬 이득이라는 것을 미애는 모르지 않았다.

사람들은 해민에게 동화책도 주고, 온라인 학습권도 주고, 수제 쿠키도 주고, 쿠션이나 인형 같은 것을 나눠 주기도 했다. 미애에게 마른미역이나 냉동 떡, 미니 담요나 싸구려 기념품 같은 것을 건넬 때도 있었다. 이따금 정말 거절하고 싶은 물건이 없지는 않았으나 미애는 늘 고맙게 받았다. 그러지 않으면 다음을 기약할 수 없다는 걸 잘 알기 때문이었다.

엄마, 뚜껑은 따로야. 분리배출 배웠잖아!

엄마, 장바구니 챙겼어?

엄마, 저 사람들이 돼지고기를 안 먹는 건 나라가 달라서가 아니야. 종교 때문이야.

그럼에도 해민이 불쑥 그런 말을 할 때면 자신과 평생 상관도 없고, 관련도 없을 것 같은 그 독서 모임에서 나눈 이야기들이 구체적으로 되살아났다. 모든 게 지나치게 정답 같은 질문들과 대답들. 옳은 것이 분명한 이야기들. 좋은 사람이라면 마땅히 추구해야 하는 가치들. 당연히 해야 하지만 아무나 할 수 없는 일들. 어쩌면 자신도, 해민도 살면서 그런 것들을 한 번쯤 꿈꿔볼 수 있지 않을까 하는 생각이 드는 거였다.

그건 희망의 모습과 비슷했다.

삶에 기대를 품는 것이 번번이 자신을 망친다는 결론에 이른 뒤로 미애는 가능한 한 희망을 가지지 않으려고 애쓰며 살았다. 노력하지 않는다는 의미는 아니었다. 다만 자신의 삶은 언제나 남들보다 더 많은 노력을 쏟아부어야만 했고, 그래서 희망을 부풀리는 능력이 불필요하게 발달한 거라고, 자칫하다간 눈덩이처럼 커진 희망 아래 깔려 죽을지도 모른다고 자신에게 수시로 경고하는 것만은 잊지 않으려고 했다.

그러나 다시금 희망이라고 할 만한 게 생겨나고 있었다. 아니, 사는 동안 그런 게 절실하지 않은 때가 한 번도 없었다는 걸 미애는 모르지 않았다.

잘 안 될지도 몰라. 안 될 수도 있어.

2주가 지난 토요일 오후, 미애는 스스로에게 주의를 주며 집 근처 카페로 향했다. 마스크를 쓴 사람들로 붐비는 실내를 여러 차례 오간 뒤에야 여섯 명이 앉을 수 있는 직사각형 테이블의 끝자리를 차지할 수 있었다. 곤두선 표정으로 뭔가에 몰두한 다른 사람들을 방해하지 않으려고 미애는 조심스럽게 의자를 뺀 다음 엉덩이를 반쯤 걸친 자세로 앉았다.

유미애 씨? 오래 기다리셨어요?

권 실장이라는 사람은 약속한 시각보다 20분 늦게 왔다. 통화를 할 때마다 잠시만, 아마도, 글쎄요 같은 말을 요리조리 굴리며 능글맞게 굴던 남자는 실제로 보니 훨씬 어려 보였다. 이목구비는 또렷했고 붉은빛이 도는 이마와 통통한 볼은 광채가 날 정도였다. 미애는 그가 자신보다 서너 살 아래일지도 모른다고 생각했고, 뭘 저렇게 잘 먹어서 얼굴에서 빛이 날 정도일까, 하고 중얼거리다가 허리를 곧추세우며 자세를 바로 했다.

뭐가 많죠? 소액이긴 해도 대출은 대출이니까 절차대로 해야 하거든요. 자, 그럼 한번 볼까요?

권 실장은 다른 테이블에서 의자를 끌고 와서 미애 곁에 앉았고 준비해 온 서류들을 테이블 위에 본격적으로 펼쳐놓기 시작했다. 그가 움직일 때마다 셔츠에서 은은한 나무 향이 배어났다. 미애는 식은 커피를 아껴 마시며 그의 이야기를 들었다. 그는 일반적인 절차라고 했고, 걱정할 게 없다고 했고, 작은 글자가 빼곡하게 적힌 서류를 한 장씩 넘기다가 물었다. 미애가 준비해 온 주민등록등본과 초본, 신분증 사본과 통장 사본, 가족관계증명서 따위의 서류를 건넸을 때였다.

자, 봅시다. 이혼하셨다고 했죠? 그럼 지금은 누구랑 같이 살아요? 부모님이랑 같이 계세요? 언니가 한 분 있네요. 연락은 자주 하세요?

생각하기에 따라서는 무례하다고 느낄 수 있는 질문이었으나 미애는 10여 년 전 아버지가 돌아가신 뒤 엄마는 고향에서 혼자 살고, 근교에 사는 세 살 터울의 언니와는 가끔 연락하는 편이라고 답했다. 그런 후엔 현재 이사 문제로 여섯 살짜리 딸 해민과 친구 집에 임시로 머물고 있으며, 가능한 한 빨리 새로운 집으로 이사할 계획이라고 말했다.

엄마와 언니를 못 본 지 2년이 넘었고 앞으로도 보고 싶은 마음이 없다고, 그들과 살뜰하게 안부를 주고받는 사이였다면 사람들로 붐비는 카페에서 고작 2백만 원을 대출받겠다고 이런 취조나 심문 같은 대화를 하고 있을 리 없지 않겠냐는 말은 하지 않았다. 보일러가 고장 나서 거의 한데나 다름없는 월세방(그런 곳을 정말 집이라고 부를 수 있는지, 그런 집을 버젓이 임대하는 사람들을 어떻게 생각하는지 미애는 정말 묻고 싶었다)을 도망치듯 나왔고, 지방에 내려간 친구 주희에게 사정하다시피 해서 석 달만 집을 사용할 수 있게 된 거라고, 그 이후의 일은 생각하지도 않았고, 생각할 수도 없다는 말 역시 하지 못했다.

전남편은요? 연락해요?

서류 귀퉁이를 매만지던 권 실장이 물었고 미애가 대답했다.

죽었다고 생각하고 살기로 했어요.

그가 고개를 들고 미애와 눈을 맞추었다. 사람들의 말소리와 음악 소리, 커피 머신 소음 같은 것들이 선명해졌고 그의 표정에 드러난 감정이 또렷하게 들여다보였다. 미애는 자신을 향하는 상대방의 뻔하고 얄팍하기 짝이 없는 그 감정을 물리치듯 가볍게 웃어 보였다.

그게 피차 편하잖아요.

그럼 여기 적힌 번호는 확실한 거죠?

권 실장은 서류를 한 장 넘긴 뒤 엄마와 언니의 전화번호를 가리키며 물었다. 미애는 쥐고 있던 볼펜으로 약간 찌그러진 듯한 9자와 8자를 고쳐 쓴 뒤 그렇다고 답했다. 노트북을 펼쳐놓고 뭔가를 하던 맞은편 여자가 자꾸만 고개를 빼고 미애 쪽을 흘끔거렸다.

그럼 짧게 통화하시죠. 어머님이랑 언니분이랑요. 길게는 안 하셔도 돼요. 간단하게 안부만 묻고 끊으시면 됩니다. 저희도 확인은 해야 하니까요.

그가 그런 요구를 할 거라고 예상하지 못했으나 미애는 당황한 기색을 들키지 않으려고 또 웃어 보였다. 그런 후

엔 자꾸만 이쪽을 흘끔거리는 맞은편 여자를 잠깐 쏘아보
았다. 그 순간, 눈동자에 얇은 막이 낀 듯 눈앞이 흐려졌고,
노트북과 여자와 그 너머 배경들이 출렁하고 한쪽으로 기
울어지는 듯한 착각이 일었다.

미애는 금방이라도 허물어질 것 같은 시야를 붙잡듯 눈
을 부릅떴고 부드럽게 사정했다.

이 시간에 전화하면 엄마가 놀라실 거예요. 워낙 걱정이
많은 분이거든요. 몇 시쯤 됐죠? 언니가 직장에 있을 시간
이네요. 아무래도 통화하기가 곤란할 거예요. 직원 복지가
좋은 데가 아니거든. 눈치도 많이 보이고. 사람들이 아주
빡빡하게 군대요.

몇 차례 거절의 뜻을 내비쳤으나 그는 그냥 넘어가줄 생
각이 없어 보였다. 그사이 테이블에 앉아 있던 몇 사람이
일어났고 눈치 빠른 사람들이 얼른 그 자리를 차지하고 앉
았다. 호기심 어린 사람들의 시선이 미애와 남자, 오크색
테이블 위에 놓인 새하얀 서류를 빠르게 오갔다.

절차라서 저도 어쩔 수가 없어요. 잠깐이라도 통화는 하
셔야 해요. 아, 잠시만요.

권 실장이 전화를 받으러 자리를 비운 사이 미애는 재빨
리 차단 설정을 풀고 엄마와 언니에게 문자메시지를 보냈
다. 잠시 뒤에 전화할 테니 짧게 통화하자는 내용이었고,

정상적으로 통화하고 싶다거나 싸우고 싶지 않다는 말은 쓰지 못했다. 다만 문장 끝에 웃는 얼굴의 이모티콘 하나를 넣었다.

권 실장이 돌아오자마자 미애는 언니에게 먼저 전화했다.

미애니? 미애야? 정말 너 미애 맞아?

언니는 기다렸다는 듯 전화를 받았고, 미애의 건강과 안부를 챙기며 살갑게 굴었다. 미애는 곁에 앉은 권 실장과 잠깐씩 눈을 맞추며 응, 아니야, 몰라, 진짜, 정말 같은 애매한 대답을 최대한 자연스럽게 내뱉었다. 언니의 기분은 대체로 종잡을 수 없었고, 어떤 지점에서 균열이 시작되고 그 틈으로 뭐가 얼마나 새어 나올지 알 수 없었다. 미애는 깨지고 부서진 틈으로 쏟아져 나오는 언니의 말과 감정이 항상 버겁고 두려웠다.

미애야, 너 오랜만에 전화했는데 내가 이 말은 진짜 안 하려고 했거든.

차분하게 이어지던 언니의 목소리가 돌연 가라앉기 시작했다.

언니, 내가 한창 바쁠 때 전화했지? 시간 너무 많이 뺏었네.

미애는 그런 식으로 언니의 다음 말을 막아보려고 했다. 그러나 언니는 작정한 듯 다음 말을 쏟아냈다. 다시금 어딘가에 금이 가고 그 틈새로 붙잡고 있던 말들이 흘러나오는 게 분명했다.

언니는 몇 달 전 직장을 그만두었다고 말했고, 그만둔 게 아니라 쫓겨난 거나 다름없다고 말하다가 감염병이라는 좋은 핑곗거리로 자신처럼 힘없는 사람을 쉽게 내쫓는 사장과 회사의 행태에 불만을 터뜨렸다. 울분은 언니의 무능한 남편에게로 옮겨 갔고 누구에게도 위로나 도움을 받을 수 없는 자신의 처지에 대한 탄식으로 이어지다가 미애에 대한 서운함으로 돌변했다.

너도 정말 그러는 거 아니야. 사는 거 안 힘든 사람이 어딨니? 힘들 때 의지하고 도와주고 그러는 게 가족이지. 넌 너 사는 것만 생각하지. 한 번이라도 내가 어찌 사나 생각이나 해봤어?

언니의 울먹이는 듯한 목소리가 휴대폰을 뚫고 나올 것 같았다. 이런 사적이고 내밀한 통화를 난생처음 보는 사람에게 들키고 싶은 마음은 없었다. 권 실장이 듣는다면 대출 여부를 다시 고민할지도 몰랐다. 아니, 무엇보다 미애는 아직도 이런 이야기를 해야 하고 들어야 하는 언니와 자신의 처지가 한심하고 수치스러웠다.

언니, 나 지금 통화 오래 못 해. 나중에 다시 연락할게.

결국 미애는 그렇게 말하고 전화를 끊어버렸다. 엄마의

경우는 상황이 더 나빴다. 전화를 받자마자 엄마는 사는 게 아주 끔찍하다고 한탄했고, 무슨 일로 전화를 했느냐고 추궁하다가, 뭔가를 눈치챈 사람처럼 쓸데없는 짓을 벌이지 말라고 충고했다. 2년 전에 비해 탁하고 가늘어져서 미애에게 죄책감을 안겨주던 엄마의 목소리는 미애가 저질렀던 과거의 잘못된 선택을 열거하면서 기운을 얻었고, 미애로서는 결코 떠올리고 싶지 않은 지난 일들을 소환하면서 기세를 되찾았다.

엄마는 별일 없어? 어디 아픈 데는 없지?

미애가 몇 번 화제를 전환하려고 했으나 엄마는 막무가내였다. 그나마 기대를 걸었던 둘째 딸의 삶이 명백하게 실패했고 더는 누구에게도 의지할 수 없다는 절망감이 엄마를 다시금 보이지도 들리지도 않는 상태로 만들어버린 것 같았다.

미애는 또다시 엄마가 내뱉는 모진 말들에 다치고 싶지 않았다.

도대체 왜 그래? 잘 지내는지 물으면 너는 어떠냐 물어봐주는 게 어려워? 그런 정상적인 대화가 안 돼? 내가 뭘 해달라고 했어? 그냥 안부 전화 한 거잖아. 안부만 물었다고. 난 잘 지낸다, 너도 잘 지내라. 그 말이 도대체 왜 그렇게 어려운 건데?

미애는 대놓고 자신을 힐끔거리는 사람들을 똑바로 쏘아보며 말했다. 어떻게든 엄마를 다독여볼 생각이었지만 힘껏 억누르고 있던 마음속의 뭔가가 솟구쳤고 점점 참을 수 없는 기분이 들었다. 그러니까 자신을 바라보는 카페 안 사람들의 눈빛이 조금만 더 호의적이었더라면 치솟는 감정을 어떻게든 억누를 수 있었을지도 몰랐다.

하루하루 죽을 날만 기다리는 나보단 새파랗게 젊은 네 형편이 아무래도 낫지. 안부 궁금하다는 애가 몇 년씩이나 전화 한 통도 없냐? 그렇게 걱정되거든 10원짜리 한 장이라도 좀 보내봐라. 말로만 안부 찾지 말고.

엄마는 그렇게 말했고 한마디 더 했다.

너 하는 꼴을 보니 네 새끼가 너한테 어떻게 할지 불 보듯 뻔하다, 뻔해.

그 말을 듣는 순간 자신에게 신경을 곤두세우고 있는 카페 안 모든 사람이 야속하게 느껴졌고 어렵게 세운 마음속의 연약한 다짐들이 다시금 사정없이 흔들리는 느낌이 들었다. 미애는 엄마가 다른 말을 꺼내기 전에 전화를 끊어버렸고 엄마의 전화번호를 차단해버렸다.

들으셨죠? 저희 엄마예요.

미애의 통화를 지켜보던 권 실장은 말없이 나머지 서류를 확인했고, 차용증서와 계약서에 미애의 서명을 받은 뒤

한 시간 이내로 이자를 제한 180만 원이 입금될 거라고 말했다. 그런 후엔 50일 안에 원금과 이자를 합한 260만 원을 상환하면 된다고 설명했다.

혹시 몰라서 그런데요. 진짜 혹시 몰라서요. 만약 제날짜에 돈을 못 갚으면 어떻게 되는 거예요? 막 찾아와서 무섭게 하고 그러시나요?

궁금한 사항이 있느냐고 묻는 권 실장에게 미애가 그렇게 질문했을 때 그는 웃으며 중얼거렸다.

에이, 요즘엔 그런 거 안 해요. 하면 큰일나죠. 다 불법적인 건데. 저희는 불법적인 건 안 하니까 걱정 안 하셔도 됩니다.

그럼 합법적으로 뭘 어떻게 할 거냐는 질문을 미애는 하지 않았다. 그것에 대한 답은 이미 들은 것이나 다름없었다. 그럴 경우엔 그가 엄마와 언니에게 전화를 걸어 미애의 속사정을 낱낱이 까발릴 것이고 그 수모는 언젠가 틀림없이 고스란히 되돌아올 것이었다.

끔찍했다.

카페를 나온 미애는 코트 주머니에 두 손을 넣고 빠르게 걷기 시작했다. 흥분으로 뜨거워진 얼굴에 시린 바람이 와닿았다. 그제야 무슨 짓을 저질렀는지 알 것 같았고 겁이 나기 시작했다. 결국 미애는 아파트 단지 입구, 좁은 건물 틈에 서서 담배 한 대를 피웠고 옷에 밴 담배 냄새를 지우려고 아파트 단지를 몇 바퀴 돌았다.

마음은 진정되는 것 같다가도 한없이 작아지고 말할 수 없이 어두워지고 아주 사소한 기억에도 심하게 덜컹거렸다. 자신을 사로잡은 불안을 어린 해민에게 들키지 않을 자신이 없었다. 미애는 인적이 드문 놀이터 벤치에 앉아 있다가 비둘기들이 모여 있는 양지바른 곳을 서성거렸다.

선우에게 여러 번 전화가 걸려 온 것은 나중에 알았다.

아파트 단지 안이었고 5분이면 도착할 수 있는 거리였으므로 미애는 선우의 집으로 발길을 돌렸다. 그리고 엘리베이터 앞에 섰을 때 다시 전화가 왔다.

미애 씨, 어디야? 애들이랑 같이 있어?

선우였다.

언니, 나 지금 올라가요. 좀 늦었죠?

미애는 선우의 말을 제대로 알아듣지 못했다. 엘리베이터 문이 닫히기 직전 헬멧을 쓴 배달 기사가 뛰어들었고 비닐봉지 소리와 전화벨 소리 같은 것들로 주위가 시끄러워진 탓이었다.

애들 미애 씨랑 있는 거 아니었어? 난 미애 씨가 데리고 나간 줄 알았는데.

현관문이 열리고 하얗게 질린 선우의 얼굴을 마주하고

나서야 미애는 무슨 일이 일어났는지 알 수 있었다. 선우는 잠깐, 정말 잠깐 주민 센터에 다녀왔다고, 와서 보니 애들이 없었다고, 강아지 미카까지 보이지 않아서 미애 씨가 애들을 데리고 나갔으려니 생각했다고, 미애 씨와 통화가 되지 않아서 막 나가려던 참이라고 더듬거리다가 입술을 깨물었다.

늘 평온한 미소로 무장하고 있던 선우의 얼굴에 한 번도 보지 못한 표정이 섞여들었다. 그것이 미애를 두렵게 했다. 무서운 상상들이 차례로 일어나며 가슴이 두근거렸지만 미애는 침착하게 대꾸했다.

일단 나가요. 나가서 찾아봐요. 아직 몇 분 안 됐잖아. 애들 이 근처에 있을 거예요. 꼬맹이들이 어딜 가겠어요. 어디 갈 만한 데는 없어요? 누구 올 사람은요?

미애 자신조차 이렇게 차분함을 유지할 수 있다는 사실이 놀라울 지경이었다.

애기들? 애기들은 못 봤는데요.

주홍빛 난로 앞에서 불을 쬐던 경비원이 모자를 챙겨 쓴 뒤 아이들의 이름과 대략적인 인상착의를 묻고는 짤막하게 방송을 했다. 경비원이 방송을 하는 동안 선우가 독서 모임을 함께하는 엄마들에게 연락했고, 미애는 관리 사무소로 뛰었다. 어쨌든 아파트 전체에 알릴 필요가 있다고 생각해서였다.

재연 엄마와 이찬 엄마가 차례로 왔다. 미애와 선우까지 모두 네 사람이 아이들의 이름을 외치며 아파트 단지를 돌기 시작했고, 그사이 CCTV를 확인한 경비원이 미카를 데리고 건물 출입구를 나가는 아이들의 모습을 확인했다고 알려주었다.

해민의 이름을 소리쳐 부르면서 미애는 해민을 선우에게 맡기는 게 아니었다고, 해민에게 무슨 일이 생긴다면 그건 모두 자신의 탓이라고, 그건 자신에게 일어난 일 중 가장 나쁜 일일 거라고 생각했다. 그럼에도 선우와 다른 엄마들에게 부정적인 인상을 심어주지 않으려고 최선을 다했다.

잠시 후 누군가 아이들을 찾았다고 외치는 소리가 들렸다. 맞은편 아파트 건물 뒤편 화단이었다. 미애가 도착했을 때 미카를 안은 해민이 세아와 함께 어른들에게 둘러싸여 있었다.

세아야, 어디 갔었어? 엄마가 얼마나 찾았는지 알아?

미애보다 먼저 온 선우가 세아를 낚아채듯 끌어당겼다. 그런 후엔 세아를 껴안은 채 울먹이기 시작했다. 그에 비하면 미애와 해민의 상봉은 덤덤해서 시시하게 느껴질 정도였다.

엄마, 나 일부러 그런 거 아니니까 화내지 마. 화부터 내면 안 돼. 진짜 미안해.

심각한 상황이란 걸 눈치챘는지 해민이 다가와 소곤거렸고, 미애는 한쪽 눈을 찡긋하며 아이를 안았다.

그래, 괜찮아.

그러니까 미애는 그 소동이 그렇게 마무리될 거라고 생각했다. 어쨌든 무사히 아이들을 찾았으니 앞으로 주의해야 할 사항을 일러주고, 다시는 이런 일이 일어나지 않도록 신경을 쓰면 된다고 여겼다.

세아야, 괜찮아? 놀랐지? 아줌마랑 엄마랑 얼마나 찾아다녔는지 알아?

미애가 낑낑대는 미카를 돌려주기 위해 다가가자 선우는 저지하듯 한 손으로 세아를 감싸 안았다.

세아는 한 번도 혼자 밖에 나간 적이 없거든요. 지금껏 키우면서 정말 한 번도 이런 일이 없었는데.

애들이야 늘 어디로 튈지 모르잖아요.

누군가 다독이듯 말했는데 선우는 선을 긋듯 한마디 더했다.

아뇨. 정말 세아는 혼자 집 밖에 나간 적이 없어요. 이런 적이 정말 한 번도 없었는데.

날이 선 선우의 목소리 탓에 느슨해졌던 분위기가 다시

얼어붙었다.

아주 길게 느껴졌지만 그 모든 일은 고작 30분 남짓한 시간에 벌어진 것이었다. 그건 우연히 일어난 해프닝이었고, 언제든지, 얼마든지 벌어질 수 있는 일이기도 했다. 그러나 선우는 아이를 찾았다고 일러준 사람에게 짤막하게 고맙다는 인사를 남긴 뒤 세아와 미카를 데리고 자리를 떠버렸다.

엄마, 아줌마 화난 거 같지? 세아가 미카한테 눈 보여주고 싶다고 해서 같이 나간 거야. 저쪽에 아직 눈이 남아 있잖아. 근데 엄마, 나 이제 세아 집에 못 가?

아니, 아줌마가 많이 놀라서 그래. 내일 되면 괜찮아질 거야.

세아가 잘 이야기하겠지? 아줌마가 다 내 잘못이라고 생각하면 어떡해?

아닐 거야. 그래도 네가 잘못한 게 없다는 건 아니야. 엄마가 하는 말 무슨 말인지 알지?

집으로 돌아가는 길에 해민과 그런 대화를 주고받으며 미애는 정말 그렇게 믿었다. 시간이 필요하다고 여겼고 시간이 지나면 괜찮아질 거라고 생각했다. 그러나 한 주 뒤 해민을 데리고 독서 모임에 나갔을 때 선우도, 세아도 보이지 않았다. 세아가 심한 감기에 걸렸다고, 선우에게 급한

용무가 생겼다고, 이리저리 말을 돌리던 사람들은 모임이 끝날 무렵 심각한 얼굴로 더는 선우가 이 모임에 참석하지 않을 거라고 알려주었다.

왜요?

미애는 저쪽에서 쿠키 상자에 정신이 팔려 있는 해민과 아이들을 돌아보며 물었다. 서로의 얼굴을 보며 난감함을 공유하던 사람들 중 입을 연 것은 이찬 엄마였다.

해민 엄마, 아니, 미애 씨. 내 말 오해하지 말고 들어요.

말을 꺼내는 이찬 엄마가 너무 곤혹스러워하는 탓에 얼굴을 마주 보는 것조차 힘이 들 지경이었다. 그럼에도 미애는 이찬 엄마의 말이 끝날 때까지 기다렸다.

며칠 전 선우가 이찬 엄마에게 전화를 걸어 해민의 부주의함과 산만함을 탓한 것도, 수시로 해민을 맡기는 미애에 대한 불만을 토로한 것도, 더는 세아를 해민과 어울리게 하고 싶지 않다고 말한 것도 놀라웠지만, 선우가 더 이상 이 모임에 나오지 않을 거라는 말보다 충격적이진 않았다.

왜요? 왜 안 오는데요?

미애 씨, 우리 모임이 소규모이긴 해도 저희 나름대로 원칙이 있어요. 추구하는 가치도 있고요. 세아 엄마가 규민 엄마한테 임대동 사는 사람을 받지 말자고까지 했다는데, 저희 다 그건 정말 아니라고 생각하거든요. 솔직히 저도 얼마나 놀랐는지 몰라요. 그래서 어렵게 결정한 거예요. 뜻이 맞아야 뭐든 오래 같이할 수 있는데.

그래서 나오지 말라고 한 거예요? 선우 언니한테요?

결국 미애는 이찬 엄마의 말을 끊고 되물었다. 곁에 있던 규민 엄마가 말을 보태려 했지만 그들의 이야기를 더 들을 기분이 아니었다.

아니, 그걸 왜 마음대로 결정해요? 나한테는 물어보지도 않았잖아요. 선우 언니가 그런 말을 한 게 뭐 어때서요. 할 수도 있지. 그날 엄청 놀랐을 거 아니에요. 아니, 그 몇 마디 했다고 그만 나오라고 해요?

미애 씨. 아니, 해민 엄마. 생각을 해봐요. 세아 엄마가……

그냥 얼굴 보고 이야기하면 되는 일이잖아요. 내가 괜찮다는데, 내가 기분이 안 나쁘다는데, 왜 그걸 마음대로 결정해요? 나한테는 한마디 말도 없었잖아요.

어차피 세아 엄마, 미애 씨 연락 받지도 않잖아요. 대화가 통할 것 같았으면 우리도 이렇게까지 안 해요. 미애 씨, 이건 미애 씨가 충분히 불쾌할 수 있는 일이에요.

아니거든요!

해민을 포함한 아이들이 자신을 바라보고 있다는 것을 알면서도 미애는 한마디 더 했다.

선우 언니 내보내면 내가 좋아할 줄 알았어요? 고마워할 줄 알았어요? 그게 나한테 도움이 되는 일이라고 생각해요? 자기네들끼리 멋대로 결정하면 그만이에요? 날 이 모임 멤버라고 생각하지도 않는 거잖아요.

미애는 그렇게 쏘아붙인 뒤, 아이들 틈에 앉은 해민을 데리고 그곳을 나왔다. 그리고 곧장 선우에게로 갔다. 선우가 자신의 전화를 받지 않고, 문자메시지에도 응답이 없었던 이유가 이 독서 모임 때문이라면 얼마든지 해명할 자신이 있어서였다.

언니, 나예요, 미애. 독서 모임 이야기 들었어요. 진짜 나도 몰랐어요. 그 사람들이 언니한테 그렇게 말했다는 거, 내가 알았으면 가만 안 있었을 거야. 내가 언니라도 정말 속상하고 기분 나빴을 거예요. 언니, 내 말 듣고 있어요?

여러 번 벨을 눌러도 현관문은 열리지 않고, 미카가 짖는 소리만이 요란했다. 멀리 엘리베이터 앞에 세워둔 해민이 고개를 빼고 자신을 바라볼 때마다 미애는 두 손으로 귀를 막는 시늉을 했다. 듣지 말라는 의미였다.

언니, 듣고 있죠? 나 그 사람들 말 신경 안 써요. 사실 언니 아니면 나 그 모임 계속 나가지도 않았을 거야. 물론 좋은 것도 있었지. 배운 게 많긴 했어요. 그래도 언니랑 세아가 없었으면 그렇게 좋지도 않았을 거예요. 언니, 내 말 듣고 있어요?

36

미애는 어떻게든 문을 열 수 있는 말을 찾고 싶었고, 그럴수록 어떤 말로도 굳게 닫힌 저 문을 열 수 없을 거라는 확신이 커졌다. 그럼에도 미애는 계속 말했다. 나중엔 자신이 무슨 말을 하고 있는지도 알 수 없었다. 문이 열릴 거라는 기대와 문이 열리지 않을 거라는 체념 사이에서 오락가락하던 마음이 한쪽으로 완전히 기울고 나서야 미애는 돌아섰다.

이틀 뒤 토요일 오후, 미애는 다시 선우를 찾아갔다. 딱히 아이를 맡길 곳이 없었으므로 해민과 함께였다.

언니, 나도 모르는 거 아니에요. 해민이가 워낙 조심성이 없고 왈가닥이잖아요. 해민이 보느라고 언니도 힘들었겠지. 알다시피 나도 정신이 없었고요. 정말 미안해요. 사실 해민이 가졌을 때 태교를 거의 못 했거든요. 지금도 그렇지만 그때도 도와주는 사람이 하나도 없었어요. 그래서 그런가, 해민이가 좀 산만하긴 해요. 근데 언니, 정말이지 나랑 해민이한테 언니처럼 잘해준 사람이 없었어요. 언니, 듣고 있어요? 나 정말 고마운 거 많아요.

미애는 닫힌 문을 보며 말했고, 문에 등을 기댄 채 말했고, 난간 아래를 내려다보며 말했다. 말하다 보면 왜 이러고 있나 하는 생각이 들었고, 이렇게 매달릴 수밖에 없는 자신의 처지가 안쓰럽고 서글펐다.

한참 만에 현관문을 열고 나온 건 선우의 남편이었다. 그는 정중하게 그만 돌아가달라고 부탁했다. 미애가 이런저런 말을 쏟아냈지만 그는 곤혹스러운 표정으로 지금은 곤란하다는 말을 여러 번 반복한 뒤 문을 닫아버렸다.

사흘 뒤 미애는 다시 선우를 찾아갔다. 이번에도 해민과 함께였다.

선우 말고는 해민을 맡길 사람도, 조언을 구할 사람도, 도움을 청할 사람도 없기 때문만은 아니었다. 미애는 꼭 한번 선우를 만나고 싶었다. 얼굴을 마주하고 이야기하고 싶었고, 그러면 뭐든 나아질 것 같았다. 그날 선우는 기다렸다는 듯 마스크를 쓴 채 문밖으로 나왔다. 그런 후엔 미애와 해민을 마주할 용기가 없었고, 자신 안에 이렇게 많은 편견이 있는 줄 몰랐다며 미리 준비한 듯한 말을 또박또박 이어나가기 시작했다.

말은 그렇게 했지만 미안함도, 부끄러움도, 어떤 개선의 여지도 느껴지지 않는 목소리였다. 엘리베이터 앞에 서 있는 해민이 고개를 빼고 알은체를 하는데도 선우는 그쪽으로 눈길 한번 주지 않았다.

언니, 왜 그래요? 왜 그런 말을 해요? 난 다 이해해. 그럴 수 있어요. 나라도 그랬을 거야.

미애는 어떻게든 선우의 마음을 돌리려고 애썼지만 선

우는 미애를 모르는 사람 대하듯 했고, 데면데면하게 굴다가 모든 게 자신이 부족한 탓이고 그래서 미안하다는 말을 남긴 뒤 집 안으로 들어가버렸다. 미애가 몇 번 더 문을 두드려봤지만 소용없었다.

미애는 웃기는 말이라고 생각했다. 솔직하지 못하다는 생각, 비겁하다는 생각, 끝까지 좋은 사람인 척 구는 게 역겹다는 생각마저 들었다. 아니, 이런 말을 듣고서도 도저히 포기가 되지 않고, 포기할 수 없는 자신의 처지가 지긋지긋했다.

미애는 해민과 함께 아파트 건물을 나왔다. 오가는 사람이 거의 없는 아파트 단지 안은 썰렁했고 적막하기까지 했다. 몇 걸음 앞서 걷던 해민이 돌아보며 물었다.

엄마, 울려고 그래? 울 거야?

아니, 왜?

엄마, 욕하고 나면 맨날 울잖아.

미애가 정신없이 쏟아내는 거친 말들을 해민이 고스란히 듣고 있던 모양이었다.

들었어? 미안. 엄마가 안 들리게 속으로 할게.

미애는 근처 놀이터 벤치에 잠시 앉았다. 솟구쳤던 분노가 가라앉으면서 다시 걱정이 올라왔다. 앞으로 누구에게 해민을 맡겨야 할지, 맡길 수 있을지, 그런 도움 없이 어떻게 일을 구하고, 돈을 갚고, 집을 알아볼 수 있을지, 그게 다 가능하기나 할지 미애는 알 수 없었다.

저쪽에서 혼자 그네를 타고 놀던 해민이 큰 소리로 미애를 불렀다. 미애가 고개를 들고 알은체를 하자 해민이 소리쳤다.

엄마, 내가 세아한테 카드 쓸까?

미애가 이렇다 할 대답을 찾지 못하고 있는데 해민은 신이 난 목소리로 한마디 더 했다.

내 생각엔 아줌마보다 세아랑 말이 더 잘 통할 거 같아. 그치?

차고 건조한 겨울의 햇살이 아이를 둥그렇게 감싸고 있었다. 아이에게까지 자신의 속내를 들켜버렸다는 부끄러움은 순식간에 미안함과 속상함, 절망감 따위의 감정들을 불러오기 시작했다. 미애는 그런 불필요한 감정들에 사로잡혀 있을 여유가 없었고, 그러고 싶지도 않았다.

미애는 그런 것들을 뿌리치듯 자리에서 일어났고 큰 소리로 대답했다.

진짜? 해민이가 세아한테 카드 쓸 수 있어? 그럼 엄마랑 카드 사러 마트 갈까?

좋아. 나 엄청 예쁜 거 살 거야!

그네에서 뛰어내리다시피 한 해민이 달려왔다. 미애는

턱까지 내려온 해민의 마스크를 제대로 씌워준 뒤 아이의
손을 잡았다. 아니, 작지만 단단한 아이의 손이 먼저 미애
의 손을 힘껏 움켜쥐었다.

20세기 아이

세미는 한쪽 어깨에 책가방을 메고 조심스럽게 방을 나온다.

오늘부터 새로 일을 나간다던 엄마는 거실 소파에 비스듬히 누워 잠들어 있다. 세미는 찌그러진 맥주 캔과 귤껍질, 과자 봉지가 널브러진 탁자에서 천 원짜리 지폐 한 장과 5백 원짜리 동전 두 개를 골라낸 다음 소리 나지 않게 현관을 빠져나온다.

집 밖으로 나오자 오후 2시를 넘긴 햇살이 머리 위로 쏟아진다.

이 집을 에워싸고 죽일 듯이 위협하던 한파는 물러간 것처럼 보인다. 보일러가 얼고, 수도가 터지고, 며칠간 씻지도 못하고, 추위에 떨며 잠들어야 했던 끔찍한 밤을 더는 걱정하지 않아도 될 것 같다. 할아버지와 엄마, 언니와 세미까지. 네 사람이 한기가 이는 거실에 모여 오지도 않은 내일을 원망하는 시간도 당분간은 없을 듯하다.

진짜 이렇게 살아서 뭐 하니. 이게 사는 거야? 차라리 죽는 게 나아. 나도 불쌍하고, 우리 주미, 우리 세미도 불쌍하고. 아부지는 지금 죽어도 여한 없지? 하고 싶은 거 다 하면서 사셨잖아. 여한이 있으면 안 되지. 진짜 그럼 안 되는 거야. 양심이 있어야지.

술에 취해 아무 말이나 하는 엄마를 지켜보는 일도,

엄마, 또 시작이야? 돌았어? 뭐 만날 다 같이 죽재. 죽고 싶으면 엄마 혼자 죽어. 술이나 깨고 죽으라고.

그런 엄마가 무서워서 자꾸 거친 말을 내뱉는 언니를 건디는 일도,

그만들 해라. 이번 주에 틀림없이 주인 양반이 한번 오겠다고 했으니까. 이번엔 꼭 오겠지. 정 안 되면 내가 손보면 돼. 날이 좀 풀리면 옥상부터 손보고 보일러도 그때 고치면 된다.

그때마다 용서를 구하듯 고개를 숙이는 할아버지를 모른 척하는 일도 한동안은 없을 것 같다.

세미는 폐타이어와 드럼통, 잡동사니가 쌓여 있는 마당 한쪽에서 숨겨놓은 기다란 장화를 꺼낸다. 그리고 기다란

목을 접어 가방에 한 짝씩 담는다. 그러는 동안에도 집 안은 고요하기만 하다. 세미는 마당을 지나 골목으로 나온다. 그러곤 알록달록한 등산복을 입은 사람들로 붐비는 산길 쪽이 아니라 오가는 사람이 드물어서 버려진 길이나 다름없는 은목다리 쪽으로 걷기 시작한다. 지난해 튼튼한 울타리와 나무 데크로 정비한 산길은 근사한 산책로로 탈바꿈해서 20분 남짓이면 아파트 단지에 닿고, 거길 통과하면 곧장 시장 입구가 나오지만 그것 말고는 다른 이점이 없는 탓이다.

세미는 기다란 나무 작대기 하나를 주워 들고 자그마한 돌멩이를 걷어차며 걷는다. 양쪽으로 펼쳐진 빈 들판의 풍경이 성큼성큼 가까워진다. 고개를 돌릴 때마다 비닐하우스를 휘감은 비닐이 요란하게 펄럭거리고 새들이 한꺼번에 날아오른다. 세미는 나무 작대기로 겨우내 바짝 말라버린 길가 풀숲을 뒤적거린다. 오래도록 주인 없이 방치된 집들을 지나칠 때는 대담하게 대문 사이로 고개를 디밀고 내부를 엿보기까지 한다.

세미가 더 어렸을 때, 부모님과 이따금 들렀던 동네는 지금과 달랐다. 적어도 사방이 이처럼 고요하지는 않았다. 아직 이곳에 사는 사람이 있고, 죽어도 이곳을 떠나지 않겠다는 사람도 있지만, 자신과 가족들이 거기에 포함되어 있다고 생각하면 세미는 속이 상한다.

돌아볼 때마다 집은 조금씩 더 작아진다. 이제 저 집엔 할머니와 할아버지가 자신을 반겨주던 순간 같은 건 남아 있지 않은 듯하다. 마당 한쪽에 숯불을 피우고 고기를 굽던 오후도, 빨갛게 날리는 불티를 올려다보던 저녁도, 먹음직스러운 냄새가 자욱하던 아침도 집은 다 잊은 것 같다.

얘가 왜 이래. 그만 좀 보채. 몇 달만 있을 거라고 엄마가 말했잖아.

처음 이곳으로 이사 올 때 그렇게 약속했던 엄마는 여름이 가고, 가을이 가고, 겨울이 다 끝나가는데도 아무런 말이 없다. 더는 어떤 대답도 하지 않겠다고 작정한 사람처럼 침묵을 지킨다. 할아버지도, 언니도, 가끔 길에서 마주치는 낯선 어른들도 하나같이 말하는 법을 잃은 사람들 같다.

세미는 이곳이 마음에 들지 않는다. 이곳은 지나치게 조용하고, 무뚝뚝하고, 불친절하고, 그래서 결국 사람들의 말문을 막아버린다는 생각 때문이다. 이곳에 남은 건 하나 마나 한 말이거나, 하지 않거나 듣지 않으면 더 좋은 말뿐이다. 이곳엔 진짜 말을 할 수 있는 사람도, 진짜 말을 들을 수 있는 사람도 없다.

세미는 자꾸만 움츠러드는 마음을 일으키며 앞을 보고

걷는다. 은목다리 앞에 이르러서는 난간에 몸을 붙이고 다리 아래를 내려다보며 천천히 걸음을 뗀다. 잡풀과 자갈, 온갖 쓰레기가 뒤엉킨 다리 아래는 물기 하나 없다. 이런 곳에 도대체 어떻게 물난리가 난 걸까 싶은 생각을 하면서도 세미는 강바닥에서 눈을 떼지 못한다.

지난해 이 동네에 물난리가 났다는 소식은 언니 주미가 알려준 것이다.

아, 진짜. 홍수 나자마자 이사 왔어야 하는 건데. 좋은 건 다 주워 가고 없어. 인간들, 짜증나게.

누군가 이 근방에서 쓸 만한 것을 주웠다는 소식을 들은 뒤로 언니는 매일 수색하듯 이 길을 오갔다. 훌라후프, 가죽 하네스, 매니큐어, 헬멧, 밀봉된 향초 무더기를 주운 사람도 있다고 이야기하며 언니는 흥분을 감추지 못했다. 그러나 세미는 함께 가보자는 언니의 제안에 응한 적이 없었다. 언니가 하는 이야기들은 대체로 과장되어 있고, 부정확하며, 며칠 단위로 혹은 몇 시간 단위로 수정될 게 뻔해서였다. 경우에 따라서는 자신이 언제 그런 말을 했느냐고 발뺌을 할지도 몰랐다.

몇 주 전 이 길에서 멀쩡한 등산 스틱을 발견하지 않았더라면 세미는 언니의 말을 절대로 믿지 않았을 것이다. 어쨌든 그날 이후 조금만 손보면 되팔 수 있는 물건이 어딘가에 남아 있을 거라는 희망이 생겼고, 그런 기대가 세미를 자꾸만 이 길로 이끌었다.

물에 젖어도 상관없는 물건, 물에 젖었지만 사용할 수 있는 물건, 사용하긴 어렵지만 흔하지 않은 물건, 흔하지 않아서 누군가 기꺼이 돈을 지불하고 구입할 만한 물건.

이 길엔 세미가 발견하고 싶은 혹은 발견할지도 모르는 물건들을 상상하는 즐거움이 있다. 그 물건들을 되팔아서 돈을 모으고, 예전 친구들을 만나러 가고, 이곳이 얼마나 형편없는 곳인지 알려주고, 반드시 돌아가겠다고 맹세하고, 마침내 원래 살던 곳으로 이사 가고, 이후에도 친구들과 변치 않는 우정을 나누게 되는. 그러니까 모든 게 원하는 대로 이뤄지는 상상을 따라가는 재미도 있다.

상상하는 건 세미가 아는 가장 쉽고 즐거운 놀이다. 이렇다 할 노력이 필요 없고, 돈도 들지 않는. 그럼에도 금세 웃음이 나는 거의 유일한 일이다. 그러나 뭐든 끝까지 상상하면 그런 일은 절대로 일어날 리 없고, 말도 안 된다는 결론에 다다르기 마련이므로 세미는 적당한 수준에서 상상을 멈출 줄도 안다.

시장 앞 버스 정류장엔 아무도 없다. 세미는 휴대폰 앱을 연 다음 메시지를 쓴다. 전송 버튼을 누르기 전에 저쪽에서 걸어오는 한 여자와 눈이 마주친다. 후드를 뒤집어쓰고 마스크까지 쓴 탓에 얼굴이 반 이상 가려져 있는데도 세미는 자신이 만나야 할 사람이 그 여자라는 걸 바로 알아차린다.

혹시 장화 사러 오셨어요?

세미가 묻고 여자가 답한다.

맞아. 장화 주인 너야? 심부름해?

여자의 말투는 어딘가 어색하고, 다시 보니 외국 사람 같다. 세미는 여자의 새까만 눈썹과 까무잡잡한 이마를 빤히 올려다보며 또박또박 대꾸한다.

아뇨. 글은 제가 올린 거예요. 장화도 제가 파는 거고요.

세미는 정류장 벤치 위에 가방을 내려놓고 고무장화를 꺼낸 다음 따로 챙겨 온 쇼핑백을 펼친다. 그런 후엔 주머니에서 조그마한 스티커 두 장을 꺼내 보인다. 금박을 입힌 펭귄 스티커와 폭신폭신한 별 무늬 스티커다.

이건 장화에 붙이면 예쁠 거 같아서 갖고 왔어요. 가지실래요? 제 생각엔 이쪽에 붙이면 좋을 것 같아요. 여기 얼룩이 있거든요.

여자는 스티커에는 관심이 없고 장화를 요리조리 돌려보는 데에 정신이 팔린다. 세미는 손가락으로 폭신한 스티커를 꼭꼭 누르며 여자의 눈치를 살핀다. 오가는 사람들이 세미와 여자를 흘끔거린다.

사진 이거 아니야. 칼라 안 맞아. 여기 자국 있어. 뭐 묻었어? 불탔어?

색깔은 원래 이 색이에요. 화면으로 보면 더 밝아 보인다고 제가 적어놨는데요. 여기 자국은 처음 살 때부터 있었어요. 이 장화는 우리 삼촌 건데 진짜 세 번밖에 안 신었어요. 세 번요. 새 거는 만 원도 넘어요. 만 원 넘게 줘야 한다고요.

며칠 전처럼 이번에도 허탕을 칠지 모른다는 생각이 세미의 마음을 조마조마하게 만든다. 겨우 3천 원짜리 고물 장화를 사면서 이것저것 따지고 드는 여자에 대한 미움이 슬며시 고개를 든다. 세미는 여자의 눈을 똑바로 올려다보며 그런 마음을 들키지 않으려고 최선을 다한다.

아니야. 여기 바닥 더러워. 세 번 신은 거 아니야. 더 많이 신었어.

아니에요. 진짜예요. 제가 봤거든요.

고무장화는 몇 주 전 은목다리 근처에서 주운 것이고, 삼촌은 있지도 않지만 세미는 아무렇지도 않게 거짓말을 이어나간다. 거의 흙더미에 파묻혀 있다시피 한 장화를 칫솔로 닦고 또 닦으며 쓸 수 있는지 없는지 꼼꼼하게 살펴본 건 사실이니까. 구멍이 났거나 망가져서 못 쓰는 것이었다면 팔려고 내놓지도 않았을 테니까. 여자는 마음을 정하지 못한 듯 장화를 내려다보며 말이 없다.

길어진 오후의 햇살이 버스 정류장 안까지 밀려든다. 불이 켜진 듯 정류장 안이 환해진다. 세미는 정류장 앞에 정차했다가 출발하는 버스를 힐끔거린다. 한재삼거리, 배일마을, 화양주차장, 고릉방파제. 버스 차체에 적힌 커다란 글자들이 순식간에 멀리 달아나버린다.

이거 삼촌 장화야? 진짜야?

여자가 묻고 세미는 엉뚱한 말을 한다.

근데 아줌마는 어디서 왔어요?

틀림없이 여자는 자신보다 더 먼 곳에서 왔을 테고, 그렇게 생각하자 이상한 친근감이 생겨난다. 세미는 말하고 싶다. 이곳이 얼마나 형편없는 곳인지, 이곳이 자신을 얼마나 슬프고 우울하게 만드는지. 여자에게도 자신과 비슷한 마음이 있는지 확인하고 싶다.

아줌마, 여기 친구 있어요?

그러나 세미가 거듭 물어도 여자는 대꾸가 없다. 요리조리 장화를 살펴보는 데에만 골똘하다. 여자의 그런 모습이 세미의 눈엔 이곳의 어른들과 다를 바 없다. 여자는 이미 이곳 사람이 된 것 같다.

아줌마, 이 장화는요. 삼촌이 저한테 주고 간 건데요. 안 사실 거면 갈게요.

결국 세미가 보란 듯 장화를 다시 가방에 넣으려고 하자 여자가 못 이긴 듯 지갑을 꺼낸다. 여자에게 3천 원을 건네받은 뒤에야 세미는 여자에게 장화를 내준다. 그렇게 거래가 끝난다.

세미는 호주머니에 든 지폐를 만지작거리며 시장 안쪽으로 걷는다. 후문을 빠져나오자 철물점 앞에 할아버지가 앉아 있다. 여느 때처럼 조그마한 접이식 테이블을 두고 도대체 누가 살까 싶은 휴대폰 케이스들을 파는 중이다. 오가는 사람들이 할아버지와 싸구려 케이스를 힐끔거리며 지나친다.

멀리 오렌지색 트럭이 보이고 경쾌한 음악 소리가 흘러나온다. 세미는 할아버지가 있는 쪽을 살피며 트럭 쪽으로 다가간다. 트럭에 설치된 커다란 전광판에 숫자와 글자가 번쩍번쩍 떠간다. 트럭 아래에선 오렌지색 조끼를 입은 사람들이 오렌지색 피켓을 흔드는 중이다. 누군가가 트럭 위로 올라가서 마이크를 쥔다. 오렌지색 점퍼를 입은 덩치가 큰 남자다. 음악 소리가 잦아들고 트럭 위에 선 남자의 목소리가 또렷해진다. 경제, 정의, 공정, 국민, 그런 단어들이 지나가던 사람들의 발길을 붙잡는다.

저도 주세요.

세미는 몰려드는 사람들을 피해 홍보지를 나눠 주는 남

자에게 손을 내민다. 남자는 심드렁한 표정으로 홍보지 한 장을 준다.

하나 더 주세요.

세미가 다시 손을 내민다.

두 장이나 필요가 있을까?

세미가 대답하지 않자 남자는 하는 수 없다는 듯 홍보지 한 장을 더 건네준다.

부모님께 갖다 드려라, 알았지?

세미는 오렌지색 바탕에 귀여운 강아지 사진이 박혀 있는 홍보지가 마음에 든다고 말하지 않는다. 더 밝은 색이었다면 훨씬 좋았을 거라는 말도 하지 않는다. 어쨌든 이 홍보지로 뭔가 예쁜 걸 만들 수 있을 거라는 말도 참는다.

부모님 어디 계시니? 혼자 여기 있으면 안 된다. 저쪽으로 가거라.

남자가 사람들 사이를 요리조리 누비며 홍보지를 줍고 다니는 세미에게 경고한다. 그래도 세미가 자리를 뜨지 않자 머리를 쓰다듬는 척하며 멀리 내몬다. 세미와 눈이 마주치자 눈을 반쯤 감고 고개를 빠르게 두 번 젓는다. 그것이 다가오지 말라는 의미임을 세미는 금방 알아차린다.

세미는 철물점 쪽으로 발길을 돌린다. 할아버지가 그 앞에서 꾸벅꾸벅 졸고 있다. 지나가던 누군가가 케이스 몇 개를 그냥 집어 가도 모를 것 같다. 세미는 잠시 할아버지를 지켜보다가 돌아선다. 그러곤 곧장 집으로 간다.

식구들이 모두 귀가한 저녁이 되어서야 세미는 할아버지에게 이렇게 물을 수 있다.

할아버지, 우리 옥상 공사는 언제 해?

무슨 공사 말이냐?

옥상 고친다고 했잖아.

아, 그래. 해야지. 날 좋을 때 얼른 해치워야지. 그나저나 요즘 허리가 시큰거려서 할 수 있을지 모르겠다. 세미 네가 도와줄 거냐?

도와준다고 했잖아. 토요일에 부동산 아저씨 오는 거 알지? 그 전에 해야 해, 할아버지.

부동산 사장이 왜?

그때 집 보러 왔던 아줌마랑 다시 온다고 했잖아. 이 집 살 거라고 했던 아줌마. 또 잊어버렸어? 그때 어떤 언니랑 같이 왔었잖아. 나랑 놀았던 언니, 지우 언니. 기억나지?

세미는 음악 소리가 흘러나오는 언니의 방을 흘끔거리며 목소리를 낮춘다.

요전에 왔던 그 여자 말이냐? 에이, 그 여자는 안 살 사람이야. 살 사람이었으면 길게 말할 것도 없이 계약금부터 걸었을 거다.

2주 전 토요일 오후, 부동산 사장이 데려온 여자는 이전에 왔던 사람들과는 다른 데가 있었다. 비둘기색 차에서 부동산 사장과 함께 내린 여자는 마당 한쪽을 바라보며 말했다.

어머, 이 집에 동백나무가 있네? 꽃 피면 정말 예쁘겠어요. 왜 나무 하나가 집 전체를 화사하게 만들잖아요. 직접 심으신 거예요?

길이 험하다느니, 부지가 좁다느니, 주택이 낡았다느니, 위치가 애매하다느니 하며 불만부터 토로하지 않은 건 여자가 처음이었다. 언니는 집에 없고, 아침부터 두통이 심하다던 엄마는 현관 앞에 팔짱을 끼고 서서 말이 없었다. 마당 한가운데서 뒷짐을 지고 선 할아버지도 이렇다 할 반응이 없었으므로 대답은 세미가 했다. 동백나무 쪽으로 재빨리 걸음을 옮기면서였다.

이게 동백나무인지 어떻게 아세요?

여자는 세미와 눈을 맞추며 가까이 다가왔고, 다정한 목소리로 물었다.

보면 알지. 빨갛게 꽃 핀 거 못 봤니?

못 봤어요. 엄마랑 언니랑 저는 여름에 이사 왔거든요. 여긴 우리 할아버지 집이에요.

그래? 그럼 조만간 볼 수 있겠구나. 동백은 봄이 되기 전에 꽃이 피거든. 꽃도 예쁘지만 향이 정말 좋아. 꽃향기 좋아하니?

세미는 여자에게 한 걸음 다가갔다. 여자가 입은 코트에서 좋은 냄새가 났다. 여자의 손목에서 반짝이는 팔찌가 세미의 시선을 끌어당겼다. 아니, 그런 것보다 세미의 마음을 사로잡은 건 여자의 표정이었다. 여자의 얼굴엔 뭔가 터져 나올 듯한 조마조마한 느낌이 없었다. 엄마와 언니, 할아버지를 마주할 때마다 느껴야 했던 불안의 조짐이 하나도 느껴지지 않았다.

세미는 더 이야기하고 싶었다.

자신이 언제, 어디서, 어떤 꽃들을 보았는지, 생김새와 향기가 얼마나 달랐는지, 왜 어떤 것은 좋고, 왜 어떤 것은 별로인지. 비슷비슷해 보이는 꽃과 나무를 어떻게 구별할 수 있는지, 꽃과 나무의 이름을 누가, 언제, 어떻게 정하는지, 묻고 말하고 듣고 싶었다.

아, 여기 이 집은 어르신 두 분이 오래 사셨어요. 세입자 자주 들고 나는 것보다 훨씬 낫죠. 아무튼 자기 집처럼 정말 깨끗하게 쓰셨어요. 할머니가 참 점잖고 좋은 분이셨는데 지난해에 돌아가셨어요.

부동산 사장이 끼어드는 바람에 세미와 여자의 대화는

중단되었다. 마당을 둘러보고, 집 안으로 들어서는 사장과 여자의 뒤를 세미는 계속 따라다녔다. 여자는 부지가 큰 편이라느니, 이 가격이면 꽤 괜찮다느니, 이만하면 교통이 나쁘지 않다느니, 투자할 가치가 충분하다느니 하는 사장의 말에 귀를 기울이다가 잠깐씩 세미를 돌아보며 부드럽게 웃어주었다.

옥상으로 향하는 두 사람을 뒤따라갈 때 세미는 차량 뒷좌석에 앉은 그 애를 봤다.

회색 코트를 입은 여자애는 차창을 끝까지 내린 채 휴대폰을 내려다보는 중이었다. 세미는 두 사람을 따라 옥상으로 올라가는 대신 그쪽으로 갔다. 분명 세미를 보았을 텐데도 여자애는 아무런 반응이 없었다.

근데 여기 물난리 났었다.

한참 만에 세미가 먼저 말을 걸었다.

그게 뭔데?

여자애는 잠깐 고개를 들고 세미와 눈을 맞췄다. 휴대폰에서 알록달록한 불빛이 새어 나왔고, 그 바람에 여자애의 한쪽 볼이 환해지다가 말다가 했다.

비가 엄청 많이 왔거든. 그래서 전부 다 떠내려갔어. 뉴스에서 본 적 있지 않아?

아니, 못 봤는데.

여자애는 건성으로 세미와 눈을 맞추곤 다시 휴대폰으로 고개를 떨구었다.

안 믿는구나. 보여줄까?

세미는 불쑥 그렇게 말해버렸다.

고개를 들면 옥상 난간에 서 있는 부동산 사장과 여자가 보였다. 두 사람은 집과 마당, 그 주변을 에워싼 동네와 동네 너머 어딘가를 주시하는 중이었고, 현관 앞을 서성이던 엄마와 할아버지의 모습은 보이지 않았다. 세미는 보란 듯이 근처에서 나무 작대기 하나를 주워 왔고, 여자애에게 소곤거렸다.

홍수 난 거 볼래? 이리 와봐. 보여줄게.

말없이 사라진 자신과 여자애를 찾느라 한바탕 소동이 벌어질 거라곤 예상하지 못했다. 고작 은목다리가 보이는 곳까지 갔다가 돌아왔을 뿐인데 왜 30분이 훌쩍 지나버렸는지, 매일 오가는 길인데 왜 자꾸 새로운 것들을 발견하게 됐는지, 대화할 줄도 모르고, 웃을 줄도 모르고, 뭔가 계속 골이 나 있는 듯한 그 애에게 왜 계속 친근하게 말을 걸게 됐는지도 알 수 없었다.

안세미, 너 말도 없이 어딜 갔다 와? 얼마나 찾았는 줄 알아? 지난번에 엄마가 분명히 말했지. 말없이 사라지면 혼난다고!

마당 밖까지 나와 있던 엄마가 소리를 질렀고, 차체에 비스듬히 몸을 기대고 서 있던 여자가 미소를 띠며 다가왔다.

어디 갔다 온 거야? 아니다, 엄마가 맞춰볼게. 너희 둘 동네 구경했구나. 송지우, 너 여기 마음에 들지? 엄마 말이 맞지?

세미와 지우가 돌아오고 나서도 부동산 사장과 여자는 한참을 더 그곳에 머물렀다. 두 사람은 집 안을 한 번 더 둘러보았고, 집 앞 진입로에 나란히 선 채로 멀리 차들이 오가는 도로 쪽을 내다보며 이야기를 나누었다. 신중한 표정으로 준비해 온 서류를 살펴보고, 휴대폰을 열고 뭔가를 검색하기도 했다. 사장이 여러 사람과 통화를 이어가는 동안 여자는 세미와 잠깐씩 눈을 맞추었다.

차 주변을 맴돌던 세미가 물었다.

아줌마, 근데 이 집 마음에 드세요? 오늘 살 거예요?

글쎄, 고민을 해봐야겠지?

만약에 사면요. 아줌마랑 언니랑 이 집으로 이사 와요?

아니, 여기서 우리가 사는 건 아니고, 그냥 사두는 거야.

왜요? 여기 와서 살면 동백나무도 매일 볼 수 있잖아요.

여자는 대답 대신 조수석에서 쿠키 하나를 꺼내 주었다.

세미라고 했니? 네 덕분에 이 집이 아주 환하구나.

그 순간 세미는 투명한 포장지에 담긴 구름 모양 쿠키를 절대로 뜯지 않겠다고 결심했다. 여자가 자신에게 해준 그 말을 오래 간직하고 싶어서였다.

그날, 세미는 여자가 이 집의 새로운 주인이 될 거라고 믿었다. 그랬으면 좋겠다고 생각했다. 아무도 거들떠보지 않는 나무의 이름을 불러주고, 처음 보는 자신에게도 다정한 말을 해주는 사람이니까. 여자가 이 집의 주인이 되면 집을 지금처럼 내버려두지 않을 거라는 생각이 들어서였다. 아니, 여자가 이곳으로 이사 오면 엄마가 이사 갈 집을 새로 알아볼 테고, 그러면 진짜 이 동네를 떠날 수 있을지도 모른다는 생각 때문이었다.

그래서 이렇다 할 말도 없이 그 사람들이 떠나버렸을 때 실망감을 감출 수가 없었다.

엄마, 그 아줌마 왜 그냥 간 거야? 이 집 안 산대? 왜? 너무 멀어서? 비싸대? 이 집 얼만데?

내가 어떻게 알아. 들어와서 살지도 않을 인간들이 더 까탈스럽게 굴지. 그 여자가 뭐가 걱정이야. 돈 있으면 집이야 얼마든지 사지. 널린 게 집인데. 머리 아파 죽겠으니까, 말 걸지 마.

엄마는 주방으로 들어가버렸고 할아버지가 느릿느릿 답했다.

비 오고 눈 오면 난리가 나는 이런 집을 누가 사겠나. 가격이라도 아주 싸게 내놓으면 모를까. 어림없지.

그래서 얼마 후, 그 여자가 다시 집을 보러 올 거라고, 절대 집을 비우지 말라고 엄마가 당부했을 때 세미는 마음이 급해졌다. 토요일 오후 2시라는 걸 거듭 확인했고, 봄맞이 대청소를 해야 한다고 엄마를 보챘다.

야, 돌았냐? 갑자기 무슨 청소야. 청소를 왜 해. 니가 집주인이냐? 니가 집 팔 거야? 엄마, 얘 진짜 돌았나 봐.

언니가 비아냥거리며 시비를 거는데도 세미는 대거리하지 않았다. 언니는 하나만 알고 둘은 모르니까. 집주인은 다 거기서 거기라고 여기니까. 어느 쪽이 나쁘고, 어느 쪽이 더 나쁜지 판단할 줄 모르니까. 집주인이 바뀌어야 비로소 이 집을 떠날 수 있다는 생각은 한 번도 해본 적이 없을 테니까.

이틀 뒤, 수요일 오후에 세미는 할아버지를 졸라 옥상으로 함께 간다.

바람은 쌀쌀하지만 해가 좋은 날이다. 선명한 청록색이었을 옥상 바닥은 전체적으로 푸르스름하고, 깨지고 갈라져서 허옇게 시멘트가 드러난 부분도 있다. 세미는 빗자루와 쓰레받기를 들고 와서 옥상 바닥을 쓸기 시작한다. 바람에 흩날리는 스티로폼 조각과 조그마한 시멘트 조각을 줍고 난 뒤에는 고무 대야와 화분을 옮기고, 제 몸집보다 큰 장독을 끌어내리려고 애를 쓴다.

가만있어봐라. 이걸 할 수 있으려나 모르겠다.

세미가 바쁘게 움직이는데도 할아버지는 옥상 바닥을 물끄러미 내려다보며 꾸물거린다.

이럴 게 아니라 돈이 들어도 업자를 부르는 게 낫지 않을까 싶다. 괜한 짓을 벌이는 거 아닌가 싶어.

바람이 불 때마다 품이 큰 바지가 홀쭉해지며 할아버지의 앙상한 다리가 도드라진다. 성긴 머리칼이 휘날리고 그때마다 할아버지의 얼굴이 울 것처럼 일그러진다. 그러나 세미는 물러설 마음이 없다. 커다란 장독 여러 개를 1층으로 옮기고, 오래전 할아버지가 사두었던 페인트 통과 장갑, 붓과 롤러 따위를 가져온다. 그런 식으로 그만둘 의사가 없음을 분명히 한다.

할아버지, 이건 내가 열어줄게.

할아버지의 몸놀림이 굼떠서 속이 탄다. 세미는 보란 듯 페인트 통 앞에 쪼그리고 앉는다. 결국 할아버지가 세미를 만류한다.

둬라. 다친다. 내가 할 테니까. 내려가서 대야 하나 가져와라. 걸레도 가져오고. 신문지하고 비닐봉지도 몇 개 챙겨와라.

세미는 할아버지가 말한 것들을 빠짐없이 가져온다. 할아버지는 걸레로 바닥을 대충 닦아내고 페인트 통을 연다. 코가 따가울 정도로 기름 냄새가 확 끼친다. 할아버지는 페인트 통을 기울여 물처럼 투명한 액체를 바닥에 조금 부은 다음 붓으로 대충 펴 바르기 시작한다.

할아버지, 이거 설명서 없어? 이렇게 하는 거 맞아? 할 줄 아는 거 맞지? 저쪽도 할 거야? 전체 다 할 거야? 여기만 해? 다른 데는 안 하고?

페인트를 펴 바르는 할아버지의 손놀림이 서툴러서 세미의 마음이 조마조마하다.

보고 심하게 깨진 데만 해야지. 이 넓은 옥상을 혼자 무슨 수로 하겠나.

할아버지가 손을 갖다 댈 때마다 바닥에서 페인트 껍질 같은 것들이 계속 떨어져 나온다. 할아버지의 얼굴이 심각해진다.

가만있어봐라. 일단은 이걸 발라보고 마를 때까지 기다려야지. 한 번에 다 되는 게 아니다. 보자, 실리콘 건을 사둔 게 있었는데. 어디 뒀나 모르겠네.

할아버지는 차분한 목소리로 세미를 다독인다. 세미가 원하는 건 실리콘이니, 우레탄이니, 방수니 하는 설명이 아니라 이 옥상을 새것처럼 만드는 일이다. 아니, 적어도 아주 헌것처럼은 보이지 않게 하는 것이다. 할아버지가 낀 장갑이 얼룩덜룩해진다.

할아버지, 내가 할까? 내가 해볼까?

할아버지는 말없이 금이 가고 깨진 바닥 두 곳에 투명한 액체를 펴 바른 뒤 몸을 일으킨다. 그런 후엔 페인트 통 뚜껑을 닫고 펼쳐놓은 것들을 정리하기 시작한다. 멀리서 음악 소리가 들린다. 세미는 몸을 일으키고 난간 쪽으로 다가간다. 다가오는 트럭이 보인다. 이번엔 오렌지색이 아니고 연보라색이다. 연보라색 조끼를 입고 연보라색 피켓을 흔드는 두 사람이 가까워진다. 길이 고르지 않아서 트럭이 계속 덜컹거리는데도 두 사람은 용케 중심을 잡고 서 있다. 전광판도 조명도 없는 트럭은 세미가 지난번 보았던 오렌지색 트럭보다 작고 낡은 것 같다.

뭐든 하나씩 해야지. 한꺼번에 했다간 큰일 난다. 그만 내려가자.

할아버지는 트럭을 내려다보며 혀를 찬 뒤 세미에게 말한다. 세미가 몇 차례 더 졸라보지만 할아버지는 그대로 돌아선다. 난간을 잡고 계단을 내려가는 할아버지의 뒷모습이 어느새 보이지 않는다. 세미는 엉망인 옥상 바닥을 내려다보며 그곳에 조금 더 머무른다.

할아버지가 옥상 바닥을 완벽하게 고치지 않았다는 사

실, 그건 할아버지가 안 하는 게 아니라 못 하는 거란 사실. 그런 걸 모르지 않는데도 자꾸만 짜증이 치솟는다. 세미는 할아버지가 했던 것처럼 붓을 쥐고 아직 마르지 않은 페인트를 고르게 펴 발라본다. 덧칠할 때마다 바닥은 조금씩 나아지는 것 같지만 다시 보면 달라진 게 없다.

해가 질 무렵, 비가 내리기 시작한다. 언니와 엄마가 돌아온 저녁엔 빗줄기가 굵어져서 집 안에서도 세찬 빗소리가 들릴 정도다.

할아버지가 무슨 수로 옥상을 고치겠니. 사람 불러야지. 아버지, 주인한테 연락해봤어? 왜 말이 없어, 연락한 지가 언젠데. 진짜 사람들 너무하네.

소파에 비스듬히 누워 텔레비전을 보는 엄마는 그렇게 중얼거리고 만다. 늦은 밤에 일이 끝나는 엄마가 왜 일찍 귀가했는지 묻는 대신 세미는 잠자코 나무 창틀만 올려다본다. 물이 흘러내리는 탓에 오른쪽 창틀은 축축해진 지 오래고 시커멓게 색이 변한 창틀 구석으로 물이 고이는 중이다.

이렇게 비가 올 줄도 모르고 괜한 짓을 했다. 그나저나 벽 안에서 물이 새는 거면 옥상 손보는 걸로는 소용이 없을 거야. 놔둬라. 일단은 두고 봐야지.

세미가 옥상에 올라가보자고 조르지만 할아버지는 꿈쩍도 하지 않는다. 빗소리가 약 올리듯 세미의 귓가를 떠나지 않는다. 밤새 비가 내린다. 다음 날에도, 그다음 날에도. 비는 그칠 듯 그칠 듯 끈질기게 이어지다 토요일 아침이 되어서야 완전히 멎는다. 거짓말처럼 날이 갠다. 아침에 일어나자마자 세미는 옥상으로 간다. 살그머니 방문을 열고 나온 뒤, 엄마가 잠들어 있는 거실 소파를 지날 때 숨을 참았다가 주방 식탁에 앉은 할아버지의 뒷모습을 지날 땐 바짝 몸을 숙인다.

옥상 바닥에 깔아둔 대형 비닐 위에 흥건하게 빗물이 고여 있다. 바람이 불 때마다 비닐 나부끼는 소리가 요란하다. 세미는 비닐을 벗기며 찬찬히 옥상 바닥을 살핀다. 할아버지가 손봤던 부분은 다시금 허연 시멘트가 드러나 있다.

지금이라도 뭐든 해보면 되지 않을까. 아줌마에게 공사중이라고 말하면 되지 않을까. 세미의 머릿속이 복잡해진다. 질문은 점점 많아지지만 세미가 답할 수 있는 질문은 하나도 없다.

세미는 난간에 상체를 기댄다. 높낮이가 거의 느껴지지 않는 주택, 잿빛에 가까운 담벼락, 무뚝뚝하기 짝이 없는 들판, 오가는 사람이 거의 없는 골목과 가느다랗게 이어진 도로, 멀리 우유갑처럼 서 있는 아파트 단지까지. 세미의 눈에 들어오는 건 아무리 봐도 애정이랄 만한 건 조금도 생겨나지 않는 풍경들뿐이다.

부동산 사장과 여자는 정오가 조금 넘어 도착한다. 지난 번처럼 비둘기색 차가 마당 한쪽에 멈춰 서고 사장이 운전석에서, 여자가 조수석에서 내린다. 엄마와 언니는 외출 중이고, 현관 앞에 서 있는 할아버지는 말없이 고개만 까딱하고 만다.

아줌마, 안녕하세요.

세미가 인사를 건네자 여자가 반갑게 알은체를 한다.

아, 그래. 너구나. 우리 지난번에 봤었지? 그동안 잘 있었니?

두 사람은 집 안부터 둘러본다. 엄마가 생활하는 거실, 할아버지가 쓰는 큰방, 언니의 작은방과 세미가 공부하는 쪽방을 살피는 여자의 얼굴이 진지하다. 두 사람은 화장실 세면기와 변기, 주방 싱크대, 마당으로 통하는 주방 샛문까지 꼼꼼하게 확인한 뒤 밖으로 나온다.

지금 여기 짐이 많아서 그렇지, 실내는 이만하면 꽤 넓어요. 나중에 입주하실 때 새로 수리 싹 하시면 훨씬 넓게 쓰실 수 있죠. 창도 새시로 갈고 거실에 통창도 하나 내고. 그럼 뭐 새집이나 다름없어요.

사장이 말하면 여자는 고개를 끄덕이지만 탐탁지 않은 눈치다.

저 안쪽 동네는 지하수 끌어다가 쓴다는데, 여기까지는

수도가 확실히 들어오는 게 맞죠? 이 집 주인은 왜 집을 팔려고 한대요? 가지고 있으면 그래도 돈 될 텐데. 지금 팔려는 이유를 모르겠네요.

질문하는 여자의 표정이 날카로워진다. 세미가 따라다니는 걸 알면서도 여자는 세미에게 눈길을 주지 않는다. 잠깐씩 눈이 마주쳐도 알은체를 하거나 웃어주지 않는다. 금방이라도 꽃이 피어날 듯 붉게 봉오리가 맺힌 동백나무의 존재도 까맣게 잊은 것 같다.

아줌마, 지우 언니는 오늘 안 왔어요?

결국 참지 못하고 세미가 묻는다.

지우? 우리 지우 이름을 기억하는구나. 지우는 못 왔어. 그런데 지우가 언니였니?

네, 근데 지우 언니는 왜 안 왔어요?

학교 갔지. 학원도 가야 하고. 레슨도 있고. 너는 학교 안 가니?

우리는 다음 주부터 가요. 이번 주까지는 방학이고요.

그렇구나.

여자의 대답은 성의가 없다. 목소리에서도, 표정에서도 상냥함이라곤 느껴지지 않는다. 어느 학교에 다니는지, 학교에서 무엇을 배우는지, 심지어 몇 학년인지조차 묻지 않는다.

지우 언니한테 못 만나서 아쉽다고 전해주세요.

그래, 그럴게.

여자는 다시금 사장과의 대화에 정신이 팔린다. 세미는 계속 사장과 여자 주변을 맴돈다.

꼬마야, 어른들 이야기하잖니. 저쪽에 가 있거라.

부동산 사장이 주의를 주는데도, 할아버지가 그만하라고 고개를 젓는데도 세미는 아랑곳하지 않는다. 세미는 지난번처럼 여자가 자신에게 관심을 가져주고, 다정하게 질문해주면 좋겠다. 이곳에서는 아무에게도 기대할 수 없고, 누구에게도 들을 수 없는 근사한 말을 한 번쯤 더 듣고 싶다.

마당을 한 바퀴 둘러본 뒤 두 사람은 옥상으로 간다. 세미도 두 사람을 따라간다. 계단을 오르는 세미의 마음이 조마조마해진다.

어르신, 여기 뭐 하셨어요? 뭘 하신 거예요?

계단을 다 오르자마자 부동산 사장이 계단 아래를 향해 목소리를 높인다. 중얼거리는 듯한 할아버지의 대답은 들리지 않고, 사장의 목소리가 더 커진다.

어르신, 이거 주인 알면 큰일 납니다. 이렇게 마음대로 손대면 안 돼요.

사장의 표정이 굳어진다. 옥상 바닥을 둘러보는 여자의

표정도 좋지 않다. 세미는 난간에 등을 붙이고 서서 두 사람의 눈치를 살핀다. 돌아서면 동백나무가 바로 내려다보인다. 붉게 맺힌 봉오리가 금방이라도 터질 것 같다.

방수가 제대로 안 되는 모양이네. 관리가 안 되나 봐요?

여자는 웅덩이처럼 물이 고인 바닥 여기저기를 둘러보며 묻는다. 주택은 원래 2, 3년에 한 번씩 옥상 방수를 해야하고, 그러나 큰 비용이 드는 것은 아니며, 믿을 만한 설비업자를 소개해주겠다는 사장의 말에도 여자의 표정은 부드러워지지 않는다.

멀리서 음악 소리가 들린다. 다시 트럭이다. 이번엔 오렌지색도 연보라색도 아니고, 도대체 무슨 색인지 알아볼 수가 없다. 트럭 위에는 피켓을 흔드는 사람 대신 커다란 현수막이 걸려 있다. 사장과 여자, 세미까지. 세 사람이 빠른 속도로 가까워지는 트럭을 지켜본다. 음악 소리가 줄어들고 말소리가 커진다. 지지직거리는 스피커 소음 속에서 혁신, 개발, 특화, 추진, 그런 단어들이 튀어 올랐다가 잠기길 반복한다.

아줌마, 근데 저기 보이세요?

세미가 불쑥 말한다.

응? 뭐라고 했니?

여자가 묻고 세미가 손으로 은목다리를 가리킨다.

저기 다리 보이세요? 저 다리가 은목다리거든요.

세미는 성가신 얼굴로 자신을 내려다보는 사장을 똑바로 쏘아본 뒤 목소리를 키운다. 여자의 시선이 세미가 가리킨 쪽을 향한다.

지난번에 지우 언니랑 저기까지 갔었거든요. 언니가 그때 뭐라고 했는지 아세요? 저 다리 건너면 21세기, 여긴 20세기라고 했어요.

그래? 지우가 그런 말을 했어? 무슨 말일까, 그게?

이 동네가 엄청 구리다는 말이겠죠? 근데요. 언니는 20세기에 안 살아봤잖아요. 21세기보다 20세기가 더 좋을 수도 있잖아요.

그래, 뭐 그럴 수도 있지.

여자의 얼굴에 미소가 떠오른다. 아니, 그건 세미의 착각이다. 여자는 알 수 없다는 표정으로 세미를 보고는 다시금 부동산 사장과 눈을 맞춘다. 두 사람은 계속해서 같은 말이 흘러나오는 트럭을 내려다보며 대화를 나눈다. 선거와 결과, 개발과 공약 같은 말을 주고받는 두 사람의 얼굴이 진지해진다.

사장님, 오늘은 보고 계약을 하려고 했더니 안 되겠네. 그냥 했다가는 내가 후회할 거 같아요. 생각을 해보고 다시 연락을 드릴게요. 그래도 되죠?

그럼 사모님, 여기 말고 괜찮은 물건 하나 더 있는데 보고 가세요. 이왕 여기까지 오셨으니까. 차로 가면 10분도 안 걸려요. 그 집 보면 사모님, 진짜 마음에 드실 겁니다.

두 사람이 옥상을 내려간다. 돌아갈 채비를 하는 것 같다. 사장이 할아버지에게 인사를 건네고 차에 오른다. 시동이 걸린다. 세미는 막 조수석에 오르려는 여자에게 다가간다. 세미는 말하고 싶다. 할아버지는 옥상을 엉망으로 만든 게 아니라, 망가진 옥상을 고치려 했다고. 그러나 할아버지 혼자 힘으로는 절대 옥상을 고칠 수 없고, 당장 이 집을 떠날 수도 없다고. 식구들을 점점 더 무뚝뚝하고 퉁명스럽게 만드는 이 집이 미워 죽을 것 같다고.

아줌마, 이거 가지실래요?

그러나 세미는 명랑한 목소리로 반듯하게 접은 오렌지색 종이를 내민다.

이게 뭐니?

여자가 세미와 눈을 맞춘다. 세미는 동네 지도,라고 말하지 않고 비밀 지도,라고 말한다. 그건 시장에서 받은 오렌지색 홍보지로 만든 것이고, 세미만 아는 동네의 지름길과 비밀 장소를 표시해둔 것이고, 세미가 지금 여자에게 줄 수 있는 유일한 것이다. 그러나 여자는 이렇다 할 관심이 없다. 전화벨이 울리자 가볍게 손을 흔든 뒤, 차에 올라탄다. 차가 출발한다.

한 주가 지난다. 부동산 사장도, 여자도, 트럭도 더는 동네를 찾지 않는다. 동네는 다시 이전처럼 고요해진다. 모두가 이곳을 또 까맣게 잊어버린 게 틀림없다. 그리고 며칠 후, 늦은 오후에 세미는 동백나무에 꽃이 핀 것을 본다. 이제 막 피어나기 시작한 꽃은 작지만 아주 붉다. 그러나 까치발을 하고 아무리 코를 가까이 갖다대도 향이 나지 않는다. 아무런 냄새도 느낄 수가 없다.

그날 저녁, 세미는 그것에 관한 일기를 쓴다. 동백나무 잎사귀에 대해, 원래 향이 없는 동백꽃의 특성에 대해, 꽃의 생김새와 특징에 대해. 언젠가 누군가에게 동백나무를 설명해야 한다면 여자처럼 잘못된 정보를 말해주지 않기 위해. 아니, 멀리서도 나무의 생김새를 단번에 알아보는 사람이 되기 위해, 여자처럼 다정한 목소리로 나무의 이름을 불러주는 사람이 되기 위해.

세미는 일기를 쓰다 말고 반쯤 열린 방문을 돌아다본다. 엄마는 소파에 누워 잠들었고, 할아버지는 나지막하게 말소리가 흘러나오는 텔레비전 쪽에 시선을 두고 있다. 언니는 보이지 않는다. 세미는 조심스럽게 일어나 소리 나지 않게 방문을 꼭 닫는다. 그런 후엔 반듯한 글씨로 여자가 자신에게 해주었던 근사한 말을 가장 마지막 줄에 쓴다.

·

목화맨션

순미가 처음 전화를 걸어 온 그 밤을 만옥은 기억하고
있었다.

　종일 세차게 비가 퍼붓던 날이었다. 늦은 밤에 걸려 오는
전화가 대개 어떤 소식을 전해주는지 모르지 않았으므로
만옥은 조마조마한 마음으로 전화를 받았고, 한동안은 빗
소리와 차 소리가 뒤엉킨 소음 속에서 상대방의 목소리를
찾아내려고 애썼다.

　집 내놓으셨죠? 아직 안 나갔으면 좀 볼 수 있나요?

　한참 만에 상대방의 까랑까랑한 목소리가 들렸다.

　아직 안 나갔어요.

　만옥이 답했고 곧장 또 다른 질문이 돌아왔다.

　지금 볼 수 있나요?

지금요?

밤 10시가 가까운 시각이었고 목화맨션은 걸어서 20분 거리에 있었다. 폭우가 쏟아지는 한밤에 옷이 다 젖을 각오를 하고 거기까지 걸어가는 일도 엄두가 나지 않았지만 벌써 한 달 넘게 비어 있는 그 집의 상태가 어떤지 가늠할 수 없었다. 창틀이나 벽면에서 물이 새고 있을지도 모르고, 까맣게 번진 곰팡이 자국을 발견하게 될지도 몰랐다. 낮에도 해가 잘 들지 않는 편이어서 비가 오는 한밤에 보는 집 내부가 어떤 분위기를 자아낼지 장담할 수도 없었다.

그럼에도 만옥은 옷을 챙겨 입고 집을 나섰다. 돌풍이 불 때마다 이리저리 휘어지는 우산을 힘껏 붙잡고 점점 어둡고 가팔라지는 길로 접어들면서 만옥은 상황이 어지간히 급한가 보다 짐작했고, 사정한다면 얼마간 가격을 조정해주겠다고 결심했고, 까다롭게 굴거나 미심쩍은 구석이 느껴지면 세를 놓지 않겠다고 다짐했다.

그러나 순미가 그 집의 세입자가 될 거라는 예감이 그날 만옥에게는 있었다. 이번엔 틀림없이 계약이 이뤄지리라는 이상한 확신이 들었다고, 오랜 시간이 흐른 뒤 순미에게 말한 적이 있었다.

보름 뒤 순미는 목화맨션 101호로 이사했다.

1톤 트럭에 싣고 온 순미의 살림살이는 단출했고 이사는 금방 끝났다. 여느 때처럼 만옥은 몇 가지 당부만 하고 돌아설 생각이었다. 열 평이 안 되는 집이지만 거실과 방이 뚜렷하게 구분되어 있고, 해가 잘 들지 않는 대신 창이 큰 편이라 통풍은 잘 된다고. 약속대로 도배를 새로 했고 세면기와 방충망을 교체했으니 사소한 것들은 알아서 수리를 하면서 지내라고. 계약 기간이 끝나기 전에 나가게 되면 새로운 세입자를 직접 구해야 한다고. 하지만 만옥은 이삿짐 센터 직원들이 간 뒤에도 계속 101호 앞을 기웃거렸다. 비좁은 거실에 아무렇게나 부려놓은 짐들이 눈길을 사로잡았고, 이러지도 저러지도 못한 채 그 짐들을 내려다보고 있는 순미의 모습이 발길을 붙들었다. 아니, 이삿날인데 도와주는 사람도 하나 없이 혼자인 순미의 처지에 마음이 쓰였다.

도와줄 사람 없어요? 아무나 하나 부르지. 이걸 혼자 어떻게 정리하려고 그래.

결국 만옥이 그렇게 중얼거리며 집 안으로 들어섰다. 가만히 서 있어도 등줄기로 땀이 흐르는 날이었다. 만옥은 비닐에 싸인 선풍기를 꺼내 틀었다. 그런 다음 현관과 싱크대 주변을 정리하고, 쓰레기를 분리하고, 크기와 무게가 다른 짐들을 옮기며 조용하고 신속하게 움직였다.

혼자서도 할 수 있는데 도와주셔서 빨리 끝났어요. 요 앞

식당에서 시원한 거라도 한 그릇 드시고 가세요. 내가 사드릴게.

쓰레기봉투를 들고 집을 나서는 만옥을 따라 순미가 나왔고, 두 사람은 근처 식당에서 물냉면을 먹었다. 만옥은 당뇨가 있는 탓에 밖에서 음식을 사 먹지 않는 편이었지만 그날은 국물까지 모두 비울 정도로 맛있게 냉면을 먹었다. 순미도 마찬가지였다.

그해 순미는 마흔다섯이었다. 4남매 중 셋째로 태어나 고등학교를 졸업하자마자 바다를 면한 작은 고향 마을을 떠나왔다고 했다. 기숙사가 있는 공장에서 3년간 2교대로 일했고 이후 일본으로 건너가 4년을 살았다고 했다. 그곳에서 무엇을 하고, 어떻게 지냈는지 구체적으로 언급하지는 않았다. 다만 한국으로 돌아오고 나서 병원 신세를 오래 졌고, 악착같이 사는 대신 적당히 사는 법을 배웠다고 했다. 이만큼 사는 것도 다행이라고 생각하면 뭐든 나쁠 게 없다고 했다. 이십대 후반에 결혼할 기회가 있었고, 삼십대 중반에 선을 본 남자와 결혼을 결심했으나 결과적으로 둘 다 잘 안 되었다고, 지금은 혼자 지내는 것이 익숙하고 편해서 누군가를 만날 엄두가 나지 않는다고도 했다.

만옥은 그 모든 이야기를 그날 그 식당에서 들었다.

테이블이 서너 개뿐인 식당 안은 후텁지근했고, 허기가

가신 뒤 찾아온 포만감 탓에 졸음이 밀려왔다. 고작 냉면 한 그릇을 함께 먹는 것뿐인데, 왜 이토록 내밀하고 사적인 이야기를 털어놓는지 의아한 기분이 들었으나 이유를 묻진 않았다. 다만 그 시간들이 순미에게 얼마간 힘겹고 고단했을 거라고 짐작할 뿐이었다. 그럼에도 순미가 한 말들은 만옥의 기억 속에 오래 남았다.

희한하지. 냉면을 좋아하지도 않는데 그날 냉면은 그렇게 달았어.

이따금씩 그때 이야기를 할 때면 만옥은 늘 그렇게 말하곤 했다.

그치, 언니. 냉면 전문점도 아니었는데 뭐가 그렇게 맛있었을까? 둘 다 너무 배가 고팠던 거야.

그러면 순미도 그렇게 맞장구를 쳤다. 둘은 한 번 더 가자, 언제 또 가자, 하고 버릇처럼 말했지만 다짐은 지켜지지 못했다. 그 식당은 2년 후 문을 닫았다. 어느 날 보니 오늘부로 영업을 종료한다는 메모가 붙어 있었다.

처음에 순미는 이런저런 일로 자주 연락을 해 왔다. 공동 관리비를 어떻게 납부해야 하는지, 지하 창고와 옥상을 사용해도 되는지 물을 때도 있었고, 깨진 변기와 망가진 전등을 수리해달라고 분명하게 요구할 때도 있었다. 그때마다 만옥은 건물이 지어진 지 이미 30년이 넘었고 그래서 시세

보다 저렴한 거라고, 사소한 문제들은 직접 알아보고 해결하며 살라고 답했다.

이봐요. 집주인이라고 하지만 나도 빚내서 겨우 그 집 샀어요. 나라고 왜 안 고쳐주고 싶겠어. 뭐든 척척 고쳐주면 내 마음도 편하고 좋지. 근데 정말 그럴 형편이 안 돼요. 지난주에 우리 아저씨가 쓰러져서 지금은 병원비 대는 것도 힘들어.

어느 날 만옥은 그렇게 하소연했다. 남편 승석이 입원한 6인실에서였다. 만옥은 휴대폰을 든 채 병실을 나와 복도 끝까지 걸어간 뒤 한마디 더 했다.

다들 금방 재개발이 된다길래 나도 덜컥 그 집을 산 거예요. 아니면 뭐 하러 다 쓰러져가는 그런 집을 사겠어. 몇 년 안에는 틀림없이 된다더니 이제는 다들 모르겠다는 소리나 하고. 사람들이 왜 이렇게 무책임하대요? 있는 돈 없는 돈 다 긁어모아서 빚까지 냈는데. 팔고 나면 다들 나 몰라라지. 개발이고 뭐고 이제는 진짜 신물이 나요. 평생 그 말 쫓아다니다가 나도 우리 아저씨도 다 굶어 죽게 생겼어.

순미가 말이 없었으므로 만옥은 그대로 전화를 끊으려고 했다. 엉뚱한 사람에게 괜한 소리를 했다는 후회가 들어서였다.

혹시 묵 좋아하세요? 직접 쑨 묵이 있는데 한번 드셔보

시겠어요?

순미가 차분한 목소리로 물었다.

만옥이 거듭 사양했지만 순미는 그날 저녁 병원으로 찾아왔다. 순미가 꺼내놓은 건 미지근한 묵 두 모였다. 이렇다 할 식욕을 느끼지 못했음에도 만옥은 묵 한 조각을 맛보았다. 가져온 사람의 성의를 생각해서였고 몇 조각만 집어 먹을 작정이었지만 만옥은 앉은 자리에서 묵 한 모를 해치웠다.

쫄깃한 식감, 떫으면서도 담백한 뒷맛, 향긋하고 새콤한 양념장의 맛.

자신의 허기를 깨운 것이 다만 그런 것만이 아님을 만옥은 모르지 않았다. 만옥은 지난 사흘간 병원을 찾아온 사람이 아무도 없었다고 말하지 않았다. 잠든 승석의 모습을 내려다볼 때면 불안한 예감이 무섭게 떠오른다는 말도, 병실한쪽에서 정신없이 묵을 삼키는 자신의 모습이 처량하고 서글프다는 말도 참았다.

고마워요. 조심해서 가요.

엘리베이터 앞에서 만옥은 짧게 인사했다.

입맛 없어도 밥은 꼭 챙겨 드세요. 밥 잘 챙겨 드시라고요. 그거면 돼요.

순미는 엘리베이터 문이 닫히기 직전에 그렇게 당부했다.

한 주가 더 지나고 승석은 편측마비 진단을 받았다. 운동과 재활 치료를 통해 호전될 수는 있겠지만 지금으로선 큰 기대를 하기 어렵다고 의사는 잘라 말했다. 뭔가 희망을 걸 만한 다음 말을 기다렸지만 의사의 입에서는 아무런 얘기도 나오지 않았다. 승석을 데리고 진료실에서 나온 만옥은 한쪽 팔과 다리를 들어 옮기듯 걷는 승석을 부축하며 큰소리를 냈다.

뭐든 남들보다 천천히 한다고 생각하면 돼. 아무 문제 없어요. 밥 잘 먹으면 그걸로 된 거야. 걱정할 거 없어.

그것이 순미가 자신에게 했던 말이라는 것은 나중에 알았다. 단순하고 시시해서 싱겁게까지 여겨지는 그 말이 왜 항상 일렁이는 마음을 단번에 진정시키는지도.

순미와의 임대차 계약이 만료될 무렵, 목화맨션 일대엔 재개발에 관한 말들이 떠돌기 시작했다. 재개발로 들썩거리는 집에 들어오겠다는 세입자는 없을 터였다. 순미에게 당장 보증금을 내줄 수 있는 형편도 아니었다. 여러모로 집주인인 만옥에게 불리한 상황이었다.

언니, 난 그냥 요 근처에 다른 집을 알아볼까 봐. 언제 나가야 할지도 모르는 집에 불안해서 어떻게 살아? 집 구하는 것도 다 때가 있는데 꾸물거리면 집세만 더 오르지. 그렇잖아.

만옥이 처음 재계약 이야기를 꺼냈을 때 순미는 그렇게 대꾸했고, 재차 설득해도 마음을 바꾸려고 하지 않았다.

며칠 후 만옥은 순미를 직접 찾아갔다.

금방이라도 비가 쏟아질 것처럼 흐린 날이었다. 수박 한 통을 들고 목화맨션 101호에 도착했을 땐 날이 저물어 있었다. 한동안 만옥은 몰라보게 달라진 집 안을 살피며 말을 고르기만 했다. 어둑어둑하고 칙칙했던 실내는 환한 톤의 아기자기한 살림살이 덕에 밝아 보였다. 집 안에 고여 있던 탁하고 습한 냄새도, 묘하게 음침하던 분위기도 사라져서 제법 살 만한 집처럼 느껴지기까지 했다.

그것이 만옥을 두렵게 했다.

금방 허물어질 거라고 생각했던 이 집이 지금껏 이렇게 건재하다는 사실. 재개발을 기다리며 허비한 시간이 7년에 달한다는 사실. 자꾸만 되살아나고 번듯해지는 이 집과의 싸움이 얼마나 지속될지 모른다는 사실. 다시금 실패할지도 모른다는 사실.

만옥은 몰려오는 생각을 물리치듯, 싱크대 앞에 서서 수박을 자르는 순미의 뒷모습을 올려다보았다. 어떻게든 이 집을 바꿔보려고 노력했을 순미의 시간과 수고를 떠올렸고, 그러자 그럴듯해 보이던 집 안의 풍경이 말할 수 없이 초라하게 느껴졌다. 만옥이 고개를 돌릴 때마다 집 안의 모습은 자꾸 달라지고 바뀌는 듯했다.

재계약하자고 수박까지 사 들고 와놓고선 왜 말이 없어?

순미가 그렇게 채근한 후에야 만옥은 천천히 입을 열었다. 재개발 탓에 세입자를 구하는 일이 쉽지 않고, 세입자를 구하지 못하면 보증금을 내주기가 어렵다고. 재개발이 된다 하더라도 2년을 더 거주하는 데에는 문제가 없을 거라고. 계약 기간 내에 이사를 하게 되면 조합에서 지급하는 이주비 외에 따로 이사비를 챙겨주겠다는 말까지 했을 때 순미가 물었다.

이사비를? 진짜? 얼마나 주려고?

까짓것 재개발만 된다면야 이사비가 대수야. 이사비야 얼마든지 주고도 남지.

계약서에 이사비 항목을 명시하는 조건으로 두 사람은 재계약에 합의했다. 재개발로 인해 계약 기간이 끝나기 전에 이사해야 하는 경우 만옥이 백만 원의 이사 비용을 지급한다는 내용이었다. 물론 순미가 단순히 이사비 때문에 재계약에 동의한 것이 아님을 만옥은 모르지 않았다.

만옥이 사 온 수박은 형편없었다. 빨갛게 익어야 할 속은 전체적으로 허옇고 군데군데 구멍이 나 있었다.

보기엔 이래도 또 맛은 있을지 몰라. 가만있어봐.

순미는 식칼을 요리조리 움직여서 붉은 속을 도려냈고,

잘 익은 부분을 만옥에게 건네주었다. 그런 후엔 심각한 얼굴로 수박을 내려다보는 만옥을 달래듯 이렇게 얘기했다.

그러지 말고 언니, 여기 개발돼서 아파트 들어가면 나 작은 방 하나 월세 줘. 나도 언니 덕에 번듯한 집에서 한번 살아보게.

만옥은 그러자고 했다. 그 말을 듣는 순간엔 덜 익은 수박을 제값 주고 샀다는 억울함과 속상함은 말끔히 사라지고 없었다. 아니, 그런 건 중요하지도 않았다. 그러니까 재개발이 확정되고, 공사가 시작되고, 계획한 일이 순조롭게 이뤄지기만 한다면, 그렇게만 된다면 뭐든 할 수 있을 거라는 확신이 만옥에겐 있었다.

순미가 그 집에서 6년을 더 살게 될 거라고는 예상하지 못했다.

이듬해 봄에 순미는 결혼했다.

누구? 택시 한다는 그 사람? 좋으면 연애만 하면 되지, 뭐 하러 결혼을 해.

처음 순미가 결혼하겠다고 말했을 때 만옥은 만류했다. 순미가 일하는 구내식당에 자주 온다는 택시 기사의 이야기를 몇 번 들은 적이 있어서였다. 평범하고 수더분한 사람 같았으나 어딘가 깔끔하지 못하다는 인상을 지울 수가 없었다. 한 번 결혼한 적이 있는 것도, 택시 회사에서 일한 지고작 1년 남짓 되었다는 것도 미덥지 않긴 마찬가지였다.

그래도 하나보단 둘이 낫다고 한 게 누구야? 이거저거 재지 말고 누구든 만나라고 할 땐 언제고. 결혼하면 청승맞게 혼자 이사할 일도 없고 좋지 뭐.

순미는 고집을 꺾지 않았고 봄이 지나기 전에 식을 올렸다. 식이랄 것도 없었다. 근처 중국집에서 가까운 사람들과 저녁을 겸하는 자리였다. 만옥도 승석과 그곳에 갔다. 꼭 참석해달라는 순미의 거듭된 부탁 때문이었다.

순미 씨한테 이야기 많이 들었습니다. 이것저것 많이 도와주신다고요.

신랑 찬호는 만옥이 상상한 것과 달랐다. 탈모가 시작된 듯 훤하게 드러난 이마 탓에 실제보다 훨씬 나이가 많아 보였고, 이리저리 눈을 굴리는 모습도 자신 없고 소심해 보였다. 몹시 긴장한 듯 얼굴에 흐르는 땀을 닦아낼 때마다 울 것 같은 표정이 되었는데, 이상하게도 그 모습이 만옥에게는 선하고 진실하게 느껴졌다.

내가 도와준 게 뭐 있나요. 순미가 워낙 야무진 애라 뭐든 알아서 잘하지.

만옥은 찬호의 시선을 붙잡듯 눈을 똑바로 맞추고 준비한 봉투를 내밀었다. 30만 원이었다. 과하지도 모자라지도 않은 금액이라고 생각했으나 훗날 만옥은 그 일을 두고두고 후회했다. 약속한 이사비를 주는 셈 치고 그때 백만 원을 주었더라면, 오래도록 남은 마음의 부채감을 덜 수 있었을 거라는 생각 때문이었다.

울긋불긋한 중국집 내부는 환한 조명 탓에 눈이 부실 정도였고, 음식은 짜거나 기름져서 좀처럼 손이 가지 않았다.

의자 괜찮아? 다른 거 가져다 줘? 과일 좀 먹어봐요. 화장실에 가고 싶으면 참지 말고 바로 말해요.

몸이 불편한 승석을 챙기느라 만옥은 순미가 하는 말도, 찬호가 하는 말도 제대로 듣지 못했다. 두 사람이 어떤 표정을 짓고 있었는지, 열 명 남짓한 하객들이 어떤 사람들이었는지도 살피지 못했다.

하객들이 순서대로 축하를 건넬 때 만옥도 자리에서 일어나서 짤막하게 한마디했다. 누구나 할 법한 말이었지만 괜한 자리에 왔다는 후회, 주제넘은 말을 할지도 모른다는 걱정 탓에 자신이 무슨 말을 했는지 금방 잊고 말았다. 식사 자리는 밤 9시가 넘어서 끝이 났다. 찬호의 택시로 데려다 주겠다는 순미의 제안을 물리치고 만옥은 승석을 재촉하며 식당을 가장 먼저 빠져나왔다.

기, 기다렸다가 가, 같이 가면 좋지. 왜 고, 고집이야.

힙겹게 한 발을 떼고 또 한 발을 떼며 승석이 느릿느릿 말했다.

신경 써야 할 사람도 많은데 우리가 계속 기다리고 있으면 부담스럽기나 하지. 좋긴 뭐가 좋아. 얼른 가주는 게 좋지. 조심해요, 미끄러워요.

그때 멀리서 순미의 목소리가 들렸다.

언니, 나 언니 말 듣길 잘했네. 이사 안 가길 잘했다고. 이 집에서 내가 결혼할 줄 누가 알았겠어? 다음 주에 우리가……

오토바이 한 대가 지나가는 바람에 순미의 다음 말은 들리지 않았다. 만옥은 가볍게 손을 흔들었다. 조명이 꺼질 듯 깜빡이는 간판 아래서 사람들을 배웅하는 순미와 찬호의 모습이 조그마하게 보였다. 그날 밤에 관해서라면 이상할 정도로 기억나는 게 없었지만, 어둑어둑한 가게 앞에 나란히 서 있던 두 사람의 실루엣만은 오래도록 기억에 남았다.

이후 순미는 오전 10시부터 오후 5시까지 일하던 구내식당 조리사 일을 그만두고, 늦은 밤까지 일하는 식당에 나갔다. 택시 운전을 하는 찬호도 틈틈이 대리 기사 일을 병행하는 모양이었다. 만옥이 전화를 해도 순미는 받지 않을 때가 많았고, 메시지를 남기면 몇 시간 후에 답이 오곤 했다. 내일 전화한다거나 주말에 연락한다거나 하는 순미의 약속도 지켜지지 않을 때가 많았다.

한번은 순미 부부가 만옥의 집을 찾아온 적이 있었다.

추석을 며칠 앞둔 오후였다. 현관문 두드리는 소리에 만옥이 나가보니 순미와 찬호가 기다란 테이블을 들고 서 있었다. 4층까지 올라오는 게 힘들었던 모양인지 두 사람 모두 얼굴이 상기된 모습이었다.

연락도 없이 어쩐 일이야?

만옥이 물었고 찬호가 대답했다.

이거 저희 사무실에서 쓰던 건데 거의 새거예요. 식탁으로 쓰세요.

순미에게 집에 있는 식탁이 작고 무겁다고 불평한 것을 만옥도 기억하고 있었다. 그러나 심각한 수준은 아니었고, 엉망으로 어질러진 집 안을 보여주는 것도 내키지 않았으나 만옥은 현관문을 활짝 열었다. 테이블은 세 사람이 달라붙어 비스듬히 기울이고 나서야 간신히 현관문을 통과했다. 몸이 불편한 승석이 멀찌감치에 서서 이리로 저리로 하고 방향을 일러주고 난 다음이었다.

식 올리고 인사도 제대로 못 했잖아. 선물이라고 생각해요. 바퀴가 있어서 엄청 편해.

순미가 테이블을 밀어 보이자 하얀 테이블이 부드럽게 움직였다. 네 사람은 그 식탁에서 이른 저녁을 먹었다. 누군가 찾아왔다는 사실에 들뜬 승석의 표정과 여유롭게 느껴지는 순미 부부의 모습, 베란다 창으로 들어오는 선선한 바람과 북적거리는 분위기가 만옥의 기억 속에 사진처럼 남았다.

내년에 이사할 때 우리도 이 정도 크기로 알아보자. 방이 두 개는 있어야지. 둘이 지내기엔 집이 너무 좁아. 마을버스도 빨리 끊기고. 아니다, 아예 중고차를 하나 살까? 다른 건 몰라도 냉장고는 진짜 새로 살 거야. 안 쓰는 것도 싹 갖다 버리고.

식사가 끝날 즈음 순미가 찬호에게 소곤거렸다. 찬호는 조심스럽게 사방을 살피며 말이 없었고, 대답을 한 건 만옥이었다.

이보다 더 넓은 집으로 가야지. 둘이 버는 데 뭐가 걱정이야. 그러지 말고 적당한 집을 사. 자꾸 세 살면서 옮겨 다니지 말고.

그 무렵엔 목화맨션 일대의 재개발 계획이 다시 주춤했으므로 만옥은 새로운 세입자를 충분히 구할 수 있다고 생각했고, 순미 부부가 더 나은 집으로 옮겨 가길 진심으로 바랐다.

그러나 이듬해 계약 갱신을 요구한 건 순미였다.

그해 여름엔 비가 잦았다. 6월부터 뜨겁고 가문 날이 계속되더니 7월이 되고부터는 거의 하루도 거르지 않고 비가

왔다. 그리고 어느 날 새벽, 순미가 연락을 했다. 맨션 일대가 침수되었다는 소식이었다. 함께 가겠다고 고집을 부리는 승석을 떼어놓고 만옥은 곧장 목화맨션으로 갔다. 멀리 맨션 건물이 보일 무렵엔 푸르스름하게 날이 개고 있었다.

하필이면 찬호 씨가 택시를 골목에 세워 뒀대.

골목 앞에 모여 선 사람들 틈에서 순미가 알은체를 했다. 차들이 무질서하게 주차된 골목은 무릎까지 물이 차오른 상태였다. 망가진 선풍기, 빈 플라스틱 병, 어디서 떨어져 나왔는지 모를 나무 창틀과 쓰레기봉투 등이 어지럽게 떠다니고 있었다.

왜 이러고 섰어? 찬호 씬 어디 갔어?

만옥이 목소리를 높였다.

대리 갔잖아. 오는 길이래. 좀 전에 버스 탔다니까 한 시간은 더 있어야 올 텐데. 차 키도 없고 뭘 어떻게 해야 할지 모르겠어.

만옥은 젖은 바지 밑단을 걷어 올리고 순미의 팔을 잡아끌었다. 이리저리 오가는 사람들을 피해 걸으면서 어떻게든 택시를 끌어내 오자고, 사람들에게 도움을 청해보자고 소리쳤고 정말 그럴 생각이었다. 그러나 한참 만에 택시를 찾아냈을 땐, 어지럽게 주차된 다른 차들 탓에 가까이 접근하는 것조차 어려웠다. 다시금 빗줄기가 굵어지기 시작했으므로 누군가에게 도움을 청할 상황도 아니었다. 만옥은 순미와 곁에 선 다른 사람들처럼 멍하니 하늘을 올려다볼 수밖에 없었다.

그 일이 뉴스에 보도되었다는 건 나중에 알았다. 주택 노후화와 기반 시설 부족, 관리 인력의 부재 등이 주민의 삶과 생명을 위협하고 있다는 짤막한 기사였고, 금세 다른 소식들에 밀려나버렸다.

얼마 후 찬호는 택시 회사를 그만두었다. 찬호의 잘못이 아니었으나 책임을 지지 않을 수 없었고 얼마간 손해를 분담해야 했다. 그 손해를 순미가 함께 떠안아야 하는 사실을 만옥이 모를 리 없었다. 그래서 순미가 재계약 이야기를 꺼냈을 때 만옥은 그러자고 했다.

이후 2년은 만옥에게도 쉽지 않은 시간이었다.

물난리 탓에 목화맨션의 고질적인 문제들이 본격적으로 불거졌고 매번 집주인들이 갹출하여 건물을 수리해야 했다. 물난리 덕분에 재개발 사업이 앞당겨질 수도 있다고 여겼던 기대는 빗나간 셈이었다. 더디지만 호전되는 것처럼 보이던 승석의 상태가 나빠졌고 은행 두 곳이 파산하면서 담보대출 이자가 가파르게 상승하기 시작했다. 만옥은 적금을 깨고, 연금보험을 해지하고, 살고 있는 집의 전세를 월세로 전환하며 급한 일들을 해결했다.

만옥은 순미와 세번째 계약 갱신을 했다.

이번에는 얼마라도 전세금을 올리고 싶었으나 그렇게 하지 않았다. 순미가 늦어도 몇 달 안에는 임대주택을 얻을 거라고 확신했고, 혹시나 그러지 못해 또다시 계약을 갱신 하게 된다면 그땐 틀림없이 전세금을 올려주겠다고 사정 했기 때문이었다.

그 무렵 순미는 대학 구내식당의 조리사로 취직했고 찬 호도 구청 녹지과에서 기간제 근로자로 일했다. 사정을 모 르는 사람의 눈에도 순미 부부의 생활은 안정을 찾은 것처 럼 보였다. 무엇보다 눈에 띄게 밝아진 두 사람의 표정이 만옥에게 어떤 믿음을 주었다.

그래서였을 것이다.

이듬해 재개발 사업이 완전히 무산되었다는 소식을 들 은 뒤 목화맨션을 팔아야겠다는 결심을 했을 때 만옥은 순 미에 대한 걱정은 하지 않았다. 기존의 세입자를 내보내는 조건으로 집을 사겠다는 사람이 나타났을 때도 오래 망설 이거나 고민하지 않았다.

만옥이 순미를 다시 찾아간 건 다음 해 봄이었다.

3월 초순이었고 아주 화창한 날이었다. 날이 흐려질 기 미는 조금도 발견할 수 없었으므로 만옥은 거듭 마음을 다 잡았다. 그 집에서 순미가 8년 가까이 거주할 수 있었던 건 집주인인 자신의 배려와 노력 덕분이라고. 순미를 수시로 들고 나는 세입자 중 하나로 여겼다면 이미 오래전에 내보냈을 거라고. 누가 뭐라든 지금껏 자신은 최선을 다했고, 누구도 이렇게까지는 할 수 없었을 거라고. 그러니 오늘은 기필코 이 일을 마무리 짓고 말겠다고.

그러나 막상 순미와 마주 앉고 나서 만옥은 순미가 하는 말을 듣고만 있었다.

순미는 노란 조끼를 입고 공원과 도로변에 꽃을 심으러 다니는 찬호의 안부를 전하고는 조만간 자신도 구내식당의 정규 직원이 될지도 모른다고 말했다. 좋은 소식이었고 기쁜 일이었으나 순미의 얼굴은 어두워 보였다. 그건 만옥의 착각인지도 몰랐다. 그럼에도 조마조마한 마음을 억누를 수가 없었다.

이 집을 떠나는 게 왜 이렇게 힘들까, 언니.

고개를 들고 집 안을 둘러보던 순미가 불쑥 말했다. 그런 후엔 2년 전, 4년 전, 기억들을 끄집어냈다. 듣고 있던 만옥이 엉뚱한 이야기를 꺼냈다. 오래전 목화맨션 101호를 구입할 때 만났던 전 주인에 관한 이야기였다.

돈 주고 산다고 다 자기 집이 되나요? 감당할 능력이 있어야지. 능력이 있는지 없는지는 살아봐야 알아요. 안 살아보고는 절대로 몰라.

끈질기게 가격 흥정을 하고, 계약 날짜를 몇 차례 변경할 때에도 이렇다 할 불평이 없던 전 주인은 계약 당일 그렇게 한마디했다. 그는 체구가 작은 여자였고, 만옥보다 네댓 살 많아 보였다.

왜요, 사모님. 그 집에서 좋은 일도 많으셨잖아.

두 사람의 신분증을 나란히 올려두고 계약서를 작성하던 중개인이 달래듯 말했지만 전 주인은 만옥의 눈을 보며 한마디 더 했다.

좋은 일인지 아닌지도 살아봐야 알지. 좋은지 나쁜지 뭐든 당장 알 수 있으면 얼마나 좋겠어요.

만옥은 아무런 대꾸도 하지 않았다. 당시엔 헐값에 집을 팔게 된 것이 어지간히 속상한 모양이라고 짐작했고, 그 일을 금세 잊었다. 대수롭지 않게 여겼던 그날의 일이 왜 지금 이토록 생생하게 떠오르는 것인지 알 수 없었다. 아니, 생각 없이 지나친 그런 일들이 비로소 어떤 경고처럼 여겨졌고, 그렇게 생각하자 예전과 다를 바 없는 이 집의 풍경이 말할 수 없이 야속했다.

만옥은 자리에서 일어났다.

왜? 가려고? 왜 벌써 가?

현관 앞에서 신발을 찾아 신는 만옥에게 순미가 비닐봉지를 건넸다. 직접 만든 인절미라고 했다.

쑥이 많이 들어가서 약이나 다름없어. 언니, 소화 잘 안 되잖아. 아저씨는 좀 어떠서? 그래도 식사는 잘하시지?

만옥이 거듭 사양하는데도 순미는 기어이 그것을 만옥의 손에 쥐여주었다. 인절미가 담긴 비닐봉지가 따뜻했다. 만옥은 봉지를 받아 들고 이렇다 할 인사도 없이 그곳을 나왔다. 좁은 골목길을 빠져나오는 동안 어쩌자고 서로의 사정을 이렇게 속속들이 알아버렸을까 생각했고, 그게 뭐든 차라리 몰랐으면 나았을 거라고 중얼거렸다. 그러니까 지난 시간 동안 저 낡은 집이 자신에게 선사한 좋은 일이란 고작 이런 것이고, 이제 이것마저 지킬 수 없게 되었다는 것을, 이 집을 팔면서 자신이 각오해야 하는 것이 무엇인지 분명히 알게 된 셈이었다.

며칠 후 만옥은 순미에게 전화를 걸어 해야 할 말을 했다. 조만간 목화맨션 101호를 팔 생각이고, 가능한 한 빨리 집을 비워줬으면 좋겠다고. 계약 기간이 몇 달 남았지만 사정이 어려운 탓이니 이해하라고. 언제까지 집을 비울 수 있는지 알려달라고.

언니, 집을 팔려고? 그러지 말고 조금만 더 기다려봐요. 지금껏 기다린 거 아깝지도 않아?

처음에 순미는 만옥을 설득하려고 했다. 그러나 만옥이 이미 집을 내놓았고, 집을 사겠다는 사람과 구체적인 조건을 의논한 사실까지 알고 나서는 계약 기간까지 살겠다고 말을 바꿨다. 집을 사겠다는 사람과 통화하겠다고 말했고, 한마디 말도 없이 이럴 수 있느냐고 따져 물었다.

만옥도 계속 기다릴 수 없는 형편이었다.

그 무렵 승석은 다시 입원했다. 이번에는 심각했고 만옥도 의사에게 더는 희망적인 말을 기대할 수 없었다. 살고 있는 집의 계약 만료일이 다가오고 있었고, 4층 계단을 오르내려야 하는 그 집에 더 머물 자신도 없었다. 순미와 통화할 때마다 만옥은 누가 더 불행한지 겨루는 사람처럼 자신의 처지를 설명하기 바빴고, 전화를 끊고 나면 돌이킬 수 없는 잘못을 저지른 것 같은 기분이 들었다.

순미는 두 달 뒤 목화맨션을 떠났다.

이사 당일, 만옥은 집의 상태를 확인하고 보증금을 돌려주기 위해 잠시 그곳에 들렀다. 아침부터 비가 올 것처럼 흐린 날이었다. 현관에서 신발을 정리하고 있던 찬호가 알은체를 했고, 순미는 화장실에서 나머지 짐들을 챙기고 있었다. 가구와 큰 짐들이 빠져나간 집 안은 휑했고, 거뭇거뭇한 곰팡이와 얼룩이 도드라져 보였다.

아침부터 고생 많네. 이삿짐 센터는 안 불렀어?

만옥이 물었지만 순미는 말이 없었고 찬호가 대신 답했다.

어차피 다 버릴 거라서 짐도 별로 없어요. 아저씨 둘은 식사하고 오시라고 했어요. 그래도 밥은 먹고 출발해야죠.

만옥은 대충 집 안을 훑어본 뒤 순미의 계좌로 보증금을 이체했다. 무슨 말이든 하고 싶었으나 무슨 말을 하고 싶은지, 무슨 말을 할 수 있을지 알 수 없었다. 약간 야윈 듯한 순미의 얼굴이 낯설어서 자신이 어떤 표정을 짓고 있는지조차 알 수 없었다. 보증금이 제대로 입금됐다는 순미의 대답을 들은 뒤 만옥이 그곳을 나오려는데 순미가 물었다.

언니, 점심 먹었어?

만옥과 순미, 찬호 세 사람이 간 곳은 근처 국숫집이었다. 만옥이 시킨 잔치국수는 너무 뜨거웠고 국물을 몇 번 떠먹고 나자 더 먹고 싶은 마음이 생기지 않았다. 찬호는 땀을 흘리며 순식간에 비빔국수 한 그릇을 깨끗하게 비웠고 순미는 살얼음이 뜬 냉국수를 반쯤 남겼다. 이따금 찬호가 이런저런 질문을 던졌지만 만옥은 이렇다 할 대답을 하지 못했다.

만옥은 순미와 처음 냉면을 먹었던 그날을 떠올리고 있었다. 그때가 아주 오래된 일처럼 느껴졌고, 새삼 좋았다고 생각되었다. 아니, 불행과 비극 속에 있는 것이 틀림없다고 여겼던 그 시간들이야말로 정말 좋았다고 확신할 수 있었다.

그러나 그에 관해서는 한마디도 꺼내지 않았다.

실랑이 끝에 만옥이 계산을 하고 가게를 나왔을 땐 환하게 날이 개어 있었다. 세 사람은 목화맨션까지 함께 걸었다. 점심 식사를 마친 이삿짐 센터 직원들이 돌아와 있었고 나머지 짐을 싣는 일도 금방 마무리됐다. 트럭이 출발하기 직전 만옥은 이사비에 보태 쓰라며 조수석에 앉은 찬호에게 봉투를 건넸다. 그러자 운전사와 찬호 사이에 끼어 앉아 있던 순미가 고개를 빼고 소리쳤다.

언니, 우리는 괜찮아. 우리 신경 쓰지 말고 언니나 잘 살아. 밥 잘 챙겨 먹고.

그게 마지막이었다. 이후로도 순미는 종종 안부를 전해 왔지만 연락이 뜸해지더니 곧 소식이 끊겼다. 승석은 입원과 퇴원을 반복하다가 요양원에 들어갔다. 그 무렵에는 만옥의 건강도 좋지 않았으므로 다른 대안이 없었다.

그로부터 얼마 더 지나 만옥은 목화맨션 일대가 철거된다는 뉴스를 보았다. 일주일에 한 번, 승석을 살피러 들르는 요양원 로비에서였다. 비교적 정신이 또렷한 노인 서넛이 소파에 앉아 텔레비전을 보는 중이었고, 화면으로 목화맨션 일대의 모습이 지나가고 있었다.

만옥은 그 자리에 멈춰 서서 잠시 텔레비전을 바라보았다. 창으로 쏟아져 들어오는 햇살 탓에 화면은 반쯤 지워진 상태였다. 그럼에도 눈에 익은 어떤 풍경들은 정확하게 알아볼 수 있었다. 그러자 다 잊었다고 생각한 어떤 시간들이 또렷하게 되살아났다. 아쉽다거나 억울하다거나 후회된다거나 하는 마음은 조금도 들지 않았다.

만옥은 그 짤막한 뉴스가 끝난 뒤 정신을 차린 듯 접수대를 지나 병실 쪽으로 걷기 시작했다. 그리고 이상하리만치 고요한 복도를 걷는 그 순간 확신할 수 있었다. 부서지고 무너지고 허물어지는 것이 다만 눈에 보이는 저 낡은 주택들만은 아닐 거라고 말이다.

이남터미널

그녀는 이남터미널 앞 사거리에서 그 전화를 받았다.

오후 5시가 가까운 시각이었고 주변이 어둑어둑해지고 있었다. 8차선 도로는 버스와 택시, 승용차와 오토바이가 내뿜는 불빛과 소음으로 시끌벅적했다. 눈을 찌르는 듯한 전조등 불빛 탓에 그녀는 자주 눈을 비볐고 그때마다 눈앞의 풍경이 울긋불긋하게 뭉개졌다.

사거리 한가운데서 경찰이 수신호를 했다. 한꺼번에 길을 건너는 사람들 틈에서 그녀는 조심스럽게 걸음을 내디뎠다. 호루라기 소리와 말소리, 발소리 같은 것들이 그녀를 에워쌌다. 초겨울의 차고 마른 공기가 가느다란 소리까지 모두 일으켜 세우는 듯했다.

남우 사모님이죠?

여보세요? 누구세요? 잘 안 들려요. 크게 말해요.

그녀는 상대의 말을 한 번에 알아듣지 못했다. 휴대폰 너머에서 아무런 말이 없었으므로 전화가 끊어졌나 싶었지만 길을 다 건널 때쯤 상대방의 목소리가 커졌다.

지율동, 지율동 남우빌라. 남우 사모님 아니에요?

남우빌라는 그녀가 20년 전에 샀고 10년도 더 전에 팔아버린 다세대 건물이었다. 그럼에도 남우라는 이름을 듣자마자 그 건물 외관이 눈에 보일 듯 생생하게 되살아났다. 내려앉은 듯 지하로 푹 꺼진 주차장과 햇빛이라고는 들지 않던 좁은 골목, 제거하고 또 제거해도 끈질기게 벽을 타고 기어오르던 담쟁이넝쿨 같은 것들이 한꺼번에 떠올랐고 그런 기억들이 자신 안에 고스란히 남아 있다는 게 신기했다.

맞아요. 누구세요?

그녀가 대답하자 상대가 말했다.

나요. 오성엽이요. 우리 다 같이 한창 지율동에 집 보러 다닐 적에 홍 사장이랑 몇 번 만난 적 있잖아요. 거기 어디냐? 나 조달청 앞에 살 때요. 왜 사모님이 남우빌라 등기 치던 날 우리 동네 고깃집에서 뒤풀이 했잖아요. 기억 안 나요?

그녀가 대답이 없자 상대는 조금 더 말했다. 남우빌라,

시티타운, 트윈빌, 파크빌 같은 건물 이름이 이어졌고, 건축 업자와 수리 업자 몇 사람의 이름이 더 나왔다. 법원 등기소 위치와 매사 까탈스럽게 굴던 담당 직원의 말투까지 듣고 나서야 그녀는 상대방의 존재를 기억해냈다. 그는 등기소 직원의 이름을 모두 욀 정도로 등기소 업무에 능통한 사람이었다. 그곳을 드나들 때마다 그녀도 이런저런 도움을 받곤 했지만 정확히 어떤 것이었는지 기억나지 않았다.

아, 오 사장님. 오 사장님 기억하고 말고요. 오랜만이네요.

그렇게 대답하면서 그녀는 오 사장의 얼굴을 떠올리려고 애썼다.

한 층에 세 가구가 살던 3층짜리 건물. 바깥쪽으로 휜 난간과 수평이 맞지 않는 계단, 칠이 벗겨진 벽과 여닫을 때마다 끽끽 소리가 나던 현관문 같은 남우빌라의 세부는 선명해지는데도 오 사장의 얼굴은 숨바꼭질하듯 계속 어디론가 숨어버리는 듯했다. 이상한 일이었다.

지금 우리 멤버들 다 홍 사장 장례식장에 와 있는데 언제 오시나 해서 전화했어요. 오늘 저녁에 오시지요?

네, 저녁엔 가봐야죠. 그 전에 잠깐 들러야 할 데가 있어서 나와 있어요.

주변의 소음을 이기려고 그녀는 목소리를 높였다.

남우 사모님은 요즘도 많이 바쁘신가 보네. 하기야 나이 들수록 바쁜 게 좋지요. 아무튼 그럼 우리 기다립니다. 홍 사장 마지막 가는 길인데 다 같이 인사는 해야지요. 이따 봅시다.

오 사장은 호기롭게 말한 뒤 전화를 끊었다.

그녀는 한 손에 휴대폰을 쥔 채 인파에 떠밀리듯 계속 걸었다. 홍 사장이 지난해 폐렴 증상으로 서너 차례 입원 치료를 받았다는 건 그녀도 모르지 않았다. 그럼에도 몇 달 전 마지막 통화를 할 때 홍 사장의 목소리는 나쁘지 않았다. 그러니까 이렇게 느닷없이 부고 소식을 듣게 될 거라고는 예상하지 못했다.

그 집이 홍 사장을 말려 죽인 거야. 사람 잡고도 남지.

터미널 정문 앞에 멈춰 서고 나서야 그녀는 그렇게 중얼거렸다. 그런 후엔 여기저기 나붙은 전단지와 현수막을 살피느라 잠깐씩 홍 사장의 죽음을 잊었다. 며칠 사이 현수막은 더 늘어나 있었다. 터미널 이전을 더는 미룰 수 없다느니, 사업 시행이 미뤄지며 세금이 낭비되고 있다느니, 시민 서명이 진행되고 있다느니 하는 내용이었다. 그녀는 크기와 모양이 제각각인 현수막들을 올려다보는 데에 정신이 팔렸다. 현수막에 적힌 저런 일방적인 주장이 이곳을 오가는 사람들에게 어떤 인상을 줄지, 어떤 영향을 미칠지 알 수 없었다. 그녀는 무슨 수를 써서든 그것들을 모조리 떼어내고 싶었다.

터미널 로비를 가로질러 후문으로 나온 뒤에야 그녀는 홍 사장과 홍 사장을 붙잡고 놓아주지 않던 청목주택을 떠올렸다.

홍 사장은 20여 년 전 그녀가 지역 주택조합에서 만난 사람이었다. 사십대 중반의 두 사람은 만난 지 얼마 안 되어 서로가 같은 목적을 품고 이곳에 왔다는 걸 알아보았고, 그 조합에 아무 희망이 없다는 걸 빠르게 알아차렸다. 그런 사람들은 더 있었다. 몇 년간 그녀는 홍 사장을 비롯한 여러 사람과 함께 구도심과 외곽 지역을 돌며 돈이 될 만한 낡은 집들을 보러 다녔다.

그들은 오전 9시 무렵 약속 장소에서 만났고, 홍 사장의 차를 타고 미리 정해둔 동네로 이동했다. 서로 수집해 온 정보를 공유했고, 그 일대를 충분하다 싶을 만큼 돌아다녔다. 그런 후엔 짧게 회의를 거친 다음 미리 정해둔 순서대로 주택을 매입했다.

회의라고는 하지만 언제나 중요한 건 홍 사장의 의견이었다.

여기 관리하려면 애먹습니다. 지금은 그럴싸해 보이죠? 위치가 이런 집들은 세입자 찾기가 어려워요. 돈 묶여 있으면 사고 나는 거야 금방이죠. 저기 뒤편에 군인 사택 있는 거 보셨지요? 그런 게 하나라도 있으면 동네가 잘 안 움직입니다.

홍 사장은 느릿느릿 말하는 편이었다. 늘 한 손으로 주먹을 쥐었다가 폈다가 하며 입을 열었고, 말을 마친 뒤에는 버릇처럼 자신의 손을 물끄러미 내려다보았다. 그에겐 주택의 가치를 알아보는 눈이 있었다. 홍 사장의 만류로 몇 차례 매매 계약을 보류했고, 그게 정말 잘한 선택이라는 것을 실감한 뒤부터 그녀는 홍 사장이 하는 말을 한 마디도 놓치지 않으려고 했다.

홍 선생 어디 가셨어?

이따금 자신도 모르게 홍 사장을 홍 선생이라고 부를 만큼 그녀는 홍 사장을 신뢰했다. 당시, 홍 사장은 그녀가 붙잡을 수 있는 유일한 끈이었다. 어쨌든 놓치지 않고 붙잡기만 하면 틀림없이 어떤 희망이라고 할 만한 것을 얻을 수 있을 것 같았다. 그녀는 주먹을 쥐었다가 폈다가 하는 홍 사장의 손안에 자신이 원하는 세계가 있다고 믿었다.

그녀는 부지런하게 살았다. 매일매일 비슷해 보이는 골목을 돌고, 별다를 게 없는 집들을 살피고, 그러느라 자주 끼니를 놓치고 옆 사람의 입에서 허기진 구취가 올라오는 것을 느낄 즈음에야 종일 먹은 게 없다는 사실을 알아차릴 정도로 성실했다. 그러니까 그 시절, 그녀를 움직인 건 허기를 잊을 만큼의 절박함이었고, 그것이 오늘의 그녀를 있게 한 건지도 몰랐다.

홍 사장이 가장 먼저 3층짜리 주택을 샀고, 나머지 두 사람이 적당한 주택 한 채씩을 매입한 뒤에야 그녀의 차례가 왔다. 은행에서 집값의 반 이상을 대출받고 가진 돈을 털어 그녀가 처음으로 집주인이 되었던 날, 홍 사장은 건물 입구에 남우빌라는 은색 현판을 달아주며 느릿느릿 말했다.

주소가 있다지만 건물에 이름이 없으면 되나요. 사람들이 부를 수 있는 이름은 하나 붙여줘야지. 걱정 말아요. 잘될 겁니다.

그날 밤, 자신을 잠 못 들게 했던 감정을 그녀는 기억하고 있었다. 그건 기대였고 우려였고, 가능성이자 두려움이었다. 그것은 방향을 조금만 틀면 완전히 달라 보이는 홀로그램처럼 밤새 그녀의 내면에서 반짝거렸다. 아니, 그건 그녀가 도무지 짐작할 수 없고, 예상할 수 없던 자신의 미래였는지도 몰랐다.

빛바랜 집들. 사람들의 관심에서 멀어진 집들. 누구도 원하지 않고, 가지려 하지 않는 집들. 그러나 길고 긴 세월을 이기고 견디며 살아남은 집들.

그런 쇠락한 집의 가치를 그녀에게 알려주고, 그런 집이

품은 가능성을 보여주고, 그런 집을 얼마든지 찾을 수 있다고 격려한 건 홍 사장이었다. 믿음을 가지고, 최선을 다하면 틀림없이 보상과 대가가 뒤따를 거라는 사실도 그녀는 홍 사장에게 배웠다.

그러니까 홍 사장이 없었더라면 자신이 오늘에 이르지 못했을 것임을 그녀는 모르지 않았다.

진작 팔아버렸으면 좋았지. 뭐 좋은 집이라고 그걸 끼고 있었을까. 마음에 병이 생긴 거야. 생기고도 남지. 그 집이 홍 사장을 그렇게 만든 거야.

그녀는 혼잣말을 하며 터미널 주차장을 빠져나왔고 어둑어둑한 골목으로 들어섰다. 여기저기 가림막을 쳐놓은 공사 현장 탓에 그곳은 터미널 정문이 있는 쪽과는 판이하게 달랐다. 상가들은 문을 닫은 지 오래였고 유치권 행사 중이라는 현수막이 걸린 건물 앞은 버려진 폐기물로 엉망이었다.

그녀는 전봇대에 붙은 전단지를 하나씩 떼어내며 퍼스트오피스텔 앞까지 갔다. 오피스텔 앞 담벼락에도 똑같은 전단지 세 개가 나란히 붙어 있었다. 그녀가 가방을 뒤지며 전단지를 떼어낼 만한 도구를 찾고 있을 때 경비가 나와 알은체를 했다.

오셨어요? 아무리 붙이지 말라고 해도 소용이 없네. 사람들이 말을 안 들어요. 오늘도 세 명이나 붙잡고 말했는데 그새 또 붙이고 갔네요.

그녀는 터미널 이전이 반드시 필요합니다, 라는 말로 시작되는 전단지 끄트머리를 떼어내며 중얼거렸다.

아니, 멀쩡한 터미널을 왜 이전한다는 건지 모르겠네. 주차장 넓겠다, 버스 잘 다니겠다. 사람들이야 대합실에 잠깐씩 있다가 가는 게 다인데, 옮기고 말고 할 필요가 뭐가 있어요. 언제는 터미널을 더 크게 짓는다고 난리더니, 이젠 다른 곳으로 옮긴다고 하고. 터미널 하나 보고 집 산 사람들만 다 죽으라는 거지, 안 그래요?

그녀는 신용카드 모서리로 전단지 끄트머리를 긁어내며 중얼거렸다. 주변 도로 정체, 보존지역 훼손, 건물 노후화, 안전 불감증 따위의 글자가 빼곡하게 적힌 전단지는 약 올리듯 떼어지다가 말다가 했다.

901호 아직 집에 있죠?

그녀가 건물을 올려다보며 물었고 경비가 답했다.

아이, 그럼요. 나갔으면 사모님한테 바로 연락했죠. 차는 그대로 있던데요?

들어가는 거 보셨어요?

못 봤어요. 언제 왔는지 주차장에 차가 들어왔더라고요. 그래도 우편물은 꼬박꼬박 챙겨 가던데요? 관리비 연체 고지서를 문 앞에 붙여놨는데 그것도 가져가고 없어요.

그녀는 손톱을 세워 전단지를 긁어내기 시작했다. 손끝이 담벼락을 스칠 때마다 차고 거친 감촉이 느껴졌다. 11월 초순이지만 바람은 매서웠다. 기온이 영하로 떨어질 거라는 예보가 아니더라도 사람들의 옷차림에서 겨울을 대비하는 기색이 뚜렷했다. 여름밤에는 작정하고 한두 시간씩 돌며 이 일대 전단지를 떼어내고 다녔지만 한파가 예고된 몇 주간은 그럴 엄두가 나지 않았다. 어쩌면 이번 겨울이 고비가 될지도 몰랐다. 사람들이 주춤하는 겨우내 온갖 비밀스러운 모의가 이어지다 봄이 되면 기다렸다는 듯 터미널 이전을 본격화할지도 몰랐다. 그러면 이 오피스텔도 이 일대 다른 건물처럼 드나드는 사람 없이 흉물스럽게 전락할 게 뻔했다.

이거 마저 좀 떼줄 수 있어요? 얼른 올라갔다 올게요.

그녀는 경비에게 부탁한 뒤 서둘러 건물 안으로 들어섰다. 엘리베이터를 기다리는 동안 우편함에 붙은 광고지를 떼어냈고, 엘리베이터에 오르고 나서는 티슈로 얼룩덜룩한 거울을 닦았다. 고개를 돌릴 때마다 지저분한 건물의 모습이 계속 눈에 띄었고, 그러지 말아야 한다고 생각하면서도 건물의 흠을 찾는 사람처럼 여기저기를 유심히 살피게 됐다. 오래전 901호의 주인이 되던 날, 이 건물이 그녀에게 선사했던 벅찬 감동의 흔적은 어디에서도 찾을 수 없었다.

그녀는 곧장 901호로 갔다.

벨을 눌렀지만 안에서는 아무런 기척이 없었다. 복도 쪽으로 난 창문을 들여다보면 거실 쪽에 불빛이 어른거리는데도 그랬다.

장건호 씨! 안에 있어요? 나예요. 집주인이에요. 문 좀 열어봐요.

그녀는 조심스럽게 문을 두드리기 시작했다. 소란을 피울 마음은 없었다. 악다구니를 하며 다툼을 벌일 생각도 없었다. 그녀는 대화를 나누고 싶었다. 구체적인 사정을 듣고 싶었다. 뭐든 알고 나면 두 달째 자신을 요리조리 피해 다니기만 하는 세입자에 대한 괘씸함과 저 집 안에서 무슨 일이 벌어질지도 모른다는 두려움이 조금은 가실 것 같았다.

장건호 씨. 내 말 듣고 있어요? 오늘 내가 따지러 온 게 아니에요. 사람이 살다 보면 별일 다 있는 거지. 내가 그걸 모르겠어요? 그래도 최소한 사정은 설명을 해줘야지. 말도 안 하고 사람을 이렇게 피해 다니면 나더러 어떻게 하라는 거예요. 내 입장도 생각해줘야지. 안 그래요?

엘리베이터 문이 열리고 사람들이 내릴 때마다 그녀는 목소리를 낮추었고, 휴대폰을 들여다보았고, 복도를 서성거렸다.

내가 지난주에만 여길 몇 번이나 왔다 갔는지 알아요? 네 번이나 왔다 갔어요. 내가 붙여놓은 메모 봤죠? 월세랑 관리비가 두 달이나 밀렸잖아요. 그래, 월세야 그렇다 쳐도 관리비는 내야지. 다음 달이면 전기고 수도고 다 끊긴다는데. 듣고 있어요?

그녀는 혼자 질문하고 대답하면서 열리지 않는 철문을 바라보고 있었다. 오늘은 끝까지 기다려야지. 기필코 얼굴을 봐야지, 사정을 들어야지 했지만 20여 분이 지나자 다시금 소용없겠다는 생각이 들었다. 너무한다는 생각이 들었고 뭐 하러 이렇게까지 하고 있나 싶었지만 그녀는 옷깃을 여미며 숨을 골랐다.

그래, 월세야 한두 달 밀릴 수 있어요. 나라고 월세 내고 안 살아본 줄 알아요? 언제 주겠다고 약속만 하면 내가 기다려야지 뭘 어쩌겠어요. 아님 언제 나가겠다고 말이라도 해주든가. 이달 안에 나가겠다고 하면 내가 두 달 치 월세는 안 받을게요. 어떻게 할래요? 생각해볼래요?

안에서는 아무런 반응이 없었다. 바람이 차가워졌고 입을 열 때마다 입김이 새어 나왔다. 굳게 닫힌 이 문을 열고, 저 사람을 내보내려면 또 얼마나 많은 시간과 비용을 쏟아야 할까. 그런 생각을 하자 기운이 빠졌다. 사람을 내보내는 게 물건을 옮기는 것처럼 쉬운 일이 아님을 그녀는 몇 번의 경험을 통해 알고 있었다. 절차와 과정은 매년 조금씩 더 복잡해지고 엄격해졌다.

무엇보다 누군가를 내쫓는 사람이 된다는 게 꺼림칙하게 여겨졌다. 쫓겨나는 사람들의 미움을 받는 일도, 원망을 듣는 일도, 그들이 남기고 간 손때 묻은 살림살이를 처분하는 것도 내키지 않긴 마찬가지였다.

나라고 별수가 있나요? 자꾸 피해 다니면 나도 법에 호소할 수밖에 없잖아요. 내 말 듣고 있어요?

그녀는 목소리를 구겨 넣듯 소리치곤 난간 쪽으로 돌아섰다. 붐비는 사거리가 내다보였고 터미널 간판이 보였다가 말다가 했다. 그녀는 전조등과 붉은 미등이 오가는 터미널 주차장 쪽을 물끄러미 내려다보았다. 멀리서 보면 터미널 주변만 불을 켜놓은 듯 환했다. 아니, 그건 터미널을 둘러싼 외곽의 풍경이 너무나 캄캄한 탓인지도 몰랐다.

그러니까 저 터미널마저 사라지고 나면 이곳은 암흑이 되는 거였다. 터미널 증축이니 경전철이니 쇼핑몰이니 하며 사람들을 불러 모았던 계획은 물거품이 된 지 오래였고 알 만한 사람들은 건물과 주택을 처분하고 이곳을 떠났다는 소문이 파다했다. 이 순간에도 눈에 보이지 않는, 뭔가 중요한 것이 계속 이곳을 빠져나가는 중인지도 몰랐다.

그때 처분해야 했어. 진작 팔아버렸어야 했는데.

그녀는 혼잣말을 했다. 그러나 자신이 생각하는 그때가 10년 전 오피스텔 가격이 치솟던 무렵이었는지, 5년 전 터미널 증축 공사를 한다는 말이 돌 즈음이었는지, 2년 전 오피스텔을 사겠다는 사람이 나타났을 때였는지, 그것도 아니면 1년 전 끈질기게 보증금을 깎으려 들던 이 사람을 세입자로 들인 때였는지 알 수 없었다.

장건호 씨, 나 너무 추워서 더는 못 있겠네. 나 이만 가요. 언제라도 좋으니 전화해요. 문자로 이야기해도 좋고. 대화를 하면 서로 방법을 찾을 수 있잖아요. 나 갑니다.

그녀는 혹시나 하는 마음으로 현관문을 바라보다가 느릿느릿 돌아섰다. 벌을 받는 기분이었다. 도대체 어디서부터 잘못된 걸까 생각하면 문제가 아닌 건 아무것도 없는 것 같았다. 이게 문제였나 싶으면 저게 문제인 것 같고, 대수롭지 않게 여겼던 문제들이 차곡차곡 쌓여 지금에 이른 것 같았다. 아니, 이 오피스텔에서 벗어날 수 있었던 기회를 모두 날려 보내고, 지금껏 이러지도 저러지도 못한 채 결단을 미루고 있는 자신이 이 모든 문제의 원인이라는 생각이 들었다.

방법이 있나요? 정 안 되면 법적으로 할 수밖에 없지. 그래도 며칠 더 기다려봐야죠. 그럼 가볼게요.

세입자를 만나 보았느냐는 경비의 질문에 그녀는 그렇게 대답하고 건물 밖으로 나왔다. 올려다보니 901호 거실 창이 환했다. 그녀는 불 켜진 901호의 창을 한참 올려다보다 발길을 돌렸다.

장례식장에 가려면 버스를 두 번 갈아타야 했다.

그녀는 터미널 쪽으로 걸어 나왔다. 이어 대합실로 들어섰고 빈자리를 찾은 다음 한동안은 그곳에 앉아 오가는 사람들을 멍하니 지켜보았다. 서둘러야 한다는 생각과는 달리 몸이 움직여지지 않아서였다.

장례식장에 도착했을 땐 저녁 8시가 넘은 시각이었다.

장례식장 건물은 버스 종점에서 더 걸어 들어가야 했다. 가등이 거의 없는 길은 비포장인 데다 어두웠다. 도대체 이런 곳에 장례식장이 있을까 하는 의심이 극에 달했을 때쯤 멀리 '옥산 장례식장'이라고 적힌 붉은 간판이 보였다. 홍 사장이 마지막으로 머무는 건물의 외관이 너무 초라해서 그녀는 약간 충격을 받았다. 그것이 어떤 경고일지 모른다고 가정하자 겁이 났고, 그만 집으로 돌아가고 싶었다. 그녀는 자신을 따라붙는 불길한 생각들을 물리치며 걸었다. 숨을 내쉴 때마다 입김이 새어 나왔고 건물 입구에 이르렀을 때엔 등줄기로 더운 땀이 흘러내렸다.

저기 오시네. 남우 사모님, 사모님! 이쪽이요, 이쪽!

로비를 지나 계단을 오르자 2층 복도에서 누군가 알은체를 했다. 몇 사람이 더 나왔다. 그녀는 묘하게 낯익지만 정확히 이름을 떠올릴 수 없는 사람들 틈에서 안부를 주고받았다. 여러 사람의 말소리가 뒤섞이는데도 건물 내부에 고인 적막감은 사라지지 않았다. 조문실 내부도 마찬가지였다. 그녀는 홍 사장의 영정 사진을 향해 두 번 절하고, 말로만 전해 듣던 홍 사장의 가족과 인사를 나눈 뒤 그곳을 나왔다. 그런 후엔 사람들이 둘러앉은 접객실로 갔다.

그녀는 사람들이 권하는 대로 창가 쪽에 자리를 잡았다. 접객실은 한산했다. 들락거리는 사람들이 없지 않았지만 다섯 명 남짓 둘러앉은 그 테이블을 제외하면 접객실은 텅 비어 있는 것이나 다름없었다.

도돌이표 같은 대화가 이어졌다.

왜, 홍 사장이 그 주택 사고 나서 마음 고생이 심했잖아요.

누군가 운을 떼면,

아니, 그거 팔라는 사람이 있었다면서요? 사고 싶다고. 그때 왜 안 팔았대? 남의 일은 컴퓨터처럼 딱딱 잘 맞히는 양반이 뭐 좋은 집이라고 그걸 그렇게 쥐고 있었대요?

누군가 질문을 던졌고,

왜 그 동네, 매립장 나간 부지에 테마파크 들어온다고 말 많았잖아요. 그거 기다렸던 거지 뭐. 테마파크 무산되고는 대형 병원 들어온다고 했다가 그것도 흐지부지되고. 몇십 년째 버려져 있는 땅을 누가 개발하겠다 나서겠냐고요. 가망 없지. 이제 죽은 동네예요, 거기.

또 다른 사람이 말을 보태는 식이었다.

이 일이 그렇습니다. 경험 많은 홍 사장도 이렇게 되는 걸 보면 참 한순간이다 싶어요. 한번 타이밍을 놓치면 빠져나오기가 쉽지 않다니까요.

그녀는 매끄러운 종이로 덮인 테이블을 내려다보고 있었다. 일회용 그릇에 담긴 수육과 김치, 부침개와 과일이 말라가고 있었다. 그녀는 방울토마토 한 알을 만지작거리며 창가 쪽으로 고개를 돌렸다. 아무것도 먹고 싶지 않았다. 홍 사장에 관한 대화를 나누며 지난 시절을 추억할 자신도 없었다. 그녀는 어두운 창에 어른거리는 사람들의 표정을 살폈다. 서로의 입에서 나오는 정보를 하나도 놓치지 않겠다는 듯 골똘하게 마주한 눈빛들을 보는 동안에는 어떤 말도 보탤 엄두가 나지 않았다.

맞아. 남우 사모님은 홍 사장이랑 꽤 자주 연락했죠?

저쪽에 앉은 누군가가 그녀를 향해 물었다. 그 순간 그녀는 손에 쥐고 있던 방울토마토를 놓쳤고 테이블 아래로 손을 뻗으며 중얼거렸다.

사는 데 바빠서 요 몇 년간은 연락을 통 못했어요. 마음

처럼 안 되더라고요. 전화도 자주 하고 안부도 묻고 해야
했는데. 이제 와서 이런 말 하면 뭘 하나요. 아무 소용도
없지.

반은 맞고 반은 틀린 이야기였다.

몇 해 전, 홍 사장이 청목주택을 샀을 즈음만 해도 두 사
람은 한 달에 한두 번씩 연락을 주고받았다. 다른 사람들과
함께 그 주택을 구경하고, 그 일대를 둘러본 적도 여러 번
이었다. 그러나 이런저런 예상이 빗나가고, 계획이 어그러
지면서 홍 사장은 그녀가 아는 홍 사장에서 점점 멀어졌다.

어느 날엔 골치 아픈 주택들을 처분하고 싶다며 하소연
을 했고, 대출이자가 오른 탓에 빌라 서너 채를 터무니없
는 헐값에 넘길 수밖에 없었다며 원통해했다. 자신을 만류
하지 않은 주변 사람들을 원망했고, 이렇다 할 도움을 받지
못하는 자신의 처지를 한탄할 때도 있었다. 또 어느 날엔
좋은 물건이 있다며 목돈을 빌려달라고 사정했고, 몇 달만
명의를 빌려달라고 애원하기도 했다.

그녀는 거절했다. 개발이니 호재니 하며 틀림없이 진행
될 거라 여겼던 일들이 무산되면서 무섭게 커지는 불안을
그녀 역시 혼자 감당하고 있었다. 어느 날은 화가 났고 억
울한 마음이 들었지만 이런 상황에 처하게 된 게 자신 탓
이라는 결론에 이르면 누구를 탓할 수도 없었다. 한번 봅시

다, 언제 만납시다, 하는 홍 사장의 제안을 거절하고 또 거절하게 된 것도 그 무렵이었다.

방울토마토는 사람들의 다리 사이로 굴러다니더니 보이지 않게 되었다. 사람들의 대화는 각자가 소유한 주택과 건물에 대한 이슈로 자연스럽게 옮겨 갔다. 가격과 전망, 개발과 투자 같은 단어를 입에 올리는 사람들의 표정에선 의심이나 두려움의 기색을 읽을 수 없었다. 그들의 고대하는 미래엔 홍 사장의 실패담이 끼여들 여지가 없어 보였다.

그녀는 휴대폰을 만지작거리며 시각을 확인했다. 901호 세입자에게선 연락이 없었다. 닫힌 현관문과 터미널 일대의 풍경이 차례로 떠올랐고 마음이 말할 수 없이 무거웠다.

시간이 벌써 이렇게 됐네.

그녀는 그렇게 혼잣말을 하며 겉옷을 챙겼다. 일어날 생각이었다. 그때 접객실로 들어오는 사람이 있었다. 검은 코트를 입은 남자였다. 남자는 신발장에 구두를 넣은 뒤 옷깃을 매만지며 그녀와 사람들이 둘러앉은 테이블 쪽으로 걸어왔다.

다들 여기 계시네요.

남자가 큰 소리로 인사했다. 그녀가 막 몸을 일으켰을 때였다.

어? 사모님도 계셨네요. 지금 가시게요? 잠깐 앉았다가 가세요. 아직 운전은 안 하시죠? 차 없으시면 이따가 제 차 타고 같이 나가시죠.

남자는 한마디 더 했다.

아이, 저 기억 안 나시는구나. 저 쫓아내려고 홍 사장님 이랑 몇 번 같이 오셨잖아요. 집 비우라고 저한테 야단쳤던 거 다 잊으셨어요? 아, 정말 다 잊어버리셨나 보네.

남자는 그렇게 말하며 웃었다.

그녀는 장마철마다 하수구가 역류했던 주택에 관한 설명을 듣고 나서야 그 사람을 간신히 기억해냈다. 그는 홍 사장이 헐값에 사들인 주택 지하에 세 살던 사람이었다. 중개인으로부터 그가 골칫거리라는 설명을 듣긴 했지만 상황은 훨씬 심각했다. 월세도, 공과금도 내지 않고 몇 년째 그 집을 점거하다시피 하고 있던 그는 몇 해간 침수 피해를 입은 살림살이를 보상해줄 때까지는 꼼짝하지 않겠다고 말했고 정말 그렇게 했다.

그래요? 그럼 한번 봅시다. 어디가 얼마나 침수가 됐는지 봐야 보상을 해주든 말든 할 거 아닙니까? 서로 합의가 되어야지요.

홍 사장은 그 사람을 설득하려고 했다. 그 사람을 만나기 위해 몇 번이고 그 집을 찾아갔고, 앞뒤가 맞지 않는 그 사람의 주장을 참을성 있게 들었다. 서로가 얼굴을 붉히지 않고도 좋은 해결책을 찾을 수 있다고 믿는 모양이었다.

홍 사장, 그렇게까지 할 필요가 있어요? 그게 왜 홍 사장 책임이야. 그러다가 괜히 문제만 더 커집니다. 절차대로 내보내야지.

다른 사람들이 만류하는데도 그는 고집을 꺾지 않았다. 그게 그녀가 아는 홍 사장이었다. 홍 사장은 누군가의 미움을 받고, 원성을 듣는 걸 견디지 못했다. 사람들의 말도 안 되는 뻔뻔한 요구에 매번 귀를 기울였던 건 그 때문이었다. 그는 상대의 사정을 들어주는 것으로, 요청을 수락하는 것으로, 그런 적의를 피해 갈 수 있다고 믿는 듯했다. 그녀가 보기엔 소용없는 짓이었다. 이런 일을 하는 동안엔 누군가의 원망을 피할 길이 없었다.

이봐요. 이게 어딜 봐서 물에 젖은 자국이에요. 오래 돼서 삭은 거구먼. 억울한 심정이야 우리도 이해는 하지. 그래도 말은 바로 해야지, 거짓말을 하면 되나요. 이런 집들 수리해서 세놓고 사는 우리 같은 사람들 처지도 한번 생각을 해봐요.

결국 어느 날 보다 못한 그녀가 한마디했다. 한마디만 할 생각이었지만 우물쭈물 서 있는 홍 사장을 가만히 두고 보기가 힘들었다. 삼십대 중반이 겨우 넘었을까 싶은 남자는 그녀의 말을 자르고 계속 끼어들었다. 분에 못 이긴 듯 주

먹으로 테이블을 내리치고, 싱크대 찬장을 신경질적으로 여닫기도 했다. 상대의 말은 처음부터 들을 생각이 없는 것 같았다.

저 이사 가는 날에 홍 사장님이랑 같이 오지 않으셨어요? 홍 사장님, 절 내쫓긴 했지만 이사비도 챙겨주시고 나름 좋은 분이었는데. 아, 나중에 이 집 저 집 살아보니까 그런 생각이 들더라고요. 그 정도면 뭐 아주 나쁜 주인은 아니었죠. 아이, 이럴 줄 알았으면 고맙다는 인사라도 하는 건데. 아무튼 사모님 잠깐 앉았다가 가세요.

남자는 아무도 권하지 않는데도 코트를 벗고 그녀의 맞은편에 자리를 잡고 앉았다. 남자는 전에 비해 꽤 살집이 붙은 듯했다. 덕분에 성마른 인상은 부드러워지고 표정도 한결 차분해 보였다. 그러나 잠깐씩 고개를 돌릴 때마다 드러나는 날카로운 눈매는 다 감춰지지 않았다 .

그녀는 하는 수 없다는 듯 자리에 앉으며 말했다.

쫓아내다니, 뭘 또 그렇게 말을 해요. 홍 사장도 어쩔 수 없는 입장이라 그런 거지.

알죠. 어쩔 수 없다는 거. 저도 이제 그 정도는 압니다.

남자가 그녀를 향해 웃었다.

어색한 침묵이 내려앉았다. 몇 사람이 화장실을 다녀오겠다며 자리를 떴고, 나머지 사람들은 휴대폰을 만지작거리며 입을 다물었다. 남자는 미지근한 육개장에 밥을 말아 정신없이 떠먹었다. 입을 벌릴 때마다 음식물이 가득한 남자의 허기진 입안이 그대로 보였다. 도대체 누가 이 사람에게 연락한 걸까. 이 사람이 홍 사장 장례식장에 온 목적이 뭘까. 그녀는 조마조마한 기색을 감추고 물 한 모금을 마신 뒤 입을 열었다.

그래도 옛날 집주인 장례식에 들러주고 고맙네요. 그래, 요즘은 어디에 있어요?

남자는 그릇을 들고 남은 국물을 한꺼번에 마신 뒤 코트를 뒤져 명함을 꺼냈고, 그곳에 앉은 사람들에게 한 장씩 건넸다.

아, 제가 인사를 안 드렸네요. 제 명함입니다. 저도 요즘 집을 보러 다니거든요. 사람들 모아서 그룹으로 움직이는데 괜찮은 정보 있으시면 좀 나눠주세요. 뭐 예전만큼은 아니지만 해보니까 이것만큼 확실한 것도 없더라고요.

남자의 입가에 불긋불긋한 양념 자국이 남아 있었다. 그녀는 명함을 살펴보았다. 모두 영어로 적혀 있어서 무슨 회사이고 어떤 일을 하는지 제대로 알 수 없었다. 다만 어떤 위험이라고 할 만한 것을 감수해야 하는 일임은 충분히 짐작할 수 있었다. 위험을 떠안거나 누군가에게 위험을 떠넘기거나, 아슬아슬하고 위태로운 건 매한가지였다.

사람들의 대화는 다시금 홍 사장의 생전 모습을 떠올리는 데에 열중했다. 그러나 어느 순간이 되자 홍 사장이 소유했던 집들을 차례로 열거하기 시작했고, 각자 짐작하는 구체적인 액수를 떠들어댔다. 집을 소유하고 유지하고, 그러는 동안 홍 사장이 얼마나 많은 것을 잃어야 했는지 또 까맣게 잊은 모양이었다. 홍 사장에 대한 애도는 찾아볼 수 없었다. 그들에게 홍 사장은 수많은 경우의 수 중 하나였고 피해야 할 좋지 못한 선례에 불과했다.

다 지난 일인데요, 뭐. 저는요. 홍 사장님 오래전에 용서했어요. 이 일을 하다 보니까 저도 그런 마음이 되더라고요.

남자가 혼잣말처럼 중얼거렸다. 그 순간, 그녀는 참을 수 없는 기분이 들었다. 구경하듯 남자의 이야기에 고개를 끄덕이는 사람들의 표정도, 홍 사장이 겪은 불운을 남 일처럼 여기는 사람들의 터무니없는 자신감도, 눈덩이를 굴리듯 힘을 합쳐 허황된 꿈을 더 크게 만드는 데에만 골몰하는 사람들의 모습도 더는 보고 있기가 힘들었다.

누구를 용서한다고요? 뭘 용서하는데요?

그녀가 물었고 남자가 답했다.

홍 사장님요. 제가 다 용서했다고요.

홍 사장이 왜 용서를 받아요? 그 사람이 무슨 잘못을 했어요?

그녀는 알고 싶었다. 허름한 주택들에 걸었던 기대를 일찍 철회하지 못했던 게 그의 잘못이었는지, 호재니 기회니 하는 말에 번번이 이끌렸던 게 그의 잘못이었는지, 그것이 이 남자에게 용서를 받아야 하는 종류의 일인지도. 그러나 그 말을 하지는 못했다. 입 밖으로 꺼내고 나면 모든 비극적인 결말이 자신을 향할 것 같았다.

그녀는 재킷을 챙기며 나갈 채비를 했다.

주인 바뀔 때마다 세입자들이 피해 본 건 사실이잖아요. 사모님도 잘 아시면서.

남자가 눈을 가느다랗게 뜨고 그녀를 보았다.

세입자만 피해를 봐요? 문제 될 건 말 안 하고 집 팔아치우는 데만 혈안이 된 사람들이 얼마나 많은 줄 알아요? 집 팔고 나면 다 나몰라라지.

어쨌든 집을 사신 거잖아요. 주인이 됐으면 책임은 져야죠. 준비도 하고, 각오도 하고, 대비도 하는 게 맞죠. 제 말이 틀렸습니까?

남자가 차분하게 대꾸했다.

그녀가 처음 가졌던 건 집 하나를 갖겠다는 마음이었다. 그 마음이 낯선 동네를 필사적으로 돌아다니게 했고, 남우빌라를 소유하게 했고, 이보다 나은 집을 가질 수 있다는 자신감을 불어넣었다. 손해가 예상되는 상황에서도 그녀

를 밀어붙인 건 자라나고 계속 자라나서 스스로의 힘으로
는 물리칠 수 없는 그런 마음이었다. 이제 세입자도 수월하
게 구해지지 않는 골칫덩이 오피스텔의 허울 좋은 주인이
된 것도 그런 마음이 몰고 온 결과인지도 몰랐다.

그래요. 그렇게 물으니까 할 말이 없네. 맞아요. 다 제대
로 준비를 못했던 탓이지. 그쪽은 잘 준비해서 뭐든 잘해
봐요.

그녀는 그렇게 대꾸하고 일어섰다. 그리고 뭔가 물컹한
것이 밟히는 느낌이 났다. 방울토마토였다. 터져 나온 즙으
로 양말이 축축해졌지만 그녀는 그대로 그곳을 나왔다. 건
물을 빠져나와 어두운 비포장길에 접어들자 들끓던 마음
이 잦아들었다. 그녀는 불빛이 거의 없는 울퉁불퉁한 길을
걸어 버스 종점까지 갔다. 시동이 꺼진 버스 안엔 아무도
없었다. 멀리 승용차 한 대가 비탈길을 빠져나가는 게 보
였다.

─장건호 씨, 연락도 없이 갑자기 찾아가서 미안해요.
아무리 연락을 해도 얼굴을 볼 수가 있어야지. 무슨 사정이
있는지 모르겠지만 대충이라도 말을 해줘야죠. 언제까지
라고 말이라도 해주면 나도 준비를 할 수가 있잖아요.

그녀는 썰렁한 기운이 감도는 버스 안에서 문자메시지
를 쓰고 지우며 기사를 기다렸다. 고개를 돌리면 창 너머로

장례식장의 붉은 간판이 보였다. 어디선가 찬바람이 새어 들었고 손끝이 시렸다. 잠시 후 기사가 왔다. 그녀가 장문의 메시지를 거의 다 마무리했을 때였다.

어디까지 가세요? 막차라서 종점까지 안 가요.

기사가 묻고 그녀가 답했다.

이남터미널까지는 가죠? 거기서 내릴게요.

사람 없는 정류장은 무정차 통과합니다.

기사가 시동을 걸었다. 그녀는 흔들리는 버스 안에서 공들여 쓴 문자메시지를 읽고 또 읽었다. 이만하면 됐나 싶었지만 어딘가 미진한 느낌을 떨칠 수 없었다. 그녀는 전송 버튼을 누르는 대신 눈을 감아버렸다. 그리고 비포장길을 달리던 버스가 멈췄다. 앞문이 열리고 누군가 버스에 올랐다. 머리가 하얗게 센 여자였다. 여자는 기사에게 쇼핑백과 목도리를 건네주고 나지막한 목소리로 뭔가를 당부했다. 그런 후엔 버스 안을 둘러보며 그녀를 향해 고개를 까딱했다.

죄송합니다. 어머니가 잠깐 전해줄 게 있다고 하셔서요. 금방 출발하겠습니다.

여자가 내린 뒤, 기사가 룸 미러를 보며 양해를 구했다.

어머님이 이 근처에 사시나 보죠?

그녀가 묻고 기사가 답했다.

네. 집이 바로 저 뒤쪽이에요.

그녀가 창 쪽으로 고개를 돌렸다. 드문드문 가등이 서 있는 거리 너머는 어두웠다. 건물과 주택의 불빛이라고 할 만한 건 찾을 수 없었다. 도대체 어디에 집이 있다는 걸까. 그녀는 창 너머 어둠 속을 주시했다.

저기에 집이 있다고요?

그녀가 혼잣말처럼 중얼거리는데 기사가 큰 소리로 답했다.

조금만 걸어가면 돼요. 저도 이 동네 살다가 몇 년 전에 이사했어요. 보기엔 저래도 살아보면 조용하고 괜찮아요. 앞으론 더 괜찮아질 거라고 하더라고요.

그래요?

그렇다고들 하던데요? 타운 하우스도 들어오고 무슨 센터도 짓는다고.

확실한 거예요?

에이, 그거야 모르죠, 뭐.

기사가 쇼핑백을 뒤적이는 소리가 났다. 그 순간, 창 너머로 뭔가 보이기 시작했다. 집의 윤곽이나 외관 같은 것이 희미하게 살아났고 주택가의 풍경이 천천히 완성되는 듯했다. 그녀는 자세히 보기 위해 창문을 반쯤 열었고, 몸을 일으켜 앞쪽으로 갔다. 아니, 그녀가 보는 건 오래전 홍 사장과 그녀의 마음을 흔들었던 무엇, 기회와 희망인 척 다정하게 손을 흔드는 무엇, 그러니까 홍 사장의 장례식에서 그녀가 틀림없이 버려야겠다고 결심한 무엇인지도 몰랐다.

출발합니다.

기사가 말했고, 이어 가볍게 경적을 울렸다.

앉으세요. 다칩니다!

그 말을 듣고 나서야 그녀는 자리에 앉았다.

버스가 숨을 몰아쉬듯 덜컹이며 출발했다.

산무동 320-1번지

사람들은 그녀를 호수 엄마라고 불렀다.

처음 호수를 데리고 갔던 동물 병원 간호사가 호수 어머니이세요?라고 물었을 때 그녀는 얼떨결에 네, 맞아요,라고 대답하면서도 어딘가 낯간지러운 기분을 떨칠 수가 없었다. 그러나 이후 강아지와 고양이를 키우는 사람들과 만나고 교류하게 되면서 누구네 엄마, 누구네 아빠라고 부르는 데에 익숙해졌고 그걸 당연하게 여기게 됐다.

내가 호수 엄마 정말 많이 의지하는 거 알죠?

그러나 어느 날 집주인 장 선생이 그렇게 말했을 땐 내심 놀랐다. 그녀는 장 선생에게 고양이가 있다는 말을 한 적이 없었다. 아니, 어쩌면 무심결에 그런 이야기를 했을지도 몰랐다. 그녀는 혹시라도 장 선생이 고양이까지 들일 정도로 형편이 나아진 거라고 자신의 처지를 오해할까 봐 겁이 났다.

말은 안 해도 내가 호수 엄마 있어서 얼마나 든든한지 몰라요. 나 혼자서는 엄두도 못 낼 일이잖아요. 호수 먹일 사료하고 간식 조금 챙겨놨어요. 다음에 들를 때 가져가요. 아니지. 가져가긴 너무 무겁겠네. 내가 택배로 보내줄게요.

그리고 장 선생이 그 말을 한 순간, 그녀는 10여 년이 넘도록 장 선생 쪽으로 완전히 기울어지지 않으려고 힘껏 붙들고 있던 마음의 중심과 경계 같은 것들이 쿵 하고 쓰러지는 소리를 들었다. 항복이라고 해도 좋고, 투항이라고 해도 좋았다. 그 순간에는 장 선생이 시키는 일은 무엇이든 해내겠다는 각오와 다짐이 살아났다.

대개 그런 감정은 짧게 솟구쳤다가 금방 흐지부지되는 편이었다. 그럼에도 장 선생에게만큼은 성실하고 극진했다고 그녀는 자부할 수 있었다. 그건 장 선생이 집주인이고, 그들 부부가 사는 연후동 20평대 빌라를 몇 년째 거의 공짜나 다름없이 내주고 있다는 사실 때문은 아니었다. 모르는 사람들은 장 선생을 그들 부부의 은인이라고, 그들 부부가 전생에 좋은 일을 많이 한 덕분이라고 떠들었지만 장 선생은 그런 좋은 소리를 듣자고 얼빠진 독지가 행세를 할 만큼 순진한 사람은 아니었다. 그녀 역시 누군가의 호의를 감사하는 마음과 맞바꿀 수 있다고 믿는 어리석은 부류가 아니었다.

10월 마지막 날 그녀는 장 선생의 전화를 받았다.

호수 엄마, 요즘 내가 204호 때문에 잠을 못 자요. 알죠? 어제 아침에도 병원 가서 약을 일주일 치나 받아 왔어. 다음 주에는 어떻게든 해결을 좀 봤으면 좋겠는데. 어려울까요?

장 선생이 소유한 건물들의 임대료 납기일은 매달 25일로 고정되어 있었다. 204호 월세는 두 달이 밀린 상황이었고, 장 선생이 며칠을 기다리다 연락을 해 왔다는 걸 그녀도 충분히 짐작할 수 있었다.

명진빌라죠? 이번 달에도 안 들어왔어요? 세상에. 정말 못 믿을 사람들이네. 이번 달엔 틀림없다고 그렇게 못을 박더니. 하는 수 없죠. 월요일 일찍 제가 한번 가볼게요. 이번엔 확실하게 해결을 보고 올 테니 걱정 말고 계셔요.

아유, 그래주면 고맙지. 그럼 부탁 좀 할게요.

가는 길에 다른 데도 다 둘러보고 올 테니 마음 놓고 계셔요.

두 사람의 대화는 표면적으로 드러나지 않는 구체적인 지시 사항과 요구 사항을 비밀스럽게 전달하고 전달받는 방식으로 이루어졌다.

월요일 아침, 그녀는 호수를 데리고 집을 나설 채비를 했다. 얼마 전부터 사료를 씹지 못하던 호수는 기운 없는 모습으로 이동장 안에 축 늘어져 있었다. 들여다보면 눈동자엔 초점이 없고 입가는 흥건했다. 항생제를 며칠 먹여봤지만 차도가 없었다. 그녀는 한쪽 어깨에 멘 이동장을 토닥거리며 남편 작남에게 말했다.

오늘은 무슨 일이 있어도 만나야 돼. 만나서 해결을 봐야지. 이게 뭐 하는 짓이야. 애 병원도 못 데려가고 아침 일찍부터.

작남은 한 걸음쯤 뒤에서 따라오며 느릿느릿 답했다.

당신이야 뭐 한다면 하는 사람 아닌가. 오늘은 그 사람들 이야기를 아예 듣지 말어. 듣지 말고 마음먹은 대로 하란 말이야.

작남의 걸음이 워낙 느렸기 때문에 두 사람 사이는 조금씩 멀어졌고 수시로 그녀가 멈춰 서서 작남을 기다려야 했다. 버스를 타고 고층 빌딩이 늘어선 사거리 앞에 도착했을 때 오전 8시가 조금 넘은 시각이었다. 말끔한 차림새로 출근하는 인파 틈에서 그들 부부는 정체를 알 수 없는 사람처럼 보였다. 표정과 행색, 걸음걸이와 낯빛을 포함한 모든 게 거리의 분위기와 조금도 어울리지 않고, 어떻게 해도 섞일 수 없는 곳에 대책 없이 놓여 있는 듯했다.

부부는 느린 걸음으로 고층 빌딩 몇 개를 지나 세무서 앞까지 갔다. 세무서 담벼락 끝에 이르자 오르막을 따라 다닥다닥 붙어 선 주택들이 보이기 시작했다.

거기서부터가 산무동이었다.

그녀의 예상대로라면 산무동은 이미 2년 전에 철거가 되었어야 했다. 2년 전 봄, 마지막이라 생각하고 이 동네에 왔던 그날 모든 게 끝날 줄 알았다. 그날도 두 사람은 산무동 320-1번지(요즘은 어디서나 새 주소를 사용하지만 그녀는 여전히 구 주소로 말하고 듣는 데에 익숙했다) 명진 빌라 204호로 가던 길이었다. 퇴거가 시작된 동네 앞에 폐기물을 실은 트럭 몇 대가 주차되어 있었고, 그녀는 트럭 짐칸을 흘끔거리다가 트럭과 트럭 사이 좁은 틈에서 까만 비닐봉지 같은 걸 봤다. 쓰레기겠지 하고 지나치려는데 그것이 눈을 깜빡 하는 바람에 숨이 멎을 듯 놀랐다.

그녀는 심장이 좋지 않았다.

뭐야, 쥐야? 짐승이야? 죽었어?

작남이 뒷짐을 지고 서서 목소리를 높이는 바람에 고양이는 차 밑으로 기어 들어가더니 보이지 않게 되었다. 길 위에서 살아가는 작은 생명에 대한 애처로움이나 가여움을 모르던 시절이었다. 동네가 철거되면 건물 여기저기를 떠돌던 고양이들이 다 어떻게 되는지 짐작할 줄도 몰랐다.

그녀의 관심은 금세 트럭 짐칸으로 옮겨 갔다.

세상에, 여기 좀 봐요. 이런 걸 돈 한 푼 안 들이고 다 가져가네.

정오가 막 지났을 뿐인데 트럭 짐칸은 빈집에서 가져온 물건들로 가득했다. 싱크대 수전과 세면기, 철제 대문과 보일러, 구식 세탁기 같은 것들은 약간의 수고를 들이면 제법 비싼 값으로 되팔 수 있다는 걸 그들 부부도 모르지 않았다. 그러나 작남은 이제 화분 하나를 옮길 때조차 심호흡을 하고 허리와 무릎에 무리가 가지 않도록 자세를 고쳐 잡은 뒤 한 걸음 떼고 또 한 걸음 떼야 하는 처지였다.

그녀도 마찬가지였다.

우리도 진작 트럭 하나 샀으면 얼마나 좋아. 돈 되는 게 뻔히 보이는데 바보같이 하나도 줍지 못했으니 얼마나 억울해 그래.

그녀가 짐칸 난간에 매달리다시피 해서 실린 물건들을 확인하는 동안 작남은 멀찍이 떨어져서 사방을 살폈다. 그녀가 할 일을 하고, 작남이 망을 보는 것. 그게 두 사람 각자의 역할이었다. 작남이 손을 흔들며 누군가 다가온다는 신호를 줬다. 그녀는 반팔 셔츠 차림의 남자가 향하는 트럭을 주시하며 서 있다가 곧장 말을 걸었다.

이 트럭 주인이에요?

그런데요?

남자가 얼굴을 찌푸리며 답했다. 그녀는 짐칸에 실린 낡은 보일러 하나를 가리키며 물었다.

사장님, 이거 우리 빌라 물건이네요. 여기 명진빌라라고 적혀 있잖아요. 이거 내가 쓴 글씨예요. 아무리 빈집이고 곧 뜯겨 나간다지만 남의 집 물건을 이렇게 막 가져가도 되는 건가요?

남자는 철거 중인 동네이고, 집주인들은 보상금과 이주비를 야무지게 챙기지 않았냐며 투덜거렸지만 시시비비를 따지고 들면 몹시 번거로워진다는 걸 모르지 않는 눈치였다.

보상금과 이주비를 누가 골고루 나눠 주나요? 돈 없는 사람들이야 빈손으로 내쫓기는 거나 다름없지. 사장님처럼 요령 있게 한 푼 두 푼 차곡차곡 모을 능력 없는 우리 같은 노인네들 형편이야 뻔하지. 이 보일러가 보기엔 이래도 아직 멀쩡해요. 손 하나 댈 게 없다니까요.

그녀는 사정하듯 말했지만 이대로 물러설 생각이 없다는 뜻을 분명히 했다.

다시 가져가라느니, 필요 없다느니, 몰랐다느니 목소리를 높이던 남자는 다른 트럭 기사들이 하나둘씩 모이기 시작하자 지갑을 열고 지폐 몇 장을 건네는 것으로 그녀의 입을 막아버렸다. 그녀로서도 밑질 게 없는 거래였다.

그러니까 그때만 해도 그녀는 이 산무동 일대가 곧 헐릴 거라고 믿었다. 재개발이 진행 중인 다른 동네들처럼 산무동이라는 이름만 남고 모든 게 바뀔 거라고 여겼다. 이주비만 받으면 내일이라도 당장 나갈 것처럼 굴던 사람들이 이런저런 핑계를 대며 지금껏 버틸 거라고는 예상한 적 없었다. 힘겹게 세입자를 내보낸 빈집에 다시 세입자를 들여야 하는 상황이 올 거라고는 상상할 수 없었다.

저 꼭대기부터 갔다가 내려옵시다. 조금이라도 기운 있을 때 올라가야지. 오후 되면 기운 없어서 올라가지도 못해.

그녀는 케이지를 고쳐 메며 뒤따라오는 작남에게 소리쳤다.

명진에 먼저 안 가고?

가봐야 뭘 해. 그 집 식구들 다 나가고 없는데. 재민 엄마가 점심시간 지나고 잠깐 집에 들르잖아요. 그때 가보면 돼.

명진 빌라 204호는 3년 전까지 그들 부부가 살던 곳이었다.

30년이 넘은 다세대주택에 20여 년을 세 들어 사는 동안 다섯 번 주인이 바뀌었고, 마지막 소유자가 장 선생이었다. 장 선생의 부탁으로 그녀는 그 건물의 관리를 맡았다. 매달

관리비를 걷어 청소 업체를 부르고, 방수와 방역처럼 정기적으로 해야 하는 작업을 감독하는 것으로 월세의 절반을 감면받았다.

작남에게도 그녀에게도 기운이 남아 있을 때였다. 야무지지 못한 청소 업체 사람들을 대신해서 부부는 건물을 직접 청소하기 시작했다. 한 달에 두 번씩 복도를 물청소했고, 주차장 아래 엉망으로 쌓인 쓰레기와 재활용품을 손수 정리했다. 봄이면 작남이 옥상 방수를 혼자 힘으로 해냈고, 다른 집의 전등과 수전을 교체하기도 했다. 나중엔 이사를 나가는 집의 상태를 확인하고, 새로 이사를 들어오는 사람에게 이런저런 당부를 하고 주의를 주는 일도 그들 부부가 했다.

그래도 여긴 관리가 잘 되는 편이에요. 204호분들이 건물 관리를 직접 하시거든요.

중개사무소 직원이 집을 구하는 사람에게 그렇게 소개할 만큼 명진빌라는 깨끗하게 관리됐다. 몇 달씩 빈집인 채로 세입자를 기다리는 다른 집들에 비해 임대도 수월하게 나가는 편이었다.

그리고 어느 날, 장 선생이 402호의 밀린 월세를 대신 받아줄 수 있느냐고 물었다. 그녀는 일주일 만에 밀린 월세 두 달 치를 받아냈다. 얼굴을 붉히고 언성을 높여서 가능했던 일은 아니었다. 그녀는 자신이 이런 일에 소질이 있다는 사실을 깨닫고 놀랐다. 이후 대리인이라는 호칭을 쓸 수 있게 되면서 자신감이 붙고 점점 노련해졌다.

명진빌라, 새한빌라, 영시티, 단독주택 한 채와 2층 주택까지. 그들 부부가 산무동에서 관리한 장 선생의 건물은 다섯 채였다. 그러므로 3년 전, 장 선생이 그들 부부에게 연후동에 새로 지은 빌라 관리를 맡기며, 20평대 집을 헐값에 전세로 내준 건 우연히 찾아온 행운이 아니었다. 그건 그들 부부가 열심히 일한 대가였고 그녀는 자신에게 그럴 자격이 있다고 생각했다.

그녀는 경사가 완만한 큰길을 따라 걸었다. 무릎이 좋지 않은 작남을 위한 배려였다. 마을버스 정류장 앞 마트는 한산했다. 주인이 입구에 서서 길 쪽을 내다보다가 알은체를 했다.

사장님, 오랜만에 오셨네요.

그들 부부가 장 선생 대신 밀린 임대료를 걷으러 다니는 것을 뻔히 알면서도 사람들은 그들 부부를 그렇게 불렀다. 처음엔 작남을 향해 사장님, 사장님, 하다가 어느 순간부터는 그녀를 사장님이라고 불렀다. 왜 그렇게 부르느냐고 묻진 못했다. 처음엔 조롱이나 비아냥처럼 들려서 불편했고, 어떻게 부르든 무슨 상관인가 싶다가 그 호칭에 익숙해지고 나니 그리 나쁜 것 같지도 않았다.

그녀는 고개를 까닥하는 것으로 인사를 대신하고 그곳을 지나쳤다. 철물점과 미용실, 과일 가게와 부동산을 지나면 거기서부터는 주택가였다. 길은 좁아지고 가팔라졌다. 햇빛은 촘촘하게 붙어 선 건물에 난도질당하듯 이리저리 잘려 나가더니 나중엔 얼룩처럼 잠깐씩 보이다가 말다가 했다.

그들 부부가 먼저 도착한 곳은 낡은 단독주택 앞이었다.

대문이 반쯤 열려 있었으므로 그녀가 곧장 안으로 들어갔다. 안테나와 우산, 망가진 가전제품들이 입구를 막은 탓에 발을 내디딜 때마다 주의를 기울여야 했다. 어디선가 깡마른 개 두 마리가 뛰어나왔다. 개들이 무섭게 짖고 나서야 집 뒤편에서 허리가 구부정한 노인이 걸어 나왔다. 그녀는 작남에게 이동장을 넘기고, 멀리 떨어져 있으라고 이른 다음 화분과 자전거, 페인트 통 같은 것들을 한쪽으로 치우며 노인에게 다가갔다.

어르신, 잘 계셨어요? 그새 부지런히도 모으셨네. 몸도 불편하시면서 안 힘드셔요? 지난번에 기침하시더니 목은 좀 어때요? 병원은 다녀오셨어요?

가뜩이나 좁은 마당이 노인이 주워다 놓은 폐품으로 엉망이었다. 마대를 포개놓은 담벼락은 칠이 반쯤 벗겨져 있었고, 여기저기 구멍 난 담벼락에 끼워놓은 폐지도 지저분하긴 마찬가지였다.

몸이야 늘 아프지. 아프다고 만날 병원 갈 수야 있나.

노인은 뭔가를 찾는 사람처럼 고개를 숙이며 그녀의 시선을 피했다.

잘 계시나 어쩌나 걱정이 돼서 들렀어요.

걱정할 게 뭐 있어. 늙은이 사는 거야 매일 똑같지.

그녀는 휴대폰으로 소리 나지 않게 사진 몇 장을 찍었다. 그런 뒤엔 작남에게 손짓을 하고 대문 입구를 가로막은 잡동사니를 한쪽으로 치우기 시작했다.

사람들 지나다니는데 보면 그렇잖아요. 어차피 허물 집인데 우리도 새집처럼 쓰시라고 말씀은 못 드려. 그래도 괜히 나중에 책잡힐 일은 안 만드는 게 피차 좋잖아요. 빈집이니 폐가니 그런 소리 들어봐야 서로 좋을 게 뭐가 있어요.

그녀는 부드러운 말투로 노인을 타이르고 그 집을 나왔다. 찝찝한 기분이 남았지만 오늘은 여기까지라고 마음을 다잡았다. 뭐든 단번에 해결하려 들면 낭패를 보기 마련이었다. 무엇보다 세입자들의 마음을 상하게 하는 일만은 피해야 했다.

노인이 오기 전 이 집은 1년 넘게 빈집으로 방치되어 있었다.

그전엔 중학생 아이 둘을 키우는 부부가 살았다. 기분 좋게 대화를 나눌 수 있는 부류는 아니었다. 남자가 문젠가 싶으면 여자도 정상이 아닌 것 같았고, 가끔은 중학생 아이들조차도 그들 부부의 나쁜 습관과 버릇 들을 고스란히 빼닮은 듯했다.

그녀가 밀린 월세를 독촉하러 갔던 어느 날, 부부는 아이들이 보는 앞에서 언성을 높였고 낯 뜨거운 서로의 비밀을 경쟁적으로 폭로하다가 살림살이를 박살 낼 듯 굴었다. 그녀는 이달 말까지 집을 비워달라고 통보했다. 장 선생의 은근한 지시가 있었고, 그녀는 그들 부부에게 그러겠다는 대답을 받아낸 뒤에야 그 집을 나왔다. 그때까지도 그 사람들이 복수하듯 집을 엉망으로 해놓고 도주할 거라곤 생각하지 못했다.

장 선생에게 변명할 일은 만들고 싶지 않았으므로 작남과 그녀는 꼬박 일주일을 그 집 청소에 매달렸다. 살림살이를 꺼내고, 쓰레기를 내다버리는 일은 힘에 부쳤지만 그런대로 할 만했다. 그러나 음식물 쓰레기와 곰팡이로 가득한 변기 안을 확인했을 때는 자신이 무슨 일을 하고 있는지, 이 일을 하며 각오해야 하는 것이 무엇인지 실감할 수밖에 없었다.

나흘째 되던 날에는 동네 설비 업자까지 불러야 했다. 뭔가로 막힌 배수구와 하수구 때문이었다. 여기저기 살피던 설비 업자는 배관 업체에 연락했고 두 사람이 더 왔다. 설비 업자와 배관 업자 둘, 그들 부부까지. 다섯 사람이 그 집의 배관을 정상으로 돌려놓는 데에 반나절이 걸렸다. 악의적으로 집어넣은 게 분명한 유리 조각과 돌멩이를 모두 끄집어낸 뒤였다. 유리 조각과 돌멩이는 비닐봉지 하나를 다 채우고도 남았다.

　도대체 이 썩은 집이 몇 명을 먹여 살리는 거야. 세상에. 이 나이가 되도록 이런 뒤치다꺼리를 하며 사는 내 신세도 참 딱하지.

　수리비를 흥정한 뒤 약간의 수고비를 얹어 주면서 그녀는 그렇게 중얼거렸지만 다음 날도 그다음 날도 그 집을 청소하는 데에 매달렸다. 부부는 일주일 만에 그 집을 멀쩡한 집으로 되돌려놓았다. 그게 그들에게 주어진 일이었고, 할 수 있는 유일한 일이었다. 일하지 않으면 생계를 유지할 수 없고, 이 일 저 일 골라가며 할 수 있는 처지가 아님을 부부는 모르지 않았다.

　저 노인네 없을 때 와서 청소를 한번 해야 할까 어쩔까. 장 선생 알면 난리 나잖어.

작남이 그녀에게 이동장을 넘겨주며 중얼거렸다.

저 집을 무슨 수로 청소를 해. 자기 물건 가져갔다고 난리나 안 치면 다행이지. 그걸 누가 감당해요? 나중에 장 선생한테 넌지시 물어봐야지. 일단은 그만 갑시다.

그녀는 이동장 안 호수의 상태를 살피며 대답했다.

개발이 된다, 안 된다. 철거를 한다, 안 한다. 퇴거를 해라, 말아라. 말들이 많은 동네였다. 얼마 되지도 않는 임대료를 받겠다고 당장 무너진다고 해도 이상할 게 없는 집들을 몇 채씩 사들이는 정신 나간 사람은 없을 거였다. 이러지도 저러지도 못하는 주인의 사정을 뻔히 아는 세입자들은 그 점을 무기 삼아 점점 더 뻔뻔해지는지도 몰랐다.

그녀가 하는 일은 입장이 상반된 집주인과 세입자 사이에서, 어느 쪽으로도 치우치거나 넘어지지 않고, 똑바로 서 있는 것이었다. 장 선생과 세입자들은 그녀를 통해서만 말하고 들을 수 있었다. 양쪽의 연결 고리가 끊어지지 않도록 하는 게 그녀의 일이었고, 그러기 위해서는 어느 쪽의 감정도 상하게 하지 않는 게 중요했다. 그래서 대부분의 경우 그녀는 기다렸다.

한계에 다다를 때까지 기다리고 또 기다리는 것. 둘 중 누군가가 지치거나 물러설 때까지 버티는 것.

그게 그녀가 이 일을 지속하는 노하우였다.

두 사람은 호수에게 캔 사료를 먹이기 위해 빈 건물 안쪽에 자리를 잡았다. 겁에 질린 듯한 호수는 몸을 말고 울기만 했다. 그녀가 이동장을 열고 사료를 넣어주어도 반응이 없었다. 겨우 먹는가 싶다가도 입에 든 걸 뱉어내고 다시 울었다. 그리고 한참 만에 그녀가 이동장을 닫으려는 순간 호수가 뛰쳐나왔다.

순식간에 벌어진 일이었다.

건물 출입문이 닫혀 있었으므로 호수는 계단 위로 달아났다. 그녀는 옥상 입구까지 따라가서야 호수를 잡을 수 있었다. 그녀는 호수를 안은 채 문이 열린 빈집들을 차례로 지나쳤다. 문틈으로 보이는 실내는 오래 사람이 살지 않은 듯 황폐했고, 언뜻 그림자 같은 걸 본 듯한 느낌이 들자 고개를 들 엄두가 나지 않았다.

그럼에도 그녀는 다시 계단을 올라갔고, 열린 문들을 모두 닫은 뒤에야 건물을 빠져나왔다. 문 사이로 불길하고 위험한 기운이 새어 나올지도 모른다는 염려 때문이었다. 그녀는 확인하듯 건물 위를 올려다보며 말했다.

명진으로 가요. 애가 아주 기진맥진이네. 얼른 병원에 데리고 가야지. 언제까지 이 동네에 있어. 영시티하고 75번지는 다음에 날 잡아서 다시 오든지 해요.

울음을 참는 듯한 소리가 이동장 안에서 새어 나왔다. 그녀는 앞장서서 걷기 시작했다. 건물과 건물 사이 제법 널찍한 길로 걷다가 주차장을 가로지르고 지름길로 들어섰다. 전봇대는 뗐다 붙인 전단지 자국으로 얼룩덜룩했고, 고개를 들면 뒤엉킨 전선이 위태로워 보였다.

이곳은 그들 부부가 20년 남짓 산 동네였다. 사는 동안엔 골목이 어디에서 갈라지고 만나는지, 오르막이 어디서 시작되고 끝나는지, 오늘 어느 집이 나가고 어느 집이 들어왔는지, 모르는 것 없이 지냈고 그게 당연한 줄 알았다.

그녀는 고개를 들고 사방을 두리번거렸다.

월요일 한낮의 동네는 적막했고 그 적막이 이상할 정도로 낯설었다. 아니, 그녀는 무엇이 동네를 이토록 낯설게 만드는지 알 수 없었다. 고개를 돌릴 때마다 동네는 처음 본 것처럼 생경했다.

이쪽으로 가면 되지? 원래 이렇게 사람이 없었나? 저 집이 원래 저기 있었어? 여긴 페인트칠을 새로 했구먼, 그치? 이 계단은 아직 이 모양이네. 난간이 원래 있었어? 못 본 것 같은데, 기억나요?

그녀는 뒤따라오는 작남을 향해 계속 말을 걸었다.

뭐라고? 크게 말해. 안 들려.

어차피 대답을 들으려고 한 질문은 아니었다.

도대체 이런 데서 어떻게 살았던 걸까?

그녀의 말은 중얼거림에 가까워졌다. 이곳에 사는 동안 그녀는 이곳을 떠나고 싶다고 생각한 적이 없었다. 떠나야 한다는 생각도, 떠날 수 있다는 생각도 하지 못했다. 그녀는 그 사실이 새삼스럽고 놀랍게 여겨지기까지 했다.

두 사람은 재개발 조합 사무실 앞까지 갔다. 사무실이라지만 공터에 낡은 컨테이너 하나를 둔 게 다였다. 지난겨울, 상주하던 직원 하나가 나간 뒤 사무실은 비어 있었다. 부부는 널찍한 평상에 걸터앉아 바나나와 우유로 허기를 달랬고 잠시 숨을 돌린 뒤 명진 빌라로 갔다.

빌라 앞에 도착했을 땐 정오 무렵이었다. 빌라 앞은 담배 꽁초와 전단지, 이런저런 쓰레기들로 지저분했다. 작남이 습관적으로 그것들을 주우려고 했고 그녀가 저지했다.

건드리지 말아요. 그냥 둬요.

그 말을 듣지 못한 듯 작남은 쓰레기를 주우려고 자꾸 더 먼 쪽으로 걸어갔다.

줍지 말라니까 이 양반은. 남의 집 쓰레기를 왜 치워요 치우길.

남의 집이고 뭐고 누구라도 치우면 보기 좋지 뭘 그러나.

고집을 부리던 작남은 출입문에 붙은 전단지까지 모두 떼어내고 나서야 천천히 계단을 오르기 시작했다. 부부는 204호 계단 앞에 쪼그리고 앉았다. 누군가 올 때까지 기다릴 작정이었다. 그리고 그녀가 기대 없이 문을 두드렸을 때 뜻밖에도 누군가가 대답했다.

누구세요?

아이고, 집에 있네. 나예요. 호수 엄마.

그녀가 대답했다.

호수 엄마요? 그게 누군데요?

문을 연 건 단발머리 여자애였다. 그녀도, 작남도 처음 보는 사람이었다. 순간적으로 재민네가 살림살이를 내팽개치고 도망이라도 간 게 아닐까 싶었지만 열린 문틈으로 익숙한 가구와 살림살이가 보였다.

재민 엄마 있어요? 주인집에서 왔어요. 할 이야기가 있어서. 호수 엄마라고 하면 알아요. 근데 못 보던 얼굴이네?

여자애의 얼굴은 앳되었지만 나이든 사람에게서나 볼 법한 피로감과 경계심으로 굳어 있었다. 그녀는 존대를 해야 할지, 편하게 말을 놓아도 될지 얼른 결정할 수 없었다.

근데 이거 고양이예요?

여자애가 불쑥 물었다. 그렇다고 하자 순순히 문을 열어주었다. 작남이 먼저 그녀가 뒤따라 집 안으로 들어섰다. 작남이 곧장 거실 3인용 소파에 자연스럽게 자리를 잡고 앉았다. 늘 그랬듯이 소파 끝까지 엉덩이를 밀어넣고 손잡이에 한 팔을 걸친 다음 길게 숨을 내쉬었다.

그 소파는 그들 부부가 쓰던 것이었다. 도대체 언제 어디서 얼마를 주고 구입했는지도 기억나지 않았다. 어쩌면 누군가에게 넘겨받은 것인지도 몰랐다.

여기 내려와서 앉아요. 바닥에 앉으라니까.

여자애가 방으로 들어간 뒤 그녀가 작남에게 소곤거렸고 작남이 굼뜨게 바닥으로 내려왔다. 무릎 통증 탓에 작남이 바닥에 앉기를 꺼린다는 걸 그녀도 모르지 않았다. 그럼에도 그 소파에 앉은 작남을 보는 건 어쩐지 꺼림칙했다.

그 집에서 그녀는 가능한 한 자신이 쓰던 물건으로부터 멀리 떨어져 있는 편이었다. 그렇게 신경을 써야 할 만큼 그 집엔 그들 부부가 쓰던 살림살이가 많이 남아 있었다.

냉장고는 그들 부부가 세 번이나 수리를 받은 것이었다. 소음이 심한 편이었고 한여름엔 냉장고 바닥이 흥건할 정도로 물이 새곤 했다. 장식장은 그들 부부가 동네에서 주워 온 것이었다. 쓰는 동안엔 잡다한 물건을 수납할 수 있어 유용하다 싶었지만 다시 보니 칙칙한 빛깔과 투박한 모양새가 집 안 분위기를 망치는 듯했다. 신발장과 간이 테이블, 텔레비전 받침대와 전신 거울도 구닥다리처럼 보이긴 마찬가지였다.

집 안 풍경은 그들 부부가 살 때와 크게 달라진 것이 없었다. 달라진 거라곤 집 안을 떠도는 파스 냄새 하나뿐이었다. 고개를 돌리면 어김없이 자신이 쓰던 물건이 바로 보였으므로 그녀는 이동장에 시선을 고정하고 있었다.

오셨어요? 미리 연락이라도 하고 오시지 않고요.

재민 엄마는 2시가 다 되어서야 왔다. 현관에 놓인 신발을 확인하곤 방문을 열고 여자애와 무슨 대화를 나누는가 싶더니 한참 만에 거실로 돌아왔다. 못 본 사이 재민 엄마의 모습은 조금 밝아진 듯했다. 그건 짧게 자른 머리나 옷차림의 변화 때문만은 아니었다. 표정은 홀가분했고, 눈빛에선 생기가 느껴졌다.

그제야 그녀는 라디오 소음처럼 어딘가에서 나지막하게 새어 나오던 기침 소리가 더는 들리지 않는다는 것을 깨달았다.

아, 얘가 그때 걔예요? 어머나, 몰라보게 컸구나.

재민 엄마는 고개를 숙여 이동장 안을 들여다보았다.

1년 전 그녀는 이 빌라 앞에서 호수를 처음 봤다. 오늘처럼 월세를 독촉하러 왔을 때였다.

사실 고양이는 어디에나 있었다. 그녀가 발을 구르며 음식물 쓰레기통 주변을 얼쩡거리는 고양이를 쫓아낸 것도, 어둠 속에서 어미 잃은 새끼 고양이의 울음소리를 들은 것도 여러 번이었다. 그러나 그들 부부를 배웅하러 나온 재민 엄마가 손짓했을 때, 그 작고 까만 것이 그들 부부 쪽으로 다가올 거라곤 예상하지 못했다.

갓난쟁이구먼.

먼저 쪼그리고 앉은 건 작남이었다. 작남이 손을 내밀자 그것이 조금 더 다가왔다.

아이고, 가여워라. 아직 애기네요.

혀를 차는 재민 엄마에게서 호의를 느낀 모양인지 고양이는 본격적으로 울어대기 시작했다. 체구가 너무 작다는 이야기가 나왔고, 굶주린 게 분명하다는 이야기가 나왔고, 저렇게 두면 죽을지 모른다는 이야기가 나오는 동안에도 그녀는 멀찌감치 물러서 있었다.

아직 밤에는 쌀쌀하잖아요. 너무 어리기도 하고. 제가 임시로라도 데리고 있으면 좋은데 어머니도 계시고, 저나 재민이도 집에 잘 없고요. 얘 갈 만한 곳을 제가 알아볼게요. 며칠만 좀 봐주시면 어떠세요?

재민 엄마가 물었고 그녀는 단번에 거절했다.

작남에게 핀잔을 주며 산무동 비탈길을 내려오는 동안에도 그녀는 그 조그마한 생명체를 자신이 데려오게 될 거라고 생각하지 못했다. 그리고 한 달 뒤 다시 204호를 찾아갔던 날, 그녀는 그 고양이를 데려오고 말았다. 보름만 맡아야지, 한 달만 맡아야지, 하다가 1년이 지난 거였다.

아이고, 입이 짓물렀구나. 염증이에요?

재민 엄마가 묻고 그녀가 답했다.

그런가 봐. 잘 먹고 잘 자고 하다가 갑자기 왜 이러는지 모르겠네. 오늘은 병원에 데려가보려고. 항생제를 며칠 먹였는데도 영 차도가 없어.

재민 엄마가 호수를 보는 데에 정신이 팔려 있었으므로 그녀는 이동장의 입구를 벽 쪽으로 돌려놓은 뒤 자세를 바로 했다. 용건을 꺼내기 위해서였다.

죄송해요. 매번 번거롭게 여기까지 오시게 하고. 어떻게 들으실지 모르겠지만 지난달에 어머니 돌아가시고 장례 치르느라 정신이 없었어요.

그녀가 무슨 말을 꺼내기도 전에 재민 엄마가 먼저 입을 열었다. 그녀는 고요한 실내를 둘러본 뒤 짧게 조의를 표했다. 조의라기보다는 몇 년간 정신이 오락가락하는 모친을 끝까지 책임지며 도리를 다한 재민 엄마에 대한 위로였다.

어머니 보내고 나니까 마음은 편해요. 우리 편하라고 서둘러 가신 건가 싶기도 하고. 아, 재민이 취직했다고 제가 말씀드렸나요? 바리스타 자격증 따고 교육 나가다가 지난주에 정직원 됐어요.

거실과 방 두 개, 작은 베란다가 딸린 이 집 월세는 55만 원이었다. 보증금이 싸다고 하지만 공과금과 관리비까지 생각하면 적은 금액은 아니었다. 그녀가 살던 때보다 월세는 올라 있었다. 이곳이 그런 비용에 합당한 집인가 하는 의문이 들었고 그녀는 그런 생각을 물리치듯 단호한 목소리를 냈다.

이번 달까지 하면 석 달째잖아. 사정 뻔한 거 알지만 내가 그걸 장 선생한테 어떻게 일일이 설명할 수 있어. 내 입장도 생각을 해줘야지.

그렇죠. 제가 장 선생님 뵙고 직접 사정을 말씀드리면 좋을 텐데요.

그런 시시콜콜한 사정을 듣지 않으려고 장 선생이 이 동네에 오지 않는다는 말을 그녀는 삼켰다. 두 시간씩 차를 몰아야 하는 데다, 고급 차를 주시하는 사람들의 시선도, 주차 공간을 찾아 헤매는 일도 불편하고 번거로울 거였다. 요령 있는 집주인들이야 택시를 타고 오거나 낡은 차를 끌고 와서 티 나지 않게 용무를 해결하고 돌아간다지만 장 선생은 그런 수고를 감수할 필요가 없었다.

장 선생이 믿는 사람, 그녀가 있기 때문이었다.

그래서 오늘 줄 수 있어?

그녀는 곧장 그렇게 물었고 한마디 더 했다.

다만 얼마라도 줘야 나도 장 선생한테 말이라도 해볼 수 있지.

그렇죠. 아무래도 그러시겠죠.

재민 엄마는 수긍하듯 고개를 끄덕이면서도 어떻게 하겠다는 말은 없었다. 이동장 안에서 기운 없는 울음소리가 새어 나왔다. 마음이 급해졌다. 동물 병원까지 가려면 또 버스를 타야 했다. 겁에 질린 호수를 꺼내고 주사를 맞히고 다시 집까지 돌아갈 생각을 하자 피로가 몰려왔다. 그녀는 빨리 이곳을 떠나고 싶었다. 어떻게든 오늘 해결을 하고 당분간은 이곳에 오고 싶지 않았다.

근데 혹시 화장실 수리한 거 보셨어요?

방 안에 있던 여자애가 문을 열고 나왔다. 재민 엄마가 만류하듯 손짓했지만 그 애는 화장실 문을 연 뒤 그들 부부에게 다가오라는 손짓을 했다.

여기 타일이 깨져 있었거든요. 여기 사셨다니까 잘 아시겠네요. 이모랑 제가 이쪽에 타일 새로 다 붙인 거예요. 변기 파이프도 갈았고요. 샤워기도 새로 달고요.

그녀는 몸을 일으키려는 작남을 저지하고 그 자리에 앉아 여자애가 하는 말을 잠자코 들었다. 처음엔 무슨 상황인가 싶었고 재민 엄마가 말리겠거니 했지만 여자애는 그만둘 생각이 없어 보였다. 화장실 방충망을 교체했다는 설명이 이어졌고 인터폰이 고장 났다는 이야기가 시작되었을 때 작남이 대수롭지 않게 대꾸했다.

아, 아가씨가 재민네 조카구먼. 이런 집들은 원래 자잘한 건 직접 고쳐가며 사는 거요. 다들 그렇게 살아요, 아가씨.

그 말이 그 여자애의 마음에 불을 붙인 것 같았다. 여자애는 굳은 표정으로 그녀와 작남을 바라보다가 싱크대 앞으로 갔다. 차분한 걸음걸이였다. 여자애는 싱크대 앞에 서서 배수구를 가리켰다. 물이 샌다는 거였다. 그런 후엔 삐걱거리는 베란다 창을 보란 듯 여러 차례 여닫았다.

오래 되면 뭐든 망가지고 고장 나는 게 당연하지. 요즘 어느 주인이 그런 걸 일일이 고쳐주나. 요즘 주인들은……

그만해요.

말을 보태려는 작남을 제지한 건 그녀였다. 얼마 전 월세를 독촉하던 집주인이 세입자에게 폭행을 당했다는 뉴스가 생각나서였다. 집주인도 아니고, 세입자도 아닌 그들 부부는 더 조심할 필요가 있었다.

이봐요, 아가씨. 우리는 집주인이 아니에요. 우리는……

그녀는 여자애를 달래듯 말했고 그녀의 말이 끝나기도 전에 여자애가 끼어들었다.

그럼 집주인한테 전하세요. 화장실 타일이랑, 방충망, 변기 파이프랑 샤워기 저희가 직접 고쳤다고요. 필요하시면 영수증 보내드릴게요. 싱크대 물 새는 거랑 베란다 창도 손봐달라고 해주시고요.

그녀는 멍하니 여자애의 말을 듣고 있었다. 정말이지 이

동네 분위기를 전혀 모르는 모양이었다.

아가씨, 이 동네 집들이 다 이래요. 내일이라도 허가 나면 다 부술 집들인데 어느 주인이 예예, 하고 수리를 해주겠어요. 그래서 보증금이 싸잖아. 어쩌겠어. 불편한 게 있어도 참고 살아야지. 여기 사는 동안 착실하게 목돈 만들어서 다음엔 좋은 집으로 가요.

그녀는 그렇게 대화를 끝내려고 했다. 그녀가 재민 엄마를 향해 무슨 말을 하려는 순간, 여자애는 아예 그녀 앞에 자리를 잡고 앉았다.

참고 살라니, 그게 무슨 말씀이세요?

너 왜 그래? 이리 나와. 어른들 이야기하시잖아.

우리가 공짜로 사는 것도 아닌데 참고 살라는 게 이상하잖아.

재민 엄마가 만류하는데도 여자애는 아랑곳하지 않았다. 아니, 그녀가 보기에 재민 엄마는 이 소란을 막을 마음이 없어 보였다. 사실 여자애의 말은 틀린 데가 없었다. 다 맞는 말이었고 그녀도 모르지 않는 것이었다.

이 집, 월세잖아요. 월세는 집주인한테 수리 의무가 있는 거 아시죠? 보세요. 법령에도 나와 있는 내용이에요. 수리를 해주지 않을 경우엔 임차인이 보증금 반환을 요청할 수 있고 계약 해지를 요청할 수 있다. 보이시죠?

여자애가 휴대폰을 그들 부부 앞에 내밀었다. 화면 속의 작은 글자들이 그들 부부의 눈에 제대로 보일 리 없었다.

수리 안 해주시면 세입자가 주인한테 내용증명을 보낼 수 있어요. 아무리 오래된 집이라지만 사람이 살 수 있게는 해주셔야죠. 그러고 나서 월세를 달라고 해도 해야죠. 그렇잖아요.

여자애의 목소리가 커졌다. 그녀는 이동장 지퍼를 만지작거리기만 했다. 이렇게 듣고만 있어도 되나 싶은 생각이 들었지만 계약 해지니, 수선 의무니, 법령이니 하는 말을 듣는 동안에는 가슴이 두근거렸고, 도무지 입을 열 엄두가 나지 않았다.

아가씨, 우리도 세입자예요. 평생 집다운 집에 살아본 적이 없어. 우리라고 허구한 날 이 동네에 와서 돈 내놓으라고 닦달하는 게 뭐가 좋겠어요. 죽지 못해 하는 거지. 우리라고 마음이 좋은 줄 알아요? 오늘은 우리 호수도 이렇게 아픈 데다가.

그 순간 이동장 입구가 벌어지며 호수가 튀어나왔다. 머리통에 귀를 납작하게 붙인 호수가 뛰어간 곳은 화장실이었고, 자신에게 다가오는 작남의 다리 사이를 통과해 싱크대 아래로 숨어들었다.

이리 나와. 호수야, 착하지. 호수야, 어서 이리 와.

그녀가 싱크대 앞에 엎드리다시피 하고 호수를 끌어낼 때까지 긴 시간이 걸렸다. 여자애는 축축한 호수의 발과 배를 닦는 그녀를 향해 한마디 더 했다.

냄새 맡아보세요. 곰팡이 냄새 나죠? 저 싱크대 아래가 1년 내내 저 상태예요. 아무리 헐어버릴 집이라지만 이건 진짜 너무하잖아요.

정말이지 호수에게서 쿰쿰한 냄새가 나는 듯했다. 몸도 성하지 않은 애를 씻긴답시고 작남과 좁은 화장실에서 씨름할 생각을 하자 더는 아무 말도 하고 싶지 않았다. 그녀는 말없이 호수를 이동장 안에 넣고, 지퍼를 잠갔다.

이제 그만해. 이모 말 들어. 얼른 들어가. 오늘따라 얘가 왜 이래. 들어가라니까.

이만하면 충분하다 싶었는지 재민 엄마는 그제야 여자애를 채근하기 시작했다.

이모, 어차피 월세는 보증금에서 제하는 거야. 주인들이 그래서 보증금을 받는 거잖아. 고장 난 거 고쳐달라는 게 뭐가 어때서? 당연한 거잖아.

여자애는 쐐기를 박듯 그녀와 작남을 쏘아본 뒤 몸을 일으켰다. 여자애가 방으로 들어간 뒤, 세 사람은 가느다란 호수의 울음소리만 듣고 있었다. 그녀는 점점 붉어지는 작남의 얼굴을 살피며 무릎을 토닥거렸다. 문제를 크게 만들지 말라는 의미였다.

그동안 밀린 월세 다 안 내놓을 거면 다음 주까지 짐 빼요.

그녀는 그렇게 말할 수 있는 입장이 아니었다.

장 선생한테 말해볼 테니 걱정 말아요.

장 선생에게 입바른 소리를 할 수 있는 처지도 아니었다.

그녀는 언제나 기다렸다. 기다릴 수 있을 때까지 기다리고, 더 기다릴 수 없을 때에도 기다리는 것. 그녀는 그것밖에는 할 줄 모르고 할 수도 없었다. 한참 만에 재민 엄마가 방으로 들어갔고 봉투 하나를 들고 나왔다.

이거 얼마 안 되는데 받으시고 장 선생님한테 사정 좀 잘 말해주세요. 다음 달 10일까지는 무슨 일이 있어도 해결할게요. 이번엔 틀림없어요. 믿으셔도 돼요.

한 시간씩 버스를 타고 와야 하는 데다 무릎 통증으로 가파른 골목을 오르는 것도 힘들고, 한 번씩 이렇게 왔다가면 이틀은 기운 없이 늘어져 있어야 한다고 투덜거린 건 작남이었다. 불쾌감이 가시지 않은 얼굴이었고 금방이라도 어떤 불필요한 말들이 튀어나올 듯했다. 그녀는 작남에게 눈짓을 하고 서둘러 몸을 일으켰다.

재민 엄마는 현관문 앞에서 고개를 까닥했고 두 사람이 문 밖으로 나가자마자 소리 나게 문을 닫아버렸다. 그녀는 건물 밖으로 나온 뒤에야 봉투 안에 든 만 원짜리 지폐 다섯 장을 확인했다.

이것 봐. 그냥 나오면 어떻게 하나. 오늘은 확실하게 해결을 봐야지. 새파랗게 어린 사람이 따박따박 말대꾸나 하고. 월세가 밀렸으면 미안합니다, 하고 사과하는 게 먼저지 경우 없게 무슨 짓이야 이게.

작남이 말하고 그녀가 답했다.

뭐가 경우가 없어요. 다 맞는 말만 하는구먼.

이 동네도 얼른 재개발이 되어야지. 사람들이 말이야. 고마운 줄은 모르고 말이지.

여기 싹 철거되고 아파트 들어서면 우리가 할 일이 남아 있을 것 같아요? 돈 있는 사람들 세 주고 나면 월세 받으러 다닐 일도 없지. 여러 말 할 거 없어요. 재개발 안 되는 게 우리한텐 고마운 일이야. 아닌 말로 재민 엄마 당장 나가겠다고 하면 세입자를 또 무슨 수로 구해요.

그녀는 이동장을 반듯하게 고쳐 메고 앞장서서 걸었다. 고개를 들면 두 사람처럼 삶의 막바지에 이른 건물들이 눈을 부릅뜨고 그들을 우두커니 내려다보고 있었다. 그들처럼 길고 긴 세월을 견디며 어떤 고비와 위기를 지나고 나름의 그늘과 비밀을 간직한 채, 이젠 빈곤과 곤궁이 굴러다니는 골목에서 푼돈을 줍고 다니는 그들 부부를 지켜보는 듯했다.

그녀는 큰길로 나오기 직전에 걸음을 멈추었고, 작남에
게 기다리라고 한 뒤 다시 명진빌라로 갔다. 재민 엄마는
아직 집에 있었다.

이거 조의금이라 생각하고 받아줘. 내가 이 집 어머니를
안 뵌 것도 아니고 그냥 가려니 마음이 그렇네. 괜찮아. 받
아, 받으라니까.

그녀가 건넨 건 3만 원이었다. 재민 엄마에게 받은 5만
원 중 일부였다. 거듭 거절하던 재민 엄마는 그 돈을 받았
고 이번엔 문을 연 채로 계단을 내려가는 그녀를 배웅했다.

이 나라는 부동산 때문에 망할 거야. 이 썩은 빌라들에
도대체 몇 사람의 밥줄이 달려 있는 거야, 세상에.

그녀는 그렇게 중얼거리며 사는 동안 수없이 들락거렸
던 골목을 빠져나왔다. 노을이 지고 있었다. 살갗에 닿는
바람이 차가웠다. 그녀는 문 닫힌 가게 앞에 쪼그리고 앉은
작남을 큰 소리로 부른 다음 걸음을 재촉했다.

작남은 마을버스 정류장 앞에 이르렀을 때야 못마땅한
듯 중얼거렸다.

쓸데없이 뭐 하러 돈을 주고 와. 어차피 이사 가고 나면
안 볼 사람들인데. 그렇게까지 할 필요가 뭐가 있어.

그녀는 마을버스에 올라 빈 좌석에 앉은 뒤 창밖을 내다

보며 답했다.

호수가 보잖아요. 아무리 말 못하는 짐승이지만 우리를 보고 뭐라 생각하겠어요.

그녀는 그렇게 대꾸하고 말았다.

창 너머로 서서히 멀어지는 산무동 일대가 그들 부부에겐 마지막 직장이고 어쨌든 지금은 그 빌라에 누군가 살아야지만 이 일을 지속할 수 있으므로, 최선을 다해야 하고, 또 죽을힘을 다할 거라는 다짐을 되뇌면서였다.

자전거와 세계

일요일 오후에 그녀는 할머니가 입원한 병원으로 간다.

병원은 버스로 20분 거리이고, 자전거를 타면 40분 남짓 걸린다. 그녀는 날씨가 덥다는 이유로, 비가 온다는 핑계로, 너무 피곤하다는 구실로, 매번 버스를 탄다. 한 번쯤은 자전거를 타고 갈 수 있지 않을까, 생각하지만 어림없는 소리다. 그녀는 자전거를 제대로 타지 못한다. 괜한 호기를 부렸다가는 할머니와 나란히 병원 신세를 져야 할지도 모른다.

그러나 병원 신세를 지는 게 그렇게 비극적인 일인 것 같지는 않다. 그녀가 보기에 입원한 할머니는 심란해 보이지도, 불행해 보이지도 않는다. 할머니는 병원 생활에 빠르게 적응한 것 같다. 아니, 그녀가 지나치게 마음을 쓰지 않도록 배려하는 건지도 모른다.

거기 냉장고에 자두 있다. 꺼내 먹어. 옆에 병실 여자가 갖다 준 거야. 왜 지난번에 봤지? 목에 깁스한 여자. 남편이 직접 재배한 거란다. 귀한 거야.

할머니는 그녀를 보자마자 그렇게 말한다. 그녀가 무엇을 먹고 마실 수 있는지 하나씩 알려주는 게 할머니의 즐거움이 된 듯하다.

응, 그럴게.

그녀는 냉장고에서 자두 한 알을 꺼내지만 손에 쥐고만 있다. 아무것도 먹고 싶지 않다. 일요일 오후가 되면 멀리 물러나 있던 불안이 가까워지는 게 느껴진다. 월요일 출근 후, 치과에서 벌어질 수 있는 온갖 기분 나쁜 상황들로 머릿속이 자욱해진다. 자신을 향한 정민의 날 선 표정, 그걸 구경하는 듯한 다른 직원들의 호기심 어린 시선. 상상은 점점 구체적으로 이어지며 그녀의 마음을 움츠러들게 한다.

할머니, 허리 아픈 건 괜찮아? 무릎 시린 건?

하루 이틀 만에 금방 나을 거 같으면 뭐 하러 입원을 하겠냐, 기다려봐야지.

할머니는 그렇게 답하며 두 눈을 장난스레 두 번 깜빡인다.

얼핏 보면 할머니의 상태는 그리 심각해 보이지 않는다.

병실을 함께 쓰는 사람들처럼, 환자복 차림으로 주차장에서 담배를 피우는 사람들처럼, 하품을 하며 종일 병원 일대를 어슬렁거리는 사람들처럼. 위중하고 심각한 환자의 모습과는 거리가 멀다.

그녀는 할머니가 왜 계속 퇴원을 미루는지 의아하다. 멀쩡하게 식사를 하고, 때론 운동을 한답시고 비상계단을 부지런히 오르내리는 할머니가 왜 의사나 간호사 앞에서는 어린아이처럼 구는지 궁금하다. 울음 섞인 목소리로 무릎이 너무 아프다고, 허리가 쪼개지는 것 같다고, 얼른 좀 고쳐달라고 애원하는 심리를 알고 싶다.

그러나 할머니를 의심하는 것은 아니다. 할머니는 그런 사람이 아니다. 이 병원에 입원한 대다수 환자들처럼 보험금을 더 타내려고 꾀병을 부리는 부류와는 거리가 멀다. 그녀는 할머니의 손에서 자랐다. 그녀는 누구보다 할머니를 잘 안다.

그래, 너 하는 일은 어떠냐?

할머니가 묻는다. 그녀는 차가운 자두 한 알을 만지작거리며 어깨를 으쓱한다. 그런 후엔 자전거 이야기를 꺼낸다. 시간 날 때마다 자전거 연습을 하는데 좀처럼 실력이 늘지 않는다는 이야기다. 사실이다. 그녀는 매주 토요일 오후, 인적이 드문 천변 근처에서 자전거를 탄다. 아니, 아직 탄다고는 말할 수 없는 수준이다.

자전거는 겁내면 안 는다. 겁을 안 내야 금방 배우지.

잘 타면 뭐 하러 겁이 나겠어. 못 타니까 겁이 나는 거지.

그녀는 벽걸이 텔레비전 쪽으로 시선을 돌려버린다. 화면 속에서 사람들이 땀을 흘리며 해물탕을 나눠 먹고 있다. 냄비 안에서 꿈틀거리는 낙지의 모습이 클로즈업된다. 그녀는 다른 쪽으로 고개를 돌려버린다.

그래, 자전거야 언제 배우든 뭐가 대수야. 너 하는 일을 빨리 배워야지. 일하는 건 괜찮아? 할 만한 거야?

할머니가 다시 묻는다. 하나도 괜찮지 않고, 할 만하지도 않다는 말이 목 끝까지 올라온다. 자신을 괴롭히는 건 일이 아니고, 사람이라는 말이 금방이라도 튀어나올 것 같다. 그녀는 전화를 받는 척하며 병실을 나온다.

그녀가 다시 돌아왔을 땐 병실 안에서 가볍게 소란이 일고 있다. 할머니를 찾아온 사람이 있다. 음료수 상자를 든 남자의 뒷모습에 가려 할머니의 모습은 보이다가 말다가 한다. 그녀가 병실로 들어서려고 하자 할머니가 빠르게 고개를 저어 보인다. 들어오지 말라는 의미다.

남자는 사고 관련자로 보인다. 운전 미숙으로 보행 중인 할머니를 친 운전사. 아니, 운전사의 가족이나 마을버스 회사의 직원일지도 모른다. 일주일 전, 할머니는 골목을 지나던 마을버스에 치였다. 치였다는 건 할머니의 주장이고 운전사의 주장은 다르다. 운전사는 버스가 할머니에게 살짝 닿았다고 말했다. 버스 옆 차체가 할머니의 왼쪽 어깨를 가볍게 스친 거라고 했다.

예, 압니다. 편찮으시면 당연히 치료를 받아야죠. 어르신, 치료를 받는 게 잘못이라는 말이 아니라요. 검사를 해도 특별하게 소견이 나오지 않는데 계속 이렇게……

굵직한 남자의 목소리가 들리고, 할머니의 목소리가 뒤따라온다.

아니, 내가 아프다는데 소견이 나오고 안 나오고가 뭐가 중요해요. 나라고 좋아서 여기 있는 줄 알아요? 꼼짝없이 갇혀서 감옥살이나 다름없지. 안 아프면 뭐 하러 편한 내 집 놔두고 여기 있겠어. 안 그래요?

그녀가 다시 병실로 들어서려고 하자 할머니가 빠르게 손을 내젓는다. 그만 돌아가라는 뜻이다.

그녀는 그대로 집으로 돌아온다. 곧 그녀가 두려워하던 월요일이 된다. 그녀는 늦지 않게 출근한다. 그리고 정민에게서 달라지지도, 수그러지지도 않은 냉랭한 기운을 감지한다. 그녀가 탈의실로 들어서자 정민은 다른 직원 둘과 대화를 나누다가 보란 듯 말을 그치고 그곳을 나가버린다. 무슨 말을 건넬 것처럼 서 있던 직원들도 그녀에게 고개를 까딱한 뒤 서둘러 자리를 뜬다.

처음 정민에게서 냉담한 기운을 느꼈을 때, 그녀는 그것이 자신을 향한 것이라고는 꿈에도 상상하지 못했다. 정민에게 어떤 사정이 있을 거라고 여겼고, 뭔가 골치 아픈 일이 생긴 거라고 믿었다. 이제 모든 게 확실해진다. 더는 의심의 여지가 없다.

그녀의 업무는 9시 전에 시작된다.

가장 먼저 하는 건 진료실을 돌며 의자와 모니터의 전원을 켜고, 소독제로 구석구석을 닦는 일이다. 진료실 청소가 끝나면 소독실에서 멸균된 기구들을 포장하고, 수건을 개고, 알코올 솜과 거즈를 넉넉하게 준비한다. 환자 대기실의 비품을 채워 넣고, 수시로 화장실의 상태를 점검하는 것도 그녀의 몫이다. 데스크에서 차트 정리를 거들고, 엑스레이 촬영을 돕고, 간단한 안내문을 써 붙일 때도 있다.

처음 이 일을 시작했을 때, 그녀는 차트를 뒤죽박죽으로 섞어놓고, 환자를 엉뚱한 진료실로 안내하는 실수를 종종 했다. 모니터에 다른 환자의 엑스레이 사진을 띄워놓는가 하면, 기구의 명칭을 숙지하지 못해서 원장이 같은 말을 여러 번 반복하게 한 적도 있다.

다행히 그녀가 저지른 실수가 큰 문제로 불거진 적은 없다. 불만을 터뜨리거나 짜증을 내던 사람들은 그녀가 고개를 숙이고 죄송하다고 말하면 금세 누그러졌다. 그것이 진실하고 예의 바른 그녀의 태도 덕분이라고 말한 건 송 팀장이었다.

괜찮아. 처음부터 잘하는 사람이 어디 있어. 다 하나씩 배우면서 느는 거지. 그래도 같은 실수를 두 번 하는 건 곤란해. 두 번 하면 그건 실수가 아닌 거니까. 내 말 무슨 말인지 알죠?

원장을 제외하면 송 팀장은 이 치과에서 가장 오래 일한 사람이다. 그녀가 가장 따르고 신뢰하는 사람이기도 하다. 송 팀장에게는 베테랑이 가질 법한 여유와 노련함이 있다. 송 팀장은 그것들을 어떻게 다루어야 하는지 잘 안다. 송 팀장은 그녀에게 따끔한 충고를 하고 나서 다정한 격려를 건네는 걸 잊지 않는다. 그런 식으로 그녀가 이 일을 더 잘하고 싶게끔 만든다. 인색하지도 매정하지도 않게, 넘치지도 모자라지도 않게. 송 팀장은 다른 직원들의 태도에 큰 영향을 미치는 사람이고, 치과의 하루가 매끄럽게 굴러가도록 진두지휘하는 사람이다.

그것이 단 3년 만에 팀장이 될 수 있었던 비결일까. 송 팀장도 오래전엔 그녀처럼 애송이에 불과했을까. 그녀는 팀장처럼 되고 싶다. 열심히 노력하면 자신도 팀장처럼 될 거라는 믿음이 그녀에겐 있다. 이제 그녀는 초짜들이 저지를 만한 실수는 하지 않는다. 새빨갛게 달아오른 얼굴로 죄송하다고 말하며 거듭 고개를 숙여야 하는 일은 거의 만들지 않는다.

정민 샘은 오늘도 분위기가 싸하네요?

점심시간이 끝날 즈음에 연희가 소곤거린다. 연희는 데스크 직원이다. 환자가 뜸할 때 연희는 휴대폰으로 웹툰을 읽고, 마루의 사진을 보며 스케치를 한다. 마루는 연희가 키우는 까만 푸들이다. 연희는 마루가 주인공인 웹툰을 준비하는 중이다. 웹툰 작가가 되어 성공하는 것. 그것이 매일 데스크를 지키는 연희의 진짜 꿈이다.

연희 샘한테도 그래요?

그녀가 묻고 연희가 답한다.

저랑은 원래부터 말도 잘 안 해요. 종일 한 마디 할까 말까인데요, 뭐. 어쨌든 얼른 푸세요. 오래 끌면 서로 불편하잖아요.

그러나 그녀는 정민과 무엇을, 어떻게 풀어야 하는지 알 수 없다. 정민이 자신에게 왜 이렇게 적대적으로 돌변했는지, 그 원인이 자신에게 있는지, 정민에게 있는지도 판단할 수 없다. 그녀는 누군가의 맹렬한 미움을 견뎌야 하는 이 상황이 믿기지 않는다.

불과 몇 주 전까지만 해도 그들은 사이좋은 동료였다. 그녀는 정민과 친구가 될 수 있을 거라고 믿었다. 아니, 이미 친구나 다름없다고 여겼다. 정민은 사람들이 친구라고 말할 때 떠올릴 법한 모든 것을 그녀에게 주었다. 관심과 호의, 응원과 공감. 모두 그녀가 절실하게 필요로 하는 것들이었다. 자신이 그런 것들을 몹시 바라왔다는 걸 그녀는 정민을 통해 깨달았다.

정민은 그녀보다 먼저 이 치과에 입사했지만 이렇다 할 경력이 없어서 하나부터 열까지 새로 배워야 했던 그녀와 크게 다르지 않았다. 정민은 그녀보다 한 살이 어렸고, 두 사람의 집은 지하철로 30분이 채 걸리지 않는 거리였다. 둘 다 비슷한 평수의 원룸에서 홀로 자취를 했고, 조금 더 넓은 집으로 옮기고픈 바람과 목표가 있었다. 그러니까 우연이라고 하기엔 비슷한 점이 많았고, 그것이 두 사람을 친밀하게 만들었다.

두 사람은 퇴근 후 지하철역까지 함께 걸었고, 도저히 허기를 참을 수 없는 날엔 회사 근처에서 함께 저녁을 먹었다.

오늘도 맵게 해줘?

두 사람이 자주 들렀던 주꾸미 가게 주인은 언젠가부터 그렇게 물었다. 매운맛을 좋아하는 정민 때문이었다. 사실 그녀는 매운맛을 즐기는 편은 아니었지만 먹다 보니 먹을 만해졌다. 익숙해진 건 더 있었다. 그녀는 타인의 가족사나 연애사에 귀를 기울이는 편이 아니었는데 정민의 이야기에는 매번 집중하게 됐다. 듣다 보면 정민의 마음을 너무나 정확하게 알 것 같아서였다.

그녀가 느끼기에 정민은 자신과 크게 다른 사람이 아니었다. 그녀는 정민에게 말해주고 싶었다. 스스로에 대한 실망과 자책, 미래에 대한 불안과 두려움 같은 네가 느낄 법한 그런 감정들을 나 역시 지겹도록 겪는 중이라고. 네 처지와 형편에 깊이 공감할 수 있다고, 우리는 정말 닮은 구석이 많다고.

한번은 정민이 그녀가 사는 동네에 놀러 온 적이 있었다. 봄이 막 시작될 무렵의 토요일 오후, 벚꽃을 보러 나온 사람들로 거리가 북적일 때였다.

언니, 저 언니 동네 왔는데 시간 괜찮아요?

그녀가 정민의 연락을 받고 나간 곳은 천변 근처의 카페였다. 정민은 누군가와 마주 앉아 있다가 손을 흔들며 자리에서 일어났다. 그 뒤편에서 엉거주춤 몸을 일으키고 고개를 까닥한 사람이 정민의 남자친구였다. 세 사람은 편의점에서 샌드위치를 나눠 먹은 뒤 맥주 한 캔씩을 마시고 헤어질 생각이었다. 그러나 술자리는 밤늦게까지 이어졌다.

야, 말 똑바로 안 하냐? 멋대로 말하지 말라고!

술이 오른 남자가 정민에게 한 번씩 큰소리를 냈다. 그때마다 그녀는 조마조마한 마음으로 정민을 돌아보았다. 정민은 아무렇지 않아 보였다. 그들의 대화는 매번 그런 방식으로 흘러가는 모양이었다. 그녀는 롤러코스터처럼 가파르게 고조됐다가 맥없이 하강하는 그들의 대화를 잠자코 들었다. 화창한 하늘에서 돌연 먹구름이 몰려오고 돌풍이 불다가 비가 쏟아지는, 말하자면 변화무쌍한 날씨 한가운데 무방비로 서 있는 기분이었다.

정민아, 너 괜찮아?

두 사람이 택시에 타기 전 그녀는 정민에게 그렇게 물었다. 뒷좌석에 자리를 잡은 남자가 얼른 타라고 손짓하고 있을 때였다.

네? 뭐가요?

정민이 물었고 그녀는 택시 안을 잠깐 본 뒤 소곤거렸다.

정민아, 저 사람 그만 만나. 나는 네가 더 좋은 사람을 만나면 좋겠어.

정민의 얼굴에 무너지듯 어떤 표정들이 떠오르기 시작했다. 그건 환한 가등과 자동차 불빛이 만들어낸 그림자 탓인지도 몰랐다. 그럼에도 그것이 그녀에게 어떤 확신을 주었다. 그녀는 더 말했다.

저 사람, 너한테 안 어울려. 넌 더 좋은 사람을 만나야지.

그럴 수 있잖아.

술기운 탓이었을까. 미세하게 어두워지는 듯한 정민의 표정이 그녀를 충동질한 탓일까. 그녀는 모른 척할 수 없었다. 그러고 싶지 않았다. 결말이 뻔히 보이는 그 남자와의 관계 안에서 정민이 상처받도록 내버려 둘 수 없었다. 그녀는 정민을 돕고 싶었다. 그게 그녀의 진심이었다.

야, 뭐 하냐? 빨리 타라고! 안 탈 거야?

남자가 재촉했고 정민은 택시에 오르기 전 그녀에게 말했다.

언니, 저 갈게요. 오늘 정말 고마워요.

그녀의 휴대폰 속엔 그날의 사진이 남아 있다. 쾌청한 날씨와 활기 넘치는 거리를 배경으로 세 사람은 벚나무 아래에서 웃고 있다. 그녀는 이제 자신과 눈도 마주치지 않는 정민이 그날의 사진을 갖고 있는지 궁금하다. 어쩌면 정민은 가장자리에 있는 그녀의 얼굴을 감쪽같이 잘라냈을지도 모른다. 아니, 그날의 사진을 모두 삭제해버렸을지도 모른다.

현지 샘, 어디 있어?

송 팀장의 목소리가 들린다. 그녀는 얼른 몸을 일으키고 진료실로 뛰어간다. 그곳에 송 팀장과 정민이 있다.

두 사람, 오늘 수술 스케줄 많은 거 확인 안 했어요? 지난주에 내가 분명히 체크하라고 했을 텐데. 준비가 이렇게 허술하면 어떡해.

팀장이 그녀와 정민을 번갈아 보며 질책한다. 수건으로 감싼 정민의 손가락에서 피가 배어 나오고 있다.

현지 샘이 정민 샘 다친 거 봐주고 데스크에 일정 조금씩 늦어진다고 말해놔요. 세팅 새로 해야 하니까. 그리고 여기 전부 새로 교체해요. 혹시 모르니까.

팀장이 그렇게 지시하고 자리를 뜬다. 다른 직원들이 여기저기 흩어진 핏자국을 닦고 다시금 수술 준비를 하느라 바쁘게 움직인다.

블레이드에 베인 거야? 많이 다쳤어? 병원에 가야 하는 거 아니야?

그녀가 물어도 정민은 대답이 없다. 두 사람은 탈의실로 간다. 그녀가 응급 키트를 가져와 연고와 반창고를 꺼내는 동안에도 정민은 고집스럽게 바닥만 주시하고 있다. 그럼에도 그녀가 상처를 살펴볼 수 있도록 자신의 손을 내밀기는 한다.

언니는 여기서 계속 일할 마음 있어요?

불쑥 정민이 묻는다. 그녀는 소독약을 꺼내다 말고, 고개를 들어 정민과 눈을 맞춘다. 이건 화해의 제스처일까. 간접적으로 미안함을 내비치는 걸까. 그 순간, 캄캄하던 그녀의 머릿속이 어떤 희망적인 예감으로 반짝거린다.

응, 그러려고. 그래야지.

원래 이 일이 꿈이었어요?

꿈? 아니, 그런 건 아닌데. 해보니까 적성에도 맞는 것 같고 괜찮아서.

그녀는 이 기회를 놓치고 싶지 않다. 어떻게든 오해를 풀고 싶다. 그녀는 용기를 낸다. 그래서 내내 품고 있던 말을 꺼낸다. 정민과 정민의 남자친구를 함께 만났던 그날, 자신이 목격했던 우려스러운 장면에 대해. 그냥 두고 볼 수만은 없었던 자신의 마음에 대해. 자신이 겪었던 비슷한 경험과 실수에 대해.

정민은 그녀의 말을 무시하고 다른 말을 한다.

근데 언니, 자격증 있는 사람도 이 일 계속하는 거 힘들어요. 알죠?

응? 무슨 자격증?

대화가 이상한 쪽으로 방향을 튼다. 정민은 답답하다는 듯 고개를 젓고는 빨갛게 속살이 드러난 자신의 상처에 직접 연고를 바른다. 그런 후엔 다른 손으로 반창고의 포장을 벗겨내며 말을 잇는다.

언니, 저 이런 말까진 진짜 안 하고 싶은데요. 전 여기 치위생사로 들어온 거예요. 단순 알바가 아니고요. 미안하지만 전 언니랑 달라요. 완전히 다른 케이스라고요.

정민의 목소리는 지나칠 정도로 차분해서 아무런 감정도 느껴지지 않는다. 호의와 관심 같은 그녀가 기대했던 것들은 조금도 남아 있지 않다. 아니, 미움이나 원망조차도 말끔하게 제거된 목소리다. 그녀는 대꾸할 말을 찾지 못한다. 그래서 정민이 응급 키트를 챙겨 그곳을 나가는 것을 멍하니 바라볼 수밖에 없다.

퇴근길에 그녀는 오늘만큼 힘들 수는 없다고 생각한다. 그러나 화요일은 더 힘들고, 수요일은 더욱더. 목요일, 금요일은 말도 못 하게 힘들다. 그것이 다만 육체적인 피로 때문이 아님을 그녀는 잘 안다. 그녀는 점점 센 강도로 훼손되는 자신의 마음을 어떻게 지켜야 하는지 알 수 없다.

인적이 드문 골목길을 걸을 때, 어두운 방에 누워 잠을 청할 때, 눈을 감고 한숨을 내쉴 때, 그녀는 들을 수 있다. 마음에 금이 가고, 갈라지는 소리를. 마음이 저절로 무너져 내리는 소리를.

토요일 늦은 오후에 그녀는 자전거를 끌고 천변으로 간다. 봄이면 환한 벚꽃으로 뒤덮이는 이 천변이 실은 쥐들의 온상지라는 건 주민들 사이의 공공연한 비밀이다. 장마철마다 진동하는 악취와 무섭게 증식하는 벌레로 몸살을 앓는다는 것도 주민들이 쉬쉬하는 약점이다. 그녀는 이 동네를 떠나고 싶다. 자전거를 능숙하게 타는 것과 다른 동네로 이사하는 것. 그 두 가지가 현재 그녀의 단기 목표다. 실현 가능한 목표를 설정하라. 그건 그녀가 즐겨 보는 유튜브 채널 강사의 말이다. 계단을 오르듯 작은 목표를 하나씩 달성하다 보면 마침내 자신이 꿈꾸던 사람이 되어 있으리란 것이 그 사람 주장의 요지다.

그녀는 자전거 연습에 몰두한다. 한 발로 자전거를 지지하고 있다가 다른 발로 페달을 구르며 균형을 잡아보려고 한다. 그러나 자전거는 비틀거리다가 멈춰 서고, 또 멈춰 선다. 자전거를 탄 사람들이 빠른 속도로 그녀의 곁을 지나친다. 그녀는 흔들림 없이 곧장 앞으로 나아가는 자전거들이 신기하다. 아무런 걱정도, 두려움도 없이 힘차게 페달을 밟고, 앞으로 앞으로만 나아갈 수 있는 사람들이 부럽기만 하다.

일요일 오후에 그녀는 다시 병원으로 간다. 그곳에서 할머니가 타준 미숫가루를 마시고 볶은 아몬드를 맛본다.

할머니, 허리 아픈 건 좀 괜찮아? 무릎은?

그녀가 묻고 할머니가 답한다.

좋아졌으면 벌써 집에 갔지. 뭐 하러 병원에 있어. 기다려봐야지.

그녀는 한 시간 남짓 병원에 머문 뒤 그곳을 나온다. 모든 게 지난주와 똑같다. 아니다. 한 가지 다른 점이 있다. 병원을 나서는 그녀를 따라오는 사람이 있다. 선 캡을 쓰고 검은색 크로스 백을 멘 여자. 버스 정류장에 도착하고 나서야 그녀는 그 여자가 자신을 쫓아왔다는 사실을 알아차린다.

왜 자꾸 따라오세요?

그녀가 묻고 여자가 답한다.

윤일남 어르신 보호자 맞으시죠?

네, 그런데요.

버스를 기다리던 사람들이 그녀와 여자를 힐끔거린다. 여자는 말을 고르듯 도로 쪽을 잠깐 내다보고는 작정한 듯 입을 연다.

전 사고 버스 기사 와이프예요. 우리 아저씨가 마을버스 기사로 일한 지 아직 석 달이 안 됐어요. 회사 보험으로 처리하려니 그것도 눈치 보이고. 우리 작은애가 중학생인데 얼마 전에 학교에서 크게 사고를 쳐서 거기 나가는 돈도 꽤 돼요. 초면에 정말 미안한데 우리 형편이 그래요. 어지간하면 나도 이렇게 찾아올 생각까지 안 했을 거예요. 진짜 감당이 안 돼서 그래요.

버스 몇 대가 정차했다가 떠난다. 그녀가 기다리는 버스는 오지 않는다. 그녀의 시선이 도로와 표지판, 여자 사이를 조심스레 오간다. 여자는 사과하러 온 걸까, 용서를 구하러 온 걸까. 곧 그런 의도가 아님이 드러난다.

알고 있는지 모르겠지만 할머니가 계신 그 병원, 이 일대에선 유명한 곳이잖아요. 한 달이고, 두 달이고 환자가 원하면 원하는 대로 입원하게 하고, 보험비 타 먹으면서 우리 같은 사람들 피 말리게 하는 곳이잖아요.

여자의 목소리가 격앙된다. 그녀는 당혹스러워진다. 그래서 기다리던 버스가 도착하자마자 다급하게 버스에 오른다. 여자가 뒤따라 버스에 탄다. 여자는 그녀 바로 뒷좌석에 자리를 잡고 하소연을 이어나간다. 양심 없는 사람이라느니 나이롱 환자라느니 하는 말이 들리다가 말다가 한다.

저희 할머니가 허리가 많이 아프시대요. 꾀병이 아니고요. 저희 할머니 그런 분 아니에요.

한참 만에 그녀가 뒤쪽으로 몸을 틀고 정중하게 말한다.

그래요. 허리 아프시다는 이야기는 나도 들었어요. 그런데 그거 사고 때문이라고 할 수가 없잖아요. 혹시 블랙박스 봤어요? 아직 안 봤죠? 여기 봐요. 여기 다 찍혀 있어요.

버스가 정차할 때마다 한꺼번에 사람들이 탄다. 그녀는 창문을 조금 연다. 그런 식으로 말도 안 되는 여자의 주장을 듣지 않으려고 애쓴다. 여자는 포기하지 않는다. 버스에서 내린 후에도 끈질기게 그녀를 쫓아온다.

왜 자꾸 따라오세요. 도대체 저한테 왜 이러세요?

결국 그녀가 횡단보도 앞에 멈춰 선다.

왜 이러냐고요? 이거 한 번만 봐요. 직접 보고 판단해 봐요.

여자의 목소리가 가느다랗게 떨린다. 붉게 충혈된 눈에서 금방이라도 눈물이 떨어질 것 같다. 하는 수 없이 그녀가 여자의 휴대폰을 건네받는다. 시작 버튼을 누르자 영상이 재생된다. 2차선 도로와 약간은 경사진 골목, 할머니가 자주 들르는 미용실과 옷 가게, 목욕탕 건물이 차례로 나타난다. 할머니의 집을 자주 오가는 그녀에겐 눈에 익은 풍경이다. 그리고 할머니의 뒷모습이 천천히 가까워지는가 싶더니 버스가 덜컹거리며 멈춰 선다.

이어지는 장면은 할머니와 기사의 대화다. 아니, 그건 대화라고 할 순 없다. 할머니는 버스 앞문으로 반쯤 몸을 들이밀고서 일방적으로 말을 쏟아낸다. 죄송하다는 기사의 말에도, 괜찮으냐는 다른 승객의 질문에도 답하지 않고, 하고 싶은 말만 한다. 할머니의 말투는 차분하지도, 상냥하지도, 사려 깊지도 않다. 영상 속 할머니는 그녀가 알던 할머니가 아닌 것 같다. 다른 사람 같다. 그녀는 영상을 끝까지 확인하지 않고 여자에게 휴대폰을 되돌려준다.

봤죠? 누가 봐도 사고라고 할 수 없는 상황이잖아요. 우리 아저씨 말대로 진짜 살짝 닿은 거라고요. 봐요, 할머니도 멀쩡하시고요. 서 있는 것도 문제 없으시고. 이게 이렇게까지 오래 입원하실 일이에요?

신호가 바뀐다. 그녀가 그대로 길을 건너려 하자 여자가 그녀를 막아선다.

합의금 이야기 할머니한테 들었죠? 우리 잘못이 없다는 게 아니에요. 우리도 형편껏 위로비 정도는 마련할 생각이에요. 그래도 지금 할머니가 요구하시는 금액은 말이 안 돼요. 너무한 거라고요.

사람들이 길을 건넌다. 신호가 깜빡인다. 그녀는 여자를 무시하고 길을 건너는 대신 이렇게 대꾸한다.

무슨 합의금요? 저희 할머니, 그런 사람 아니에요.

이렇게 사정 좀 할게요. 할머니한테 말씀 좀 잘해주세요.

그게 아니라요, 저희 할머니는 그럴 분이 아니라니까요. 뭘 잘못 아신 거예요. 저희 할머니 그런 사람 아니에요.

그래요, 그런 분이 아니겠죠. 제가 뭘 잘못 안 거겠죠. 그러니까 그쪽이 말 좀 잘해주세요. 제발 부탁 좀 할게요.

여자는 지친 듯 그녀의 얼굴을 빤히 들여다본 뒤 돌아선다. 그녀는 여자가 뭔가를 오해한 거라고 생각한다. 매사다른 사람 처지를 먼저 헤아리고, 답답할 정도로 남의 형편부터 신경 쓰는 할머니를 모함하는 거라고 생각한다. 어떻게든 사고를 축소해보려는 속셈이 분명하다고 생각한다.

다시 월요일이 온다. 그녀는 전쟁터에 나가는 심정으로 출근한다. 보이지 않는 미움과 적의가 종일 그녀를 따라다닌다. 그것들은 그녀의 일거수일투족을 주시하며 결국엔 그녀가 어처구니없는 실수를 저지르게 만든다. 그녀는 실수를 남발한다. 월요일에 저지른 실수가 화요일, 수요일, 목요일에도 비슷한 방식으로 반복된다.

금요일에 송 팀장이 그녀를 호출한다.

현지 샘, 요즘 무슨 일 있어? 안 하던 실수를 자꾸 하네.

두 사람뿐인 상담실에 팀장의 목소리가 고요하게 울린다.

죄송합니다.

안 그러던 사람이 왜 그러지? 현지 샘, 무슨 일 있어요?

그녀는 앞으로 주의하겠다고 말하고 그곳을 나오는 것이 최선의 행동임을 안다. 그것이 상식적이고 합리적인 처신임을 모르지 않는다. 그러나 어쩐지 다정하게 느껴지는 팀장의 표정이 그녀의 마음을 느슨하게 하고 결국 속엣말을 털어놓게 한다. 그녀는 북받치는 감정을 억누르며 말한다. 차갑게 돌변한 정민의 태도에 대해. 진심이 왜곡된 이 상황에 대해. 두 사람의 갈등을 방관하는 동료 직원에 대해. 자신이 이곳에서 매일 느끼는 소외감과 억울함에 대해.

현지 샘, 그 문제가 일하는 데 직접적으로 영향을 주는 걸까?

팀장은 벽에 걸린 시계를 잠깐 올려다본 뒤 느리게 입을 뗀다. 그리고 그녀가 뭐라고 대꾸하기 전에 한마디 더 한다.

그래, 마음이야 불편할 수 있지. 그건 나도 이해해요. 그런데 일은 일이잖아요. 일에 실수가 있으면 곤란하지. 여기 일하러 오는 거잖아요.

그녀는 설명이 부족하다고 느낀다. 더 정확하게 설명할 필요가 있다고 생각한다. 그러나 팀장은 기회를 주지 않는다.

솔직히 두 사람 사이에서 벌어진 일은 내가 잘 모르겠고, 어차피 한 사람 말만 듣고는 알 수 없는 거잖아요. 어쨌든 정민 샘은 실수가 없어요. 지난주부터 어시스트도 서는 중이고, 자기 일은 똑바로 하고 있어요. 현지 샘, 솔직하게 물어볼게. 그 문제가 앞으로 일하는 데 계속 방해가 될 것 같아요?

팀장의 질문이 그녀의 뒤통수를 가볍게 때리는 것 같다. 다음번엔 이 정도 수준으로 끝나지 않을 거라는 경고처럼 들린다. 그녀는 정신을 차린다. 지금 자신을 괴롭히는 문제는 팀장이 해결해줄 수 없다. 그런 걸 기대해선 안 된다. 이건 개인적인 문제다. 그녀는 괜한 짓을 했다고 후회한다. 쓸데없는 짓을 벌였다고 자책한다. 그녀는 스스로를 꾸짖으며 상담실을 나온다. 그럼에도 팀장에 대한 실망감을 떨칠 수가 없다. 팀장에 대한 서운함과 야속함을 지울 수가 없다.

할머니가 퇴원하는 날은 수요일이다. 그녀는 월차를 내고 병원으로 간다. 처음으로 버스가 아닌 자전거를 타고 가기로 한다. 간밤에 내린 비로 길 여기저기 빗물이 고여 있다. 그녀는 자전거를 타보려고 안간힘을 쓰면서, 그러나 대체로 자전거를 끌면서, 간신히 병원에 도착한다.

할머니는 1층 로비 한쪽에서 누군가와 대화를 나누는 중이다. 그녀가 다가가려고 하자 할머니가 손을 든다. 다가오지 말라는 의미다. 그녀는 멀찌감치 서서 대화가 끝나기를 기다린다. 누군가 할머니에게 인사를 하고 돌아선다.

그 사람이다. 버스 기사의 아내, 다짜고짜 그녀를 찾아와 막무가내로 자신의 처지를 설명하던 사람. 돌아서서 걷던 여자가 고개를 돌려 할머니를 향해 무슨 말인가를 중얼거린다. 그럴 줄 알았다는 듯, 너무하다는 듯. 어쨌든 좋은 말은 아닌 것 같다. 할머니는 그녀를 향해 곧장 걸어오느라 자신의 등 뒤에서 무슨 일이 벌어지는지 알지 못한다.

오지 말라니까 뭐 하러 왔냐. 회사는 어쩌고 온 거야?

월차 냈어.

회사 허락받고 쉬는 거야? 또 그만둔 건 아니지?

아니야. 미리 말한 거야. 허락받았어.

그래, 힘들어도 꾸준히 다녀야지. 그만두는 것도 자꾸 하면 버릇 들어. 관두는 것도 습관 된다고.

퇴원 수속은 금방 끝난다. 할머니는 로비 한쪽에서 쇼핑백에 담긴 옷가지와 수건, 칫솔 같은 것들을 정리한다. 그런 후엔 재빨리 호주머니에서 봉투 하나를 꺼낸다. 봉투를 열어 안을 들여다보는 할머니의 두 눈이 가늘어진다.

자, 이거 넣어라.

할머니가 봉투를 반으로 접어 그녀에게 건넨다.

뭐야, 이거?

그 운전수가 준 거다. 치료비 하라고.

치료비? 치료 다 끝났는데 무슨 치료비야. 할머니, 설마 이거 합의금 그런 건 아니지?

왜 아니야. 그게 아니면 뭐 하러 병원에 몇 주씩 있겠냐.

그녀는 고개를 들고 로비를 둘러본다. 그 여자는 보이지 않는다. 그녀는 목소리를 낮추고 소곤거린다.

할머니, 이거 잘못된 거야. 이거 나쁜 거라고. 왜 그랬어? 아프지도 않는데 계속 병원에 있었던 거야? 이러면 안 되는 거 알잖아. 할머니 그런 사람 아니잖아.

그녀의 목소리가 커진다. 주변에 있던 사람들이 그녀를 힐끔거린다. 할머니가 만류하듯 그녀의 무릎에 손을 올리고 목소리를 낮춘다.

지금 너 사는 집, 좁아서 옮기고 싶다며? 아무 말 말고 가져가서 보태 써라. 합의금이라고 해봐야 얼마 되지도 않아. 나쁘니 잘못이니 어쩌니 말할 것도 없다.

아니, 왜 그랬냐고 묻잖아. 왜 그래? 왜 거짓말을 해? 사람들한테 양심 없다느니 나이롱 환자니 하는 욕 듣는 게 좋아? 그런 말 듣고 싶어서 그래?

좋고 싫고가 어딨어. 그런 말 듣는 게 뭐가 대수야? 말이야 말하는 사람 마음이지. 듣는 건 듣는 사람 자유고. 난 아무렇지도 않다. 자, 이거나 받아. 얼른 안 보이는 데 넣어 둬. 얼른 넣으라니까.

됐어. 필요 없어. 안 받아.

그녀는 자리에서 일어난다. 배신감이 치민다. 할머니에 대한 실망과 미움이 그녀를 덮친다. 그녀는 봉투를 내던지듯 할머니에게 돌려준 뒤 병원을 빠져나온다. 열이 오른다. 이대로라면 쉬지 않고 밤새도록 걸을 수 있을 것 같다. 그러나 건물 뒤편에 세워둔 자전거를 챙기느라 그녀는 뒤따라온 할머니에게 금세 따라잡히고 만다.

이걸 타고 왔냐? 뭐 하러? 아직 제대로 타지도 못한다면서.

할머니는 잠금장치를 풀고 자전거를 바로 세우는 그녀를 물끄러미 지켜보다가 다른 이야기를 꺼낸다.

그나저나 다음 주에 언제 집에 한번 올래? 생일인데 미역국은 한 그릇 먹어야지.

안 가. 안 갈 거야.

하긴 허리가 아파서 미역국이나 끓일 수 있을지 모르겠다. 고집 그만 부리고 받아. 그걸로 뭐 기운 나는 거 사 먹어. 나머지는 이사할 때 보태고.

할머니가 억지로 그녀의 가방 안에 봉투를 밀어 넣는다. 그녀는 할머니의 손길을 뿌리치려고 한다. 봉투를 절대로 받지 않으려고 한다. 아니, 그건 그냥 시늉에 불과하다. 그녀는 모른 척 할머니가 하는 대로 내버려둔다. 그런 식으로 결국 그 돈을 받고 만다.

여기 앞주머니에 넣어놨다. 잘 챙겨라. 잊어버리지 말고. 항상 차 조심하고.

할머니가 그녀의 가방을 톡톡 두드린다. 그게 신호가 된다. 그녀는 한 발로 페달을 밟으며 자전거에 올라탄다. 자전거가 반듯하게 균형을 잡고 앞으로 나아가기 시작한다. 그녀는 페달을 밟는다. 지금은 그 수밖에 없다. 자전거와 함께 고꾸라지는 꼴을 할머니에게 보여줄 순 없다. 자신이 느끼는 실망감을 보여주려면 자전거를 타고 빠르게 이곳을 빠져나가는 방법뿐이다.

병원 주차장을 나온 그녀의 자전거가 카페와 꽃집, 베이커리와 은행을 지나친다. 사거리 횡단보도 앞에 잠깐 멈춰 서고, 붐비는 버스 정류장 근처에서 주춤거리지만 자전거는 어렵게 중심을 되찾으며 아슬아슬 앞으로 나아간다. 그녀는 마트 입간판에 종아리를 긁히고, 골목을 빠져나오는 오토바이와 정면으로 충돌할 뻔하면서도 멈추지 않는다.

할머니에 대한 미움이 가시지 않는다. 왜 자신의 기대를 저버리는지, 왜 자신의 신뢰에 찬물을 끼얹는지, 어떻게 그렇게 뻔뻔하게 굴 수 있는지 이해할 수가 없다. 서운함과 야속함으로 뒤섞인 마음속에서 정민과 팀장, 다른 직원들의 모습이 되살아난다.

그녀는 그들이 잘못하고 있다고 생각한다. 정말이지 옳지 못하다고 생각한다. 합의금을 받으려고 다른 사람을 속인 할머니, 자신을 진심을 알아주지 않는 정민, 위로 대신 묘하게 질책을 가하는 팀장까지. 그녀는 그들 모두를 이해할 수가 없다. 순식간에 그녀의 마음이 원망으로 가득 찬다.

그녀는 되돌아가야겠다고 생각한다. 할머니에게 봉투를

돌려주고, 이런 부정한 돈은 절대로 받지 않겠다는 뜻을 분명히 해야겠다고 마음먹는다. 아니, 할머니가 아니라 그 운전사에게 이 돈을 돌려줘야겠다고 결심한다. 그것만이 이 일을 바로잡을 유일한 방법이라는 확신이 든다.

그러나 그렇게 할 수 없다.

길은 고르지도 편편하지도 않고, 피해야 하고 조심해야 하는 것들은 끝도 없이 나타난다. 버스를 타고 갈 땐 보이지 않았던 굴곡이, 걸어 다닐 땐 인지할 수 없었던 장애물이 그녀의 자전거를 쉬지 않고 위협한다. 중심을 잃지 않으려면, 넘어지지 않으려면 그녀는 신경을 곤두세우고 전방을 주시해야 한다. 그래서 방향을 바꾸고 다시 왔던 길을 되돌아갈 엄두조차 낼 수 없다.

그녀의 자전거가 인파를 피해 골목으로 접어든다.

경적을 울리는 차들, 길바닥을 굴러다니는 쓰레기들, 킥보드와 손수레 들. 뒤뚱거리며 걷는 비둘기와 갑자기 튀어나오는 아이들. 그녀의 자전거를 멈칫거리게 하는 건 어디에나 있다. 어디선가 끝도 없이 계속 나타난다.

매주 자전거 연습을 하는데도 이 모양인 이유가 뭘까. 그녀는 생각한다. 도대체 진짜 문제가 무엇일까. 자신의 자전거를 가로막는 이 수많은 장애물 때문일까. 이런 시시한 장애물조차 능숙하게 피하지 못하는 자신 때문일까. 나지막한 턱에도, 마른 나뭇가지 하나에도, 자전거는 가차 없이 흔들린다. 그러니까 잘못된 것은 무엇일까. 일터에서 그녀를 못 견디게 괴롭히는 감정일까. 매번 그런 감정에 휩쓸리는 자신일까. 할머니에게 비난을 퍼부은 자신일까. 그러면서도 못 이기는 척 봉투를 받고 만 자신일까.

그녀의 자전거가 골목을 빠져나와 사거리로 접어든다. 커다란 음악 소리와 사람들의 말소리가 한꺼번에 달려든다. 그녀는 쉬지 않고 자전거 차임벨을 누른다. 걸어가던 사람들이 그녀의 자전거를 피해 물러선다. 그녀의 자전거가 가로수와 사람, 간판과 오토바이 사이를 아슬아슬하게 빠져나간다. 할머니와 운전사, 송 팀장과 정민에 대한 생각으로 그녀의 머릿속이 덜컹덜컹한다. 모든 게 엉망진창이다.

이건 정신을 똑바로 차리라는 가르침일까. 제발 무언가를 배우라는 교훈일까.

방향을 바꿀 때마다 몸이 한쪽으로 기울어지고 순식간에 균형을 잃을 것 같다. 곧장 바닥으로 고꾸라질 것 같다. 그녀는 다만 넘어지지 않으려고, 어떻게든 중심을 잡으려고 사력을 다한다. 그래서 생각을 더 이어나갈 수도, 어떤 결론에 도달할 수도 없다.

그녀의 생각을 방해하는 건 그뿐만이 아니다.

빗방울이 듣기 시작한다. 길바닥에 작고 동그란 자국이 무질서하게 나타난다. 빗방울이 그녀의 정수리를 때리고, 그녀의 손등을 적신다. 마음이 급해진다. 길 위에 명암이 생겨난다. 조금 전까지 명확하게 구획되어 있던 풍경에 음영이 드리워진다. 뭔가 더 짙어지고, 어딘가 겹쳐지고, 경계가 흐릿해지면서 감춰져 있던 진짜 색깔이 드러난다.

그녀는 어쩐지 복잡해지는 것 같은 달라지는 것 같은 주변을 힐끔거린다. 그 순간, 세상은 처음 보는 것처럼 낯설다. 눈을 깜빡일 때마다 외부를 둘러싸고 있던 껍질이 하나씩 떨어져 나가고, 진짜 세계라고 할 만한 것이 비로소 실체를 드러내는 것 같다.

그녀는 힘껏 페달을 밟는다. 지금은 마음이니 진심이니 하는 것들을 생각할 겨를이 없다. 우물쭈물하다간 폭우를 뚫고 가야 할지도 모른다. 폭우 속에서 위험천만하게 자전거를 끌고 가야 할지도 모른다. 그녀는 이런 절박한 마음으로, 절실한 심정으로 자전거를 타본 적이 없음을 깨닫는다. 그녀는 핸들을 꽉 쥔다. 일단은 멈추지 말고 나아가는 수밖에 없다. 사소한 장애물들에 주의를 뺏기지 않고, 겁내지 않고, 못 본 척 앞만 보고 달리는 것. 어쩌면 그것이 자전거 타기의 핵심인지도 모른다. 그녀는 비로소 그것을 어렴풋이 깨닫게 된 건지도 모른다. 빗줄기가 굵어진다. 며칠 뒤면 그녀의 생일이다.

이번 생일이 지나면 그녀는 서른이 된다.

사랑하는 미래

그녀는 월요일부터 금요일까지 전시관에서 일하고, 주말에는 집에서 밀린 집안일을 한다. 일요일 오전에는 헬스장에서 트레드밀을 뛰거나 천변을 산책하고 마트에 들러 장을 볼 때도 있지만, 그 외에 다른 특이 사항은 거의 없다.

그녀의 일상은 예상 가능한 범주 안에서 흐른다. 그녀의 일주일은, 한 달은, 1년은 같은 속도로 재생되는 닮은꼴 노래 같다. 같은 노래인지, 다른 노래인지 구분할 수 없고, 구별할 필요도 없는. 거기엔 밀려오는 감동과 몰아치는 격정이 없는 대신 편안함과 익숙함이 있다. 그녀는 어제와 오늘, 내일이 겹쳐 있는 듯한 자신의 하루하루에 아무런 불만이 없다.

희극과 비극, 환희와 비참 같은 극적인 서사는 영화와 드라마, 인터넷 속에 차고 넘친다. 텔레비전을 켜면, 휴대폰을 열면, 언제, 어디서든 쉽게 만날 수 있다. 마치 자신에게 일어난 일인 것처럼 느끼고 겪을 수 있다. 그건 간접적인 방식이어서 안전하고 또 그걸로 충분하다.

그리고 어느 날 그녀는 자신의 일상에 약간의 염증을 느낀다.

자신의 삶에 무언가 중요한 것이 빠져 있다는 의구심을 지울 수가 없다. 이대로라면 삶다운 삶을 누리지 못하고 죽음을 맞이할지도 모른다는 불안이 어른거리기 시작한다.

어쩌면 그건 점심 회식에서 박 계장이 건넨 말 때문인지도 모른다.

강주인 씨, 휴가 때 계획 있어요? 요즘 젊은 사람들은 뭐 재밌는 걸 하면서 보내는지 궁금하네. 힌트 좀 줘봐요.

여름휴가를 보름 앞둔 때였고, 박 계장은 계곡이니 바다니 하는 장소는 사람들로 붐비는 데다 이제 너무 뻔하다며 그녀에게 불쑥 물었다.

전 그냥 집에 있으려고요.

그녀는 고기덮밥에서 까맣게 탄 고기 조각을 골라내며 중얼거렸다. 사실이었다. 그녀는 휴가라고 해서, 연휴라고 해서, 어딘가 가야 한다고 생각한 적이 없었다. 지금보다 어렸을 때, 가족들 혹은 친구들과 멀고 가까운 곳으로 여행을 떠난 경험이 있긴 했지만 그런 시간이 딱히 특별하게 느껴진 적도 없었다.

하긴 에어컨 틀어놓고 누워 있는 게 제일 좋지. 나가면 고생이야. 집이 최고지.

누군가 동의하듯 거들었는데 박 계장은 이해할 수 없다는 표정으로 이렇게 충고했다.

주인 씨, 좋은 시절 집에서 다 보내려고 그래? 평생 이십대인 줄 알죠? 나중에 후회해. 아직 젊잖아. 젊을 땐 원래 이거저거 할 수 있는 건 다 해보는 거야. 여기저기 갈 수 있는 덴 다 가보고. 나중에 나이 들면 싫어도 집에만 있게 돼요.

그런 말을 들은 게 처음은 아니었다. 그런 일은 빈번하게 있었다. 사람들은 직장과 집을 오가는 게 전부인 그녀의 일상을, 최소한의 의무와 책임에만 할애되는 그녀의 시간을, 아무런 사건 사고도 벌어지지 않는 그녀의 하루를 의아해했고 안타까워하다가 딱하다는 얼굴로 이런저런 조언을 건네는 걸 마다하지 않았다. 그러므로 회식 자리에서의 그 대화를 직접적인 원인으로 지목할 순 없다. 박 계장의 충고가 일상에 의구심을 품게 된 결정적인 이유라고 단언할 순 없다. 그럼에도 그녀는 약간의 변화가 생겼음을 알아차린다. 자신의 일상을 바라보는 관점에, 자신의 삶을 진단하는 방식에.

여름휴가가 시작되는 첫날, 그녀는 모임에 나간다.

언어 교환 모임. 그녀는 그 모임에 관한 정보를 인터넷 광고에서 우연히 봤다. 연령과 국적, 스피킹 수준과 관계없이 영어와 한국어를 쓰는 사람들이 자발적으로 모여 대화를 나눈다는 소개 글이 관심을 끌었다. 모임에 참석할 때만 소액의 회비를 내는 방식도 마음에 들었다. 몸을 움직이는 활동이 아니고, 미리 준비할 게 없는 점도 좋았다.

모임에는 총 여섯 사람이 나온다. 모임을 결성하고 이끌어가는 사람은 대학생인 고민호다. 고민호의 친구 이승운이 있고, 직장인 유선화는 그녀처럼 처음 모임에 나온 사람이다. 캐나다에서 꿈을 찾아 한국으로 왔다는 마크와 프랑스에서 건너와 3년 째 한국에 체류 중인 에밀리가 있다.

많을 땐 열 명 이상도 모이는데 오늘은 날씨가 이래서 많이 안 오신 거 같아요. 그럼 처음 오신 분들부터 간단하게 소개 먼저 할까요?

고민호가 모임에 대해 짧게 설명한 뒤 그녀가 먼저, 이어 유선화가 간략하게 자기소개를 한다.

첫 모임에서 그녀는 많은 말을 하는 대신 사람들이 웃음을 터뜨리면 조용히 따라 웃는 식으로, 사람들과 가볍게 눈을 맞추는 식으로 대화에 임한다. 그래서 한 시간 반 정도의 모임이 끝났을 때 이 모임에 계속 나올 수 있을지, 이곳에서 자신도 대화랄 법한 걸 할 수 있을지 의문스럽다.

그러나 휴가가 끝난 후에도, 태풍이 예고된 한 주 뒤에도, 폭염이 절정인 그다음 주에도 그녀는 모임에 나간다. 멤버는 고민호와 이승운, 마크를 제외하곤 모두 바뀌어 있다. 멤버는 계속 달라진다. 호기심을 품고 온 사람들이 모임 내내 실망한 기색을 감추지 못하다가 뒤도 돌아보지 않고 그곳을 떠나기 때문이다. 그 모임이 언어를 배울 수 있을 거라는 기대를 단번에 부서뜨리기 때문이다.

한국어를 쓰는 사람이 영어를 쓰는 사람보다 월등히 많은 탓은 아니다. 모두가 언어를 가르칠 능력이 턱없이 부족하기 때문도 아니다. 문제는 '자발적으로 모여 대화를 나눈다'는 소개 글에 있다. 누구도 대가를 지불하지 않고, 희생을 감수하지 않고, 어떠한 강제성도 부여하지 않는 이 모임이 잘될 가능성은 희박해 보인다.

그럼에도 불구하고 그녀는 성실하게 모임에 참여한다. 그러면서 모임이 지속되는 건 언어를 배워야겠다는 의지와 집념이 상대적으로 적은 사람들 덕분이라는 것을 깨닫는다. 기필코 영어를 배워야겠다고 결심했다면, 그것이 유일한 목적이었다면, 그녀 역시 미련 없이 이 모임을 떠났을 것이다.

그리고 넷째 주 토요일에 그 일이 벌어진다.

주인 씨, 지하철 타요?

그녀가 건물 입구에 서서 쏟아지는 비를 바라보고 있을 때다. 곧 그칠 비인지, 거세질 비인지 가늠하느라, 지하철 역까지 전력 질주하는 것이 좋을지, 참을성 있게 비가 잦아 들길 기다리는 게 좋을지 고민하느라 그녀는 누군가 말을 거는 것도 알아차리지 못한다.

주인 씨, 우산 없어요?

눈앞에 투명한 우산이 펼쳐지고 나서야 그녀가 고개를 돌린다. 우산을 쥔 사람은 마크다. 그렇게 해서 두 사람은 같이 우산을 쓰고 지하철역을 향해 걷게 된다. 비좁은 일회 용 우산 아래서 서로를 의식하는 두 사람의 발걸음이 섬세 하게 보폭을 조정한다.

한국 여름 진짜 더워요. 비 많이 와요. 1년 전에 무지 덥 습니다. 기억나요?

차분한 마크의 목소리가 빗소리를 이기려고 점점 커진 다. 때때로 그의 한국어 실력은 놀랄 정도로 유창하지만 대 부분의 경우 한 번에 알아들을 수가 없다. 어조와 발음, 억 양과 악센트 같은 것들이 엉뚱한 방향으로 튀어 오르기 때 문이다.

그녀의 몸이 마크 쪽으로 자꾸 기운다. 여름이라거나 겨

울이라거나, 덥다거나 춥다거나 하는 쉬운 단어의 의미를
전달하고 파악하느라 두 사람의 거리가 가까워졌다가 멀
어진다. 몸을 움직일 때마다 우산 안으로 뜨뜻미지근한 빗
물이 들이친다.

주인 씨, 캐나다 가봤어요?

아뇨.

그럼 일본은요? 나는 1년 플러스 세 달 살았어요. 거기서
공연했어요. 도쿄에서. 일본 가봤어요?

네, 딱 한 번요.

어디 갔어요?

도쿄랑 몇 군데 갔었는데, 기억이 잘 안 나네요.

일본, 봄. 진짜 예쁩니다. 여름, 슈퍼 태풍 와요. 슈퍼 태
풍 지붕 날려요. 휙휙. 차 날아가요. 일본 차 앙증맞아. 그
렇지만 날아가면 위험해요. 사람 다칩니다.

네, 맞아요. 뉴스에서 봤어요.

한국어에 능통한 사람은 그녀지만 대화를 주도하는 건
한국어가 서툰 마크다. 그의 질문은 부정확하지만 길고, 그
녀의 대답은 정확하지만 짧다. 마크는 계속 질문한다. 어떤
단어를 붙잡으려는, 어떤 문장을 떠올리려는 그의 표정이
골똘해진다. 미간을 찌푸린 채 잠깐씩 한 지점을 응시하는
그의 눈빛에 깊이가 생겨난다.

지하철역에 도착했을 때 두 사람은 흠뻑 젖어 있다. 우산은 살대 두 개가 휘어져서 망가지기 직전이고, 그녀 쪽으로 우산을 기울이고 걸은 탓에 마크의 왼쪽 얼굴에선 물이 떨어지고 있다. 그녀는 역사 안 편의점으로 뛰어간다. 마크에게 새 우산을 사 주려고. 그녀가 새 우산 하나를 집어 들었을 때 뒤따라온 마크가 말한다.

주인 씨, 봐요. 나 우산 있어요. 두 개 필요 없어요. 우산 말고 우리 밥 먹어요. 배 안 고파요?

이건 간접적인 호감의 표시일까. 그녀는 지나친 억측으로 번지지 않도록 생각을 다잡는다. 젖은 머리칼과 축축한 셔츠, 걸음을 내디딜 때마다 질퍽거리며 빗물이 새어 나오는 신발까지. 거절할 이유는 넘치지만 그녀는 그러자고 한다. 그러나 그것이 호감에 대한 응답은 아니다. 그건 호의를 베풀고 불편을 감수한 마크에 대한 미안함이다. 그건 한국에서 태어나고 성장한 그녀가 자연스럽게 체득한 예의의 차원에서 이해해야 한다.

두 사람은 지하철역 근처 만두 가게로 간다. 그런 후엔 어색한 분위기 속에서 고기만두와 김치만두를 한 판씩 비운다. 그런 뒤엔 바로 옆 편의점에서 콜라를 한 캔씩 마시고, 고소한 기름 냄새에 이끌리듯 근처 치킨 가게로 자리를 옮긴다.

나중에 마크가 한 말이지만 그때 그는 몹시 배가 고픈 상태였다고 했다. 아침에 손바닥만 한 샌드위치 하나를 먹고, 점심을 거르고, 모임이 끝난 저녁이 되었을 땐 심한 허기 탓에 가볍게 어지럼증이 일 정도였다고 했다.

두 사람은 치킨을 먹고 비가 그친 거리를 조금 걷다가 헤어진다. 특별한 사건은 일어나지 않는다. 기억에 남는 순간도 없다. 두 사람 모두 어떤 의도나 목적을 품었던 게 아니므로 만남은 조용히 막을 내린다. 그러나 그날의 만남이 계기가 된다. 그건 분명하다. 왜일까. 겨우 몇 개의 단어로, 기초적인 명사와 동사로, 그마저도 제스처와 말투, 과장된 표정의 도움을 받아야만 지속할 수 있던 그날의 대화에서 두 사람이 발견한 것은 무엇일까. 그 대화가 두 사람 내면의 무엇을 깨운 걸까.

연애가 시작된다.

갑작스럽고도 자연스러운 방식으로. 그녀는 이런 상황을 준비한 듯 받아들이는 자신에게 놀란다. 서로의 역사와 서사가 홍수처럼 쏟아지기 시작한다. 두 사람은 말하고 듣는 데에 전력을 다한다. 두 사람은 했던 이야기를 처음부터 다시 시작하고, 들었던 이야기를 까맣게 잊은 것처럼 열중해서 듣는다. 그들은 지치지 않는다. 서로에 관해서라면 그들은 항상 깨어 있는 상태다.

마크의 직업은 배우다. 아니, 배우가 되기 위해 노력 중이다. 그는 매일 아침으로 진한 에스프레소 한 잔과 삶은 달걀 두 개를 먹는다. 그는 주변 사람들을 유심히 관찰하는 버릇이 있고, 한밤에 자동차 헤드라이트 불빛을 보면서 이따금 어지럼증을 느낀다. 그는 운전 면허증이 없는 대신 스쿠버다이빙 자격증과 바리스타 자격증이 있다. 그는 양쪽 눈썹을 독립적으로 움직일 수 있고, 맨몸으로 반듯하게 물구나무를 설 수 있다.

그녀가 그에 대해 알게 된 건 더 있다. 그의 머리칼과 눈동자가 검은 이유는, 그의 외모가 한국인과 비슷한 까닭은, 그가 한국인 어머니와 중국계 캐나디안 아버지 사이에서 태어났기 때문이다. 중국에서 출생한 그는 캐나다에서 학창 시절을 보냈고, 이런저런 나라를 떠돌다가 지금은 홀로 한국에 산다. 그는 뭐 해요? 자요? 어디예요? 괜찮아요? 같은 질문을 한국인처럼 한다. 그럴 때 그는 정말 한국 사람처럼 보이지만 그에겐 다른 게 있다. 어떤 이국적인 정취와 정서가 비밀스럽게 드리워져 있다.

그들은 주말마다 만난다. 평일 저녁, 그녀의 퇴근 시간에 맞춰 마크가 회사 근처로 올 때도 있다. 두 사람은 식사를 하고 커피를 마신다. 쇼핑센터에 가고 영화를 본다. 전시를 관람하고 강변을 산책한다. 번화가를 쏘다니고, 버스와 지하철을 탄다. 그들이 함께할 수 있는 건 많아진다. 그리고 무엇을 하든 그들은 서로에게 열중할 수 있다.

두 사람의 소통이 원활한 방식으로 이뤄지는 건 아니다.

처음 얼마간은 큰 문제가 없다. 약간씩 어긋나고 부족한 듯하지만 그런대로 소통이 되는 것 같다. 그건 그들의 소통이 언어에만 기대고 있지 않기 때문이다. 그러나 시간이 갈수록 소통은 어려워진다. 대화가 깊어지면서 하고 싶은 말과 할 수 있는 말의 격차가 점점 벌어지는 것을 그들이 실감하기 때문이다. 하고 싶은 말은 기하급수적으로 늘어나고, 할 수 있는 말은 턱없이 부족하기 때문이다.

기본적인 단어로는 충분치 않은 것들. 추상적이고 관념적인 어휘로 표현할 수 있는 것들. 눈에 보이지도, 손에 잡히지도 않는 말을 찾아 헤매느라 두 사람의 대화는 자주 중단된다.

아, 어떻게 말해야 하지?

마크는 난처한 얼굴로 자주 혼잣말을 하고,

내 말 이해했어요? 무슨 뜻인지 알아요?

그녀는 같은 질문을 반복한다.

마침내 그들은 항복하듯 자신의 모어를 사용하기 시작한다. 그녀는 한국어로, 마크는 영어로. 두 사람은 깨닫는다. 이런 방식의 대화에는 이해력보다 상상력이 요구된다는 것을. 논리보다 직감이 중요하다는 것을.

마크가 영어로 말할 때, 그녀는 신경을 곤두세운다. 분명하게 이해할 수 있는 몇 개의 단어들을 놓치지 않으려고. 그것들을 단서 삼아 마크의 이야기를 완성하려고. 마크도 마찬가지다. 두 사람에게 서로의 말은 정확한 의미로 가닿지 않는다. 그래서 그들의 말에는 복잡한 속내와 중첩되는 의미가 끼어들 여지가 없다. 그들의 대화는 단순하고 단일하다. 거기엔 불필요한 왜곡도, 치명적인 오해도 없다. 진지하고 심각한 대화를 나눌 때, 두 사람의 상상력은 빛을 발한다.

얼마 후, 중화루에서 마크가 가라앉은 목소리로 말한다. 테이블이 단 네 개뿐인 그곳은 그들이 자주 가는 식당이다.

주인 씨, 나 고민 하나 있어요.

종업원이 짜장면 두 그릇과 탕수육을 테이블 위에 내려놓고 돌아선다.

무슨 고민요?

그녀가 묻고 마크가 어깨를 으쓱하며 대답한다. 그는 한 주 뒤 새벽에 촬영이 잡혔다고 말한다. 그러나 집에서 촬영 장소까지는 너무 멀고, 주변에 밤을 지새울 카페도 마땅치 않다고 말한다. 게다가 촬영은 하루 만에 끝나는 게 아니고 사흘이나 나흘, 혹은 그 이상 지속될지도 모른다고 한다.

촬영 장소가 어딘데요?

그녀가 탕수육 위에 걸쭉한 소스를 부으며 묻는다.

대공원요.

그녀의 집과 멀지 않은 곳이다. 그녀가 다시 묻는다.

언젠데요? 몇 시예요?

13일 시작해요. 새벽 4시에 해요.

마크가 결심한 듯 구체적인 설명을 보태기 시작한다. 그때부턴 영어를 쓴다. 그는 이 촬영이 왜 중요한지, 이번에 맡은 배역이 어떤 의미가 있는지, 자신이 이 역할에 얼마나 몰두해 있는지 이야기한다. 그의 눈빛을 통해, 몸짓을 통해, 목소리를 통해 그녀는 그의 마음을 읽을 수 있다.

마크는 그녀의 집에 가 있어도 되느냐고 묻지 않는다. 며칠만 신세를 지고 싶다고 부탁하지도 않는다. 그는 그녀가 그 말을 꺼낼 때까지 기다린다. 결국 그렇게 된다. 그가 조마조마한 마음으로 자신을 바라보는 것을 그녀가 계속 두고 볼 수 없기 때문이다.

며칠 후, 그녀는 이틀 월차를 낸다. 마크를 맞이하기 위해서다.

주인 씨, 이틀 월차 냈다면서요? 무슨 일 있어요? 혹시, 좋은 일?

전시관이 한산한 시각에 동료 직원 은지가 다가와 소곤

거린다. 그런 질문을 하는 건 은지 한 사람만은 아니다.

강주인 씨, 뭐 좋은 일 있어? 요즘 얼굴 좋아 보이네.

박 계장이 스치듯 그녀를 지나며 다 알고 있다는 얼굴로 말을 건다. 이후 그녀는 화장실에 갈 때마다 오래도록 거울을 보며 서 있다. 자신의 달라진 점을 찾기 위해. 사람들이 자신에게서 본 뭔가를 발견하기 위해. 그러나 특별히 눈에 띄는 점은 없다. 사람들은 본능적으로 알아차리는 것 같다. 한 사람을 둘러싼 분위기와 기운 같은 것들이 이토록 쉽게 탄로 나는 것이 놀랍다.

사람들이 질문하면 그녀는 무심한 얼굴로 고개를 젓는다. 아무것도 모르는 척, 아무 일도 없는 척 군다. 그러나 말하지 않는 뭔가를 간직한 기분이 나쁘지 않다. 자신에게도 비로소 비밀이라고 할 만한 것이 생겼다는 사실이 벅차게 느껴지기까지 한다.

마크는 12일 정오에 온다.

백팩을 메고, 캐리어를 끌고, 유니폼과 모자, 가면 따위의 소품이 담긴 가방을 든 사람이 마크라는 걸 그녀는 금방 알아본다. 그녀는 버스 정류장을 서성이던 그를 데리고 집으로 온다. 좁은 현관에 그녀의 샌들과 마크의 운동화가 나란히 놓인다.

그녀의 집엔 두 개의 방, 아담한 거실, 화장실이 있다. 그녀는 누군가와 이 공간을 공유한 적이 없다. 그럴 수 있을 거라고 생각한 적도 없다. 마크는 차분하게 집 안을 살펴보고, 자신의 물건을 놓을 만한 자리를 찾아낸다. 약간의 채색을 더하는 것처럼, 음영을 추가하는 것처럼 그의 존재가 집 안에 부드럽게 스며든다.

두 사람은 점심과 저녁을 함께 먹은 뒤 약간은 비좁은 침대에 나란히 눕는다. 소파에서 자겠다거나 바닥에 이부자리를 편다거나 하는 바보 같은 실랑이는 벌이지 않는다. 두 사람에게는 시간이 많지 않다. 마크가 새벽 4시까지 촬영장에 도착하려면 적어도 3시에는 일어나야 하기 때문이다. 그것이 도움이 된다. 적어도 수줍음과 쭈뼛거림을 수월하게 떨칠 수 있게 된다. 애틋함과 아쉬움 속에서 새벽이 온다.

두 사람은 촬영장에 함께 가기로 한다.

뜬눈으로 밤을 지새우다시피 했지만 두 사람 모두 피곤을 느낄 겨를이 없다. 떨어지고 싶지 않다는 생각이 감각이라 할 만한 것들을 마비시킨 듯하다. 그들은 쌀쌀한 새벽 공기를 뚫고 촬영장에 도착한다. 그녀는 대형 카메라와 조명, 각종 촬영 장비가 내다보이는 곳에 자리를 잡는다. 촬영 버스와 화물차, 승합차가 일렬로 주차된 공간이다. 마크는 다른 단역배우들과 함께 분수대 근처에 머무른다. 그녀와 눈이 마주치면 손을 흔들고 눈을 찡긋하기도 한다. 그러나 대부분은 허공을 응시하며 무슨 말인가를 중얼거린다. 대사를 외는 것 같다.

서너 시간이면 충분하다던 촬영은 날이 밝은 후에도 끝날 기미가 없다. 호루라기 소리가 들리면 순식간에 사방이 고요해지고 어디선가 배우로 보이는 사람들이 나타난다. 그러나 대부분의 시간은 어떤 산만함 속으로, 어수선함 속으로 속절없이 흩어진다. 마크의 차례는 오지 않는다. 그는 기다리고 또 기다리고 계속 기다린다. 그는 이런 방식의 기다림에 충분히 단련된 것처럼 보인다.

주변이 환해지고 공기가 뜨거워진다. 맑은 날이다. 그녀는 벌떡 일어나서 기지개를 켜고, 두 눈을 부릅뜬 채 공원 여기저기를 걸어 다닌다. 벼락처럼 몰아치는 졸음을 물리치기 위해, 마크가 등장하는 장면을 놓치지 않기 위해.

마침내 마크가 등장한다.

사람들 사이에 군복을 입고 기다란 소총을 든 그가 서 있다.

너희들은 포위됐다! 빠져나갈 수 없어! 항복해라!

그것이 그의 대사다. 아니, 다시 보니 그건 그의 대사가 아니고 그의 곁에 선 누군가의 대사다. 그는 총을 들고 전방을 노려보고 있다. 오케이 신호가 떨어질 때까지. 아니,

오케이 신호가 떨어진 후에도 그는 긴장을 풀지 않는다. 다른 사람들이 긴장을 푼 뒤에야 그는 현실로 돌아온다.

촬영은 오전 9시가 넘어서야 끝이 난다. 한꺼번에 공원을 빠져나가는 사람들로 주변이 북적거린다. 두 사람은 인파와 멀찍이 떨어져서 걷는다.

주인 씨, 나 연기 봤어요?

봤어요.

어땠어요?

마크의 얼굴이 얼룩덜룩하다. 지우지 못한 분장 탓이다. 그녀가 대답을 고민하는 잠깐 사이 마크의 표정이 침울해진다. 마크가 다시 묻는다.

안 좋았나요?

아니요, 좋았어요. 정말 좋았어요.

그녀는 거짓말을 한다. 마크는 일당으로 12만 원을 받았다. 그는 오늘은 군인이었지만 내일은 목사가 될 거라고 말한다. 의사가 될 수도 있고, 주방장이 될 수도 있고, 뭐든 될 수 있다고 말한다. 그녀는 그런 부류의 일이 직업이 될 수 있는지 의아하다. 일터가 수시로 바뀌고 언제 시작하고 끝날지도 알 수 없는, 게다가 노동 시간에 비해 터무니없는 수당을 받아야 하는 그런 일을 계속할 수 있는지, 생활을 꾸려나갈 수 있는지 의문스럽다.

그녀가 묻는다.

일 힘들지 않아요? 이 일 좋아요?

거기엔 어떤 저의도 담겨 있지 않다. 그녀가 알고 싶은 건 그가 이 일을 선택한 이유다. 그가 이 일을 포기하지 않으려는 까닭이다. 그뿐이다.

일? 아니에요. 이건 일 아니에요. 주인 씨, 이건 일 아니고 꿈이에요.

고단해 보이던 그의 얼굴에 생기가 살아난다. 그의 눈빛이 또렷해진다. 그는 영어로 말한다. 자신이 얼마나 오랫동안 이 꿈을 키워왔는지, 꿈을 이루기 위해 얼마나 노력해왔는지, 이 꿈이 자신을 얼마나 자신답게 만드는지, 얼마나 간절히 살고 싶게 만드는지. 그의 표정과 몸짓, 목소리 같은 것들이 그녀의 마음을 조용하게 흔든다.

두 사람은 오전 10시가 넘어서야 집으로 돌아온다. 그들은 기진맥진한 상태로 정신없이 잔다. 하루가 허무할 정도로 빠르게 지난다. 그러나 하루를 낭비했다는 생각은 들지 않는다. 오늘, 그녀는 마크라는 사람을 조금 더 알게 되었다. 적어도 그를 알아가는 것이 기쁘고 즐거운 일임을 확신할 수 있게 되었다. 그것이 그녀가 얻은 가장 값진 것이다. 그의 촬영은 사흘간 이어진다. 그리고 촬영이 다 끝난 뒤에도 그는 자신의 집으로 돌아가지 않는다.

그는 그녀의 집에서 함께 지낸다.

그는 그녀의 회사 근처가 아니라 집에서 그녀를 기다린다. 그녀가 퇴근해서 돌아올 때까지 그는 소파에 비스듬히 누워서 영화를 보고, 드라마를 시청하고, 대본을 외운다. 치즈를 듬뿍 넣은 파스타를 만들고, 빨래를 널고, 청소를 한다. 두 사람의 동선을 고려하여 가구를 다시 배치하고, 거울과 액자의 위치를 말없이 바꿔놓을 때도 있다.

그녀의 퇴근길 풍경은 달라진다. 더는 자포자기의 심정으로 붐비는 지하철 여러 대를 그냥 보내버리지 않는다. 정신없이 졸다가 내려야 할 역을 지나치는 실수도 하지 않는다. 그녀는 기민하게 움직인다. 단 1분이라도 일찍 귀가하기 위해 집중력과 순발력을 발휘한다.

멀리 집이 보이기 시작하면 그녀를 채근하던 조바심이 기대감으로 바뀐다. 그 순간, 그녀의 집은 잿빛 담벼락 너머에 자리한 수많은 주택 중 하나가 아니다. 오랜 세월, 권태와 지루함을 견디며 낡아가는 그렇고 그런 주택도 아니다. 그 집엔 서로를 향한 두 사람의 순수한 애정과 진실한 마음이 머물러 있다. 이 순간, 그녀의 집은 특별하고 유일한 장소다. 매일 새로운 서사가 탄생하고 무궁무진한 가능성이 움트는 공간이다.

그녀는 집 앞에서 옷매무새를 정돈한 뒤 집 안으로 들어간다. 마크가 현관에서 그녀를 맞는다. 가벼운 포옹과 인사. 그녀는 그의 운동화 옆에 자신의 샌들을 벗고, 알록달록한 그의 셔츠 옆에 자신의 재킷을 건다. 그런 후엔 그와 마주 앉아 저녁을 먹는다. 식사가 끝나면 소파에 나란히 앉아 마크의 대본 리딩을 돕는다.

좋은 시간 되십시오.

이쪽으로 오십시오.

불편한 건 없으십니까?

마크가 대사를 읽으면 그녀는 어색한 발음과 부자연스러운 억양을 바로잡아준다. 그가 정확히 이해하지 못하는 대사를 쉬운 말로 설명해주고, 전체적인 맥락을 꼼꼼하게 짚어준다. 그는 같은 대사를 수십 번, 수백 번, 반복한다. 상대와 상황에 따라, 어조와 말투에 따라 미묘하게 달라지는 지점을 찾아내려는 그의 표정이 진지하다.

그에겐 재능이 있다. 그에겐 꿈을 실현할 수 있는 근성과 끈기가 있다. 그녀는 그의 그런 면을 높이 산다. 그의 꿈은 뚝심과 열정, 인내와 의지를 땔감 삼아 높이 도약할 순간을 기다리고 있다. 그가 꿈을 이루는 건 시간 문제처럼 보인다.

주인 씨, 나 유명한 배우 진짜 되면요. 우리 좋은 데로 이사 가요. 멀리. 우리 둘이 외국 가서 살래요? 아주 멀리. 그래도 좋아요?

그녀는 마크가 하는 말을 허투루 듣지 않는다. 지금 그는 단역배우에 불과하지만 곧 조연 배우가 될 테고, 주연배우로 발돋움할 것이다. 경력이 쌓이고, 인지도가 오르고, 그의 말대로 누구나 다 아는 진짜 유명한 배우가 되면 그의 삶은 달라질 것이다. 그녀의 삶도 달라질 것이다. 그들은 지금과는 전혀 다른 삶을 살게 될 것이다.

이사요? 어디로요?

좋은 데로, 멋진 데로. 여기보다 넓은 데로. 주인 씨, 어디 살고 싶어요? 어떻게 살고 싶어요?

마크가 하는 말은 거짓이 아니다. 허풍과 허세, 허황된 약속이 아니다. 그건 머지않아 이뤄질 일이고, 수많은 유명인의 고백처럼 어느 날 자고 일어나면 현실이 되어 있을지도 모르는 일이다.

두 사람의 이야기는 밤 늦도록 이어진다. 더 넓고 좋은 집으로 이사 가는 것에 대해. 그녀가 청춘과 재능을 갉아먹는 전시관 일을 미련 없이 관두는 것에 대해. 그녀가 무의미한 일이 아니라 유의미한 꿈을 키우는 것에 대해. 함께 떠나고 싶은 여행지에 대해. 앞으로 갖게 될 다채로운 취미에 대해. 그들이 영위할 새로운 삶에 대해. 두 사람은 지치지 않는다. 대화 속에서 그들은 뭐든 한다. 보고 싶은 걸 보고, 듣고 싶은 걸 듣고, 가고 싶은 곳에 간다. 두 사람의 대화는 미래를 향해 나아간다. 그들은 미래에 있다.

그러나 그가 자신의 미래에 대해 늘 낙관적인 태도를 유지하는 건 아니다.

때때로 그는 자신을 거들떠보지 않는 제작자들, 자신에게 냉담하게 구는 PD들, 자신에게 기회를 주지 않는 오디션 관계자들에 대한 서운함을 감추지 못한다. 그는 사람들의 비천한 안목과 시류에 편승한 결정에 비난을 퍼붓는다. 아무런 부끄러움 없이 외국인인 자신에 대한 편견을 드러내고, 자신의 장점보다 단점을 찾으려고 혈안이 된 그들을 힐난한다. 격분한 그의 목소리가 한국어와 영어를 정신없이 오간다.

그러다 한순간 그는 말을 멈추고 고개를 떨군다. 그게 신호가 된다. 쏟아낸 말들이 부메랑처럼 그에게 되돌아오고 있다는 의미다. 그는 자신의 처지를 동정하고 비관하기 시작한다. 과거의 실수들, 잘못된 선택들, 어리석은 판단들 사이에서 그는 갈팡질팡한다. 그는 자신을 연민하며 꾸짖고, 가여워하며 혐오한다. 그는 모든 게 잘못됐다고 생각한다. 돌이킬 수 없다고 낙담한다.

한밤에 그는 그녀의 품에서 아이처럼 운다.

그러면 그녀가 그를 다독인다. 그가 절실하게 필요로 하는 것을 주려고 애쓴다. 격려와 응원, 확신과 용기 같은 것을 불어넣기 위해 최선을 다한다. 그가 믿음을 잃지 않게 하는 것, 포기하지 않도록 하는 것. 그것이 지금 그녀에게 주어진 역할 같다. 그녀는 기꺼운 마음으로 그 역할에 임한다. 그 순간, 그녀의 내면은 식지 않는 온기로, 열정으로 가득하다. 그녀는 언제까지나 이 역할을 계속할 각오가 되어 있다. 그럴 자신이 있다.

그러나 한계가 찾아온다.

여름방학이 시작되고, 기획 전시가 막바지에 다다르면서 전시관은 연일 사람들로 북적인다. 어두운 전시관에서 사방으로 뛰어다니는 아이들을 제지하느라, 전시가 허접하다고 항의하는 사람들을 달래느라, 플래시를 터뜨리며 사진을 찍는 사람들을 감시하느라 그녀는 쉬지 않고 움직여야 한다. 해야 할 일이 늘고, 신경이 점점 더 곤두선다. 퇴근 무렵에 그녀는 녹초가 된다.

그녀는 곧장 집으로 들어가지 않고 동네를 서성이기 시작한다. 마트를 지나고 인적이 드문 놀이터를 배회하다가 버스 정류장까지 간다. 그런 후엔 한산한 정류장 벤치에 앉아 잠시 눈을 감는다. 마크와 대화를 나눌 기운은 남아 있지 않다. 그의 말을 이해하기 위해 상상력을 발휘할 힘도, 핑크빛 전망 속에서 미래를 낙관할 자신도 없다.

지금 그녀에게 가장 필요한 건 휴식이다. 아무 말도 들리지 않고, 아무 말도 할 필요가 없는 고요 속에서 깊이 잠드는 것이다. 그녀가 원하는 건 그의 존재를 모르던 집이다. 들뜬 흥분도, 열기도 없는 텅 비고 적막한 공간이다.

때때로 마크의 말은 그녀로부터 너무나 멀고 어떻게 해도 붙잡히지 않는다. 그것은 학창 시절, 그녀의 어머니가 매일 아침 강제로 틀어놓던 영어 뉴스 같다. 알아들을 수도 없고, 알아듣고 싶지도 않은. 그럼에도 마음대로 꺼버릴 수도 없는. 그녀는 주의를 기울일 필요가 있다. 조심하지 않으면 후회할 말을 쏟아내게 될지도 모른다. 간단한 의사소통조차 수월하게 이뤄지지 않는 이 관계가 너무 힘겹다고 토로할지도 모른다.

그렇게 되면 두 사람이 심혈을 기울여 완성해나가고 있는 미래에 금이 갈 것이다. 어떤 가능성의 싹을 완전히 잘라버리게 될 것이다. 영영 복구가 되지 않을 것이다. 그건 그녀가 원하는 것이 아니다. 감정이 이끄는 대로, 충동이 부추기는 대로 행동해선 안 된다. 그녀는 기다린다. 다시 여유라고 할 만한 게 생겨날 때까지. 그의 존재를 받아들일 준비가 될 때까지.

며칠 후, 그녀는 하나를 만난다. 그들은 대학 동기이고 대학 시절 내내 붙어 다니다시피 했지만 이제는 서너 달에 한 번씩만 만나는 사이가 되었다. 하나는 대학 졸업과 동시에 교육 공무원이 되었고, 다른 지역으로 이사했다. 하나는 삶의 튼튼한 기반을 마련하는 중이다. 그 기반 위에 안정적인 것들을 차곡차곡 쌓아 올리는 중이다. 몇 달 만에 만난 그녀의 눈에도 하나가 얼마나 많은 것을 쌓아 올렸는지, 그 일에 얼마나 열중하고 있는지 분명하게 보인다.

둘의 삶은 다른 방향으로 나아가고 있음이 명백하지만 그들은 여전히 친구다. 하나는 그녀가 사적인 이야기를 털어놓을 수 있는 거의 유일한 사람이다. 두 사람의 대화는 여느 친구 사이처럼 느슨하게 출발한다. 그리고 그녀가 마크의 이야기를 꺼내면서 분위기가 달라진다.

외국인이라고? 캐나다? 그럼 백인이야?

아니, 백인은 아니야.

외국인이라며? 중국계 캐나다인? 그럼 중국 사람인 건가?

아니, 캐나다 사람이야.

국적 확인했어? 말로만? 여권 본 적 없어?

하마터면 그녀는 그런 건 중요하지 않다고 대꾸할 뻔한다. 마크는 캐나다와 중국, 한국 같은 국적보다 더 큰 차원, 그러니까 미래나 희망이라는 영역에 속해 있다는 헛소리를 내뱉을 뻔한다.

마크? 그게 그 사람 이름이야? 어디서 만났는데? 그럼

부모님은 캐나다에 계신 거야? 한국엔 언제 온 거래? 직장은 있어? 일은 하고 있냐고. 배우라고? 무슨 배우?

호기심을 품고 조심스럽게 이어지던 하나의 질문이 심문처럼 돌변한다. 그녀는 빨대로 커피 잔 속 얼음을 휘저으며 응, 아니, 같은 대답을 반복한다. 모른다거나 상관없다는 식으로 대답할 때도 있다. 하나의 얼굴에 경악과 놀라움이 어른거린다. 그녀는 마크의 장점이 아니라 단점에 집중하는 하나가 야속하다. 그의 정체와 진심을 의심하는 하나가 못마땅하다. 최악의 상황을 가정하고 불안을 키우는 데 몰두하는 하나가 말할 수 없이 실망스럽다.

야, 강주인. 너 요즘 세상에 얼마나 이상한 사람이 많은지 모르는구나. 그 사람, 어디서 만났어? 언제 만난 거야? 얼마나 됐어?

하나는 본격적으로 질문하기 시작한다. 하나는 공격하고 그녀는 수비한다. 하나는 들추고 그녀는 덮는다. 하나는 추궁하고 그녀는 물러난다. 미리 배역을 정해둔 것 같은 이런 방식의 대화가 이상하게 느껴진다. 아니, 이런 대화가 가능한 이유를 그녀는 잘 안다. 지금 두 사람의 역할이 무엇에 의해 결정되는지 모르지 않는다.

그녀는 아무런 기반이 없다. 그녀가 딛고 선 현실은 하나의 그것보다 연약하고 허약하며 불안정하다. 그녀를 둘러싼 세계는 가벼운 충격에도, 사소한 자극에도 무섭게 흔들린다. 하나가 걱정하는 게 그런 것임을 그녀는 모르지 않는다. 입장이 바뀌었다면 그녀가 하나의 역할을 대신했을지도 모른다.

주인아, 우리 이제 대학생 아니야. 알지? 너도 이제 괜찮은 사람을 찾아야지. 언제까지……

마크도 괜찮은 사람이야.

그 사람이 어떻게 사는지를 봐. 현재를 보라고. 지금 어떻게 사는지 보고도 그런 소리가 나와?

어떻게 지금만 보니? 내일은? 모레는? 한 달 뒤, 1년 뒤는? 그녀는 그렇게 대꾸하지 않는다. 그럼 어떻게 누군가의 미래를 응원할 수 있느냐고 되묻지 않는다. 지금은 가려져 있는 누군가의 가능성과 잠재력을 어떻게 헤아릴 수 있느냐고 반박하지도 않는다. 그녀는 바보 같은 질문으로 오랜만에 만난 친구에게 실망을 안기고 싶지 않다. 연인을 두둔한답시고 친구와 말다툼을 벌일 만큼 그녀는 어리석지 않다. 그럴 나이는 지났다.

그녀는 듣는다.

너 그런 사람 만나면 진짜 고생해. 정신 차려. 내 말 듣고 있어? 정신 차리라고.

하나가 말하면 고개를 끄덕이고,

왜 정빈이라고 기억나지? 우리 토익 학원 다닐 때 만났던 애 있잖아. 얼마 전에 걔 이야길 들었는데, 졸업하고 걔가 만난 사람 말이야.

하나가 누군가의 이야기를 들려주면 거기서 어떤 교훈을 얻은 사람처럼 심각한 표정을 한다.

그것이 동의를 의미하는 건 아니다. 그녀는 침묵으로 응수하고 있다. 성취가 아니라 성취해나가는 과정에 의미가 있다고, 누구나 할 수 있는 일이 아니라 누구도 할 수 없는 일을 해낼 때 만족이 큰 법이라고, 그것이야말로 미래가 실현되는 진짜 방식이라고 생각하면서.

그녀는 침묵 속에서 하나의 말에 반박하는 방식으로, 하나의 주장에 허점을 지적하는 방식으로, 하나의 관점에 의문을 제기하는 방식으로, 마크에 대한 애정을 되찾는다. 그것이 표면적으로는 냉담하기 짝이 없는 하나와의 대화가 그녀에게 준 유일한 선물 같다.

근데 너 그 사람이랑 말은 통해? 의사소통은 제대로 되는 거야?

그래서 헤어지기 직전, 하나가 그렇게 물었을 때 그녀는 웃으며 대답할 수 있다.

당연히 되지.

진짜?

그럼, 진짜지.

하나는 지금 현재에 만족하는 사람이다. 하나에게는 미래가 절실하지 않다. 하나는 미래를 고대할 줄도, 상상할 줄도 모른다. 하나는 자신과 다르다. 하나는 자신을 절대 이해할 수 없을 것이다. 그렇게 결론 내리자 하나에 대한 서운함과 실망감이 거짓말처럼 가신다.

하나와 헤어지고 돌아오는 길에 전화가 온다. 마크다. 그녀는 붐비는 지하철역을 빠져나오며 전화를 받는다. 어둠이 내린 거리는 습하고 뜨거운 공기로 가득하다. 그가 어디쯤이냐고 묻는다. 그녀가 10분 내로 도착한다고 답한다.

아, 주인 씨. 나 시간 필요해요. 조금 천천히 올래요?

그가 말한다.

왜요?

나 뭐 준비해요. 이거 시간 걸려요.

뭐요? 뭘 준비하는데요?

와서 봐요. 주인 씨, 놀라지 말아요. 놀라면 안 돼요. 알았죠?

그건 놀랄 준비를 하라는 말처럼 들린다. 최대한 놀라운 표정을 지어달라는 주문처럼 느껴진다. 그녀는 기꺼이 그럴 준비가 되어 있다. 그녀가 보폭을 줄이며 답한다.

안 놀랄게요.

진짜 안 놀랄 수 있어요?

그럼요. 안 놀라요. 절대로요.

천천히 걸어야겠다고 다짐하는데도 그녀의 발걸음이 자꾸만 빨라진다. 그녀는 다섯 걸음 떼고 잠깐 멈춰 서는 식으로 걷는다. 놀이터를 서성거리거나 정류장 벤치에 앉아 시간을 보낼 마음은 들지 않는다. 그녀는 서둘러 집으로 가고 싶다. 그가 무엇을 준비했는지 알고 싶다. 그녀의 머릿속이 기분 좋은 호기심으로 가득 찬다. 다시금 어떤 희망적인 확신으로, 의심할 수 없는 낙관으로 넘실거린다.

그 순간, 그는 분명 미지의 존재다. 그녀가 짐작할 수 없고, 도달할 수 없는 미래에 속한 인물이다. 힘껏 기대하고 바라야만 겨우 가닿을 수 있는 근사한 존재다. 그녀는 서두르지 않는다. 단번에 그를 알게 되지 않도록, 순식간에 미래에 다다르지 않도록, 실수로라도 미래를 한꺼번에 엿보게 되는 일이 일어나지 않도록 그녀는 더디게 한 걸음을 내디딘다.

축복을 비는 마음

경옥의 이름은 경옥이 아니었다.

그걸 알고 나서도 인선은 무심결에 그를 경옥이라고 부르곤 했다. 그러면 경옥은 자기 이름이 아니라거나 왜 계속 그렇게 부르느냐고 핀잔을 주는 대신 이렇게 물었다.

솔직히 그 이름 은근히 마음에 드시는 거죠, 그죠?

경옥이라는 이름은 경옥이 직접 알려준 것이었고, 인선은 나이에 비해 약간 촌스럽다고 생각했을 뿐 가명일 거라고 생각하지는 못했다. 어쨌든 몇 달을 그렇게 부르다 보니 버릇이 된 모양이었다. 좀처럼 고쳐지지가 않았다.

지난겨울, 인선은 경옥을 처음 만났다.

모처럼 만의 휴일이었고, 인선은 거실 소파에서 커피가 식기를 기다리다가 졸음에 빠진 것을 알았다. 탁자에 올려둔 휴대폰이 울린 탓이었다.

인선 씨, 집에 있지? 이따가 오후에 한 집 할 수 있어?

양 사장이었다.

오늘요? 어딘데요?

인선은 습관적으로 그렇게 물었고 양 사장은 열 평이 안
되는 원룸이라고, 신입 하나만 데려가도 충분하다고, 자신
은 도저히 시간이 되지 않는다며 사정했다. 사람들의 말소
리, 라디오 소리, 청소기 소음 같은 것들로 양 사장의 목소
리는 들리다 말다 했다. 인선은 벽시계를 올려다봤다. 오전
9시. 다들 한창 일하느라 정신이 없을 때였다.

오늘 그 집 책임지고 마무리 좀 해줘. 인선 씨도 이제 그
만하면 베테랑이잖아. 신입 하나 보내줄게.

신입을 보내면 어떡하라고요?

에이, 완전 신입은 아니야. 한국 사람이고. 말귀 알아먹
으니까 뭐든 시키면 되잖아. 다른 건 문자로 찍어줄게.

얼마짜리인데요?

똑같지 뭐. 수수료 제하고 바로 입금해줄 테니까 그런 건
걱정하지 말어.

집 상태는요? 험한 집은 아니죠?

험한 집이면 부탁도 안 하지. 아니야, 아니래. 젊은 여
자 혼자 살다가 나간 집이라 치울 것도 없대. 확실히 물어

봤어.

오후에 눈이 온다는 예보가 있었고, 하루쯤 쉬고 싶은 마음도 컸다. 멋모르는 신입과 일하는 것도 내키지 않았지만 인선은 그러겠다고 했다. 충동적인 결정이라기보다는 지극히 현실적인 판단이었다. 꾸준하게 일이 있는 편이 아니었고 대목이라고 할 만한 2월도 끝나가는 중이었다. 3월에 접어들면 이사하는 집들이 줄고 벌이도 자연스레 줄어들게 뻔했다.

지난밤, 어깨와 팔목에 붙여둔 파스 귀퉁이가 너덜너덜했다. 인선은 주방 쓰레기통에서 파스 포장지를 찾아 상표와 제조 업체를 메모해두었다. 똑같은 제품을 다시 사는 실수를 저지르고 싶지 않아서였다. 그런 후엔 청소 도구가 담긴 가방을 꼼꼼하게 살핀 뒤 서둘러 옷을 챙겨 입었다.

신입은 10분 늦게 왔다.

인선이 101호 원룸 내부를 둘러보고 있을 때였다. 현관문을 열자마자 무슨 예고처럼 쿰쿰한 냄새가 흘러나왔는데 내부는 생각보다 심각했다.

저, 청소하러 왔는데요. 여기 맞죠?

현관 앞에 체구가 작은 여자가 서 있었다. 신입이라고 해도 젊은 사람이 오는 경우는 드물었는데 여자는 인선이 지금껏 본 사람 중 가장 어렸다. 이십대 후반에서 삼십대 초

반 사이. 어쨌든 인선보다 열 살은 어린 것 같았다. 후드를 뒤집어쓴 여자는 점퍼 주머니에 두 손을 넣은 채 한마디 더 했다.

아, 근데 이 아저씨 거짓말했네.

인선과 눈이 마주치자 여자는 후드를 벗으며 투덜거렸다.

양 사장님이요. 한두 시간이면 금방 끝날 집이라더니 딱 봐도 아닌데요? 자기가 가려니 멀고 돈은 별로 안 되고. 그래서 넘긴 거 아니에요?

그런 후엔 어제부터 목이 돌아가지 않는다고, 고개를 쳐들거나 숙인 채 하는 일은 할 수 없다고 딱 잘라 말했다. 그러곤 양 사장에게 4시 전에 일이 끝난다는 약속을 받았다고, 무슨 일이 있어도 4시에는 가야 한다는 말까지 덧붙이고 나서야 점퍼를 벗고 소매를 걷었다.

제멋대로인 사람이네.

인선은 그렇게 생각하며 시각을 확인했고, 여자의 얼굴을 똑바로 마주 보며 물었다.

이름이 뭐예요?

이름이 궁금한 건 아니었다. 이름과 나이 같은 신상은 알고 싶지도 않고, 알 필요도 없었다. 다만 말을 함부로 하는 것에 대해서는 확실하게 불편한 티를 내고 싶었다. 적어도 인선이 아는 양 사장은 일부러 직원(엄밀히 말하면 직원이 아니고 인부였다)을 속이거나 골탕 먹이는 사람은 아니었다. 아주 좋은 사람이라고는 할 수 없지만 그렇다고 아주 나쁜 사람도 아닌, 어쨌든 인선에게 일할 기회를 준 고마운 사람이긴 했다. 그러니까 그런 이야기를 가능한 한 부드럽게 꺼내려면 이름을 알 필요가 있었다.

경옥이요. 임경옥.

여자는 현관 앞에 쌓여 있는 신문과 광고지, 각종 고지서와 영수증 같은 것들을 우두커니 내려다보다가 한참 만에 대답했다.

그래요, 경옥 씨.

인선은 다음 말을 쏟아낼 작정이었지만 그렇게 하지 않았다. 경옥의 머리카락 때문이었다. 귀밑까지 내려오는 단발머리는 정전기 탓에 사방으로 뻗쳐 있었는데 군데군데 희끗희끗한 얼룩이 보였다. 그게 주로 욕실에서 쓰는 세정제 때문이라는 것을 인선이 모를 리 없었다. 게다가 손등에는 스팀 청소기에 덴 것이 분명한 붉은 화상 자국이 선명하게 남아 있었다. 그런 걸 보는 순간 이상하게 맥이 풀리면서 움켜쥐고 있던 말들이 흩어져버렸다.

그래요. 그럼 오늘 뭘 할 수 있겠어요?

이 일을 하기 전까지, 아니 이 일을 시작하고 한 달이 지날 무렵까지도 인선은 자신이 좋은 사람이라고 믿었다. 언제 어디서나 최선을 다하는 사람. 다른 사람의 처지를 먼저 헤아리고 배려하는 사람. 곤경에 처한 이를 돕는 사람. 나쁜 것보다 좋은 것을 볼 줄 아는 사람. 긍정적이고 희망적인 생각을 잃지 않는 사람.

그러나 그렇게 하다가는 몸이 남아나지 않는다는 것을 인선은 몸으로 배웠다.

밤에는 바늘로 찌르는 듯한 통증이 손발을 붙잡고 놔주지 않았고, 가려움증이 넘실거리며 피부 전체를 덮쳐 올 때도 있었다. 눈가에 붉은 반점이 올라오고, 후각이 마비된 듯 아무 냄새도 맡을 수 없는 증상은 그나마 경미한 경우였는데 계속 좋은 사람이려면 그 모든 것을 견뎌야 했다.

이것 봐요. 나도 좀 삽시다. 두 번, 세 번, 다시 하게 만들지 말고 오늘은 제발 제시간에 끝내자고요. 내 말 알아들어요?

이 일을 시작할 무렵 만났던 한 여자는 인선이 잠깐 숨을 돌릴 때마다 보란 듯 핀잔을 주곤 했다. 겨우 한두 마디였지만 여자의 눈빛과 말투 같은 것들은 오래 남았다. 그것들은 인선과 함께 출근하고 퇴근했다. 잠드는 순간까지도 인선의 머릿속을 떠나지 않았다.

모욕적이고 수치스러웠다.

한동안 인선은 그런 감정과 싸웠다. 싸움은 지지부진하게 이어졌고 끝날 기미가 보이지 않았다. 돌아서면 다시 싸움이 시작됐고 또 새로운 싸움이, 그보다 더한 싸움이 인선을 기다리고 있었다. 어느 순간 인선은 싸우기를 포기해버렸다. 모욕과 수치가 오가지 않는 평화로운 현장이 몸을 망가뜨릴 수 있다는 걸 깨닫고 난 뒤였다.

모두가 좋은 사람이어서는 일이 제대로 진행되지 않고 제시간에 퇴근할 수도 없다는 것을, 그러니까 이곳에서 좋은 사람은 자신이 알던 좋은 사람과는 완전히 다른 의미라는 것을 받아들이게 된 거였다.

적어도 인선은 함께 일하는 사람들의 몸을 축내는 사람이 되고 싶지는 않았다. 그런 의미에서 경옥은 전혀 '좋은 사람'이 아니었다.

고무장갑과 실내화 같은 개인 소모품을 준비해 오지 않은 건 괜찮았다. 뭘 시키면 이렇다 할 대답을 하지 않는 것도 그러려니 넘길 수 있었다. 동작이 굼뜨고, 요령이 없는 것도 참을 수 있었다. 그러나 작업을 끝냈다고 해서 가보면 매번 어딘가 문제가 있었다.

인선이 싱크대 안쪽에 붙은 스티커를 가리켰을 때도, 콘센트 안쪽의 묵은 때를 지적했을 때도, 손바닥으로 현관문 위쪽의 먼지를 쓸어 보였을 때도, 경옥은 몰랐다고 대답했다. 다시 하겠다거나 미안하다는 말은 절대로 하지 않았다.

이런 것까지 해야 하는 거예요? 전 몰랐는데요.

모르면 물어봐야죠.

물어봐도 돼요?

모르면 물어야지, 방법이 있어요?

뭐 물어보면 다들 알아서 눈치껏 배우라는 말만 하고 가르쳐주지는 않던데요? 가르쳐주면 저도 하죠. 진짜 잘 배울 수 있거든요.

정말이지 하나부터 열까지 다 알려줘야 하는 타입이었다. 인선은 걸레질하는 순서와 방향, 먼지를 제거하는 요령, 세정제의 종류와 용도까지 꼼꼼하게 일러주었다. 경옥은 잠자코 들었다. 별다른 반응이 없어서 제대로 듣고 있는지 묻고 싶을 때가 많았지만 인선은 그러지 않았다. 신입과 옥신각신하며 감정을 상하고 싶지 않았고 그럴 시간도 없어서였다.

인선은 양 사장에게 말할 작정이었다. 앞으로 급한 일을 맡길 땐 신입은 보내지 말라고, 집 상태를 모르면 모른다고 솔직하게 말하라고. 분위기가 괜찮으면 일머리 없는 신입을 보낸 데다 험한 집을 맡겼으니 일당을 더 줘야 한다고 넌지시 떠볼 수도 있을 거였다.

경옥에 대한 생각은 하지 않았다. 오늘이 지나면 다시는

볼 일이 없을 거라고 여겼다. 그리고 얼마 뒤, 인선은 경옥을 다시 만났다.

네 사람이 투입되어 42평 아파트를 청소하는 날이었다.

아파트 단지 정문을 찾느라 주변을 두리번거리며 걷던 인선은 환한 편의점 야외 테이블에 앉은 누군가를 보았다. 날이 채 밝지 않은 시각이었다. 거리는 적막했고 눈이 시릴 정도로 차가운 바람이 불었다. 그러니까 우연히 테이블 위에 놓인 맥주 캔을 목격하지 않았더라면, 그래서 유심히 살펴보지 않았더라면 컵라면과 맥주를 먹고 있는 사람이 경옥이라는 걸 알아채지도 못했을 거였다.

인선은 멀찌감치 서서 그 모습을 지켜보았다.

컵라면에서 가느다랗게 김이 솟아오르는 게 보였다. 라면을 먹느라 잠깐씩 고개를 숙이는 경옥의 뒷모습은 허기져 보이지도, 지쳐 보이지도, 추워 보이지도 않았는데 이상하게 마음이 착잡해졌다.

인선은 자신이 하는 이 일에 크게 의미를 두지 않는 편이었다. 일할 때는 눈앞의 얼룩을 제거하는 데 몰두했고, 일이 끝나면 일에 관한 생각은 하지 않으려고 애썼다. 그런데 그 순간, 자신이 필사적으로 피해 다니던 어떤 생각들이 한꺼번에 몰려오는 기분이었다. 이 일을 하는 자신의 처지와 형편 같은, 당장은 대안이 없고 도움도 되지 않는 현실적 고민이 되살아났다.

인선은 돌아서서 빠르게 걸었다. 편의점을 지나치지 않으려면 후문이 있는 뒷길 쪽으로 돌아가야 했다.

집이 어디예요?

그날 인선은 경옥에게 물었다.

양 사장은 붙박이장의 선반을 순서대로 분리하는 중이었고, 양 사장의 아내는 기름때로 뒤덮인 주방 후드와 가스 레인지에 약품을 바르는 중이었다.

욕실에는 인선과 경옥 둘뿐이었다.

집이 멀어요? 멀리서 와요?

경옥이 대답이 없어서 인선은 한 번 더 물었다. 멀리 사는지, 오는 시간을 제대로 계산하지 못했는지, 그래서 어쩔 수 없이 편의점에서 시간을 보내게 된 건지, 어쩌다 이가 덜덜 떨리는 그 새벽에 야외에서 맥주와 컵라면을 먹고 있었던 건지 의아해서였다.

전 돈만 많이 주면 어디든 가는데요.

경옥은 고무 바케스 앞에 쪼그리고 앉아 거품 물을 만들며 그렇게 중얼거렸고, 인선을 올려다보며 몇 마디 더 했다.

근데 이 일에 정말 소질 있으신 거 같아요. 지난번에 저 완전 깜짝 놀랐잖아요. 돈만 많으면 저희 집 청소도 맡기고 싫었다니까요. 그 집 주인은 진짜 절이라도 해야 해요. 그렇게 청소해주는 사람이 어딨어요. 전문가라는 사람들 저도 많이 봤거든요? 근데 그렇게 청소하는 사람 아무도 없었어요. 진짜 처음 봤어요.

다들 그렇게 한다거나 그렇게 하지 않으면 누가 일을 주겠느냐고 대수롭지 않게 대꾸하려 했지만 인선은 잠자코 거품 물을 내려다보기만 했다. 당혹스러웠고, 민망하기도 했는데 슬며시 웃음이 새어 나오려는 걸 참을 수 없었다.

이봐, 인선 씨. 매직블록 남은 거 좀 있지?

때마침 양 사장이 큰 소리로 호출한 탓에 인선은 경옥에게 이렇다 할 대답을 하지 못했다. 하지만 양 사장이 곰팡이가 낀 실리콘을 긁어내라고 했을 때도, 베란다 천장을 물걸레로 닦으라고 했을 때도, 비좁은 세탁실의 줄눈을 솔질하라고 했을 때도 이상하게 짜증이 나지 않았다. 양 사장의 아내가 자리를 비운 탓에 인선이 주방 후드와 가스레인지 작업까지 마무리해야 했지만, 여느 때처럼 울분이 치밀지도 않았다.

그것이 경옥이 건넨 말 때문이라는 것을 인선은 나중에 알았다. 지금껏 들어본 적 없고, 듣게 될 거라고 기대하지 않았던 그 말을 자신이 내내 기다리고 있었다는 것을. 누군가가 한 번쯤 그런 말을 해주길 몹시 바라고 있었다는 것

을. 그럼에도 누구도 그런 다정한 말을 건넨 적이 없음을
깨닫게 된 거였다.

두번째 집으로 이동하기 전, 네 사람은 근처 식당에 들러
점심을 먹었다. 양 사장은 메뉴 세 개를 시키고 공깃밥 하
나를 추가했다.

네 사람인데, 하나 더 시켜야 하는 거 아니에요?

그렇게 질문한 건 경옥이었다.

아, 우리 집사람이 많이 안 먹잖아. 인선 씨도 그렇고. 세
개만 시켜도 충분하지 뭐. 우린 늘 이렇게 먹어. 괜히 많이
시켜서 남는 거보다야 훨씬 낫잖아.

남기는 건 각자 마음이죠. 처음부터 모자라게 시키면 먹
고 싶어도 다 먹을 수가 없잖아요. 눈치도 봐야 하고. 돈가
스 하나 더 시킬게요. 제가 다 먹을 테니까 걱정 안 하셔도
돼요. 그래도 되죠? 여기요!

그뿐만이 아니었다.

양 사장이 타일 시트지를 제거하라거나 베란다 외부 유
리창을 닦으라고 지시하면 경옥은 명랑한 목소리로 되물
었다.

원래 이런 건 그냥 안 해주잖아요. 따로 추가 비용 받으
시는 거죠? 그럼 저도 추가로 수당 주셔야 해요. 그게 맞잖
아요.

그런 말을 할 땐 항상 큰 목소리를 냈기 때문에 멀리 있는 인선의 귀에도 또렷하게 들렸다. 인선은 경옥이 유별나다고 생각했다. 모든 걸 지나치게 따지고 든다는 생각, 현실을 너무 모른다는 생각이 들었다.

그러나 일을 마치고 귀가할 때면 경옥이 했던 말들을 곰곰이 되짚어보게 됐다. 식사비와 교통비, 추가 비용과 추가 수당 같은, 경옥이 스치듯 양 사장에게 했던 질문의 이유를 찾아보는 거였다. 정류장에서 버스를 기다리다가, 지하철에서 잠깐씩 졸음에 빠지다가, 마트에서 계란과 커피 같은 식료품을 고르다가 인선은 경옥의 질문을 떠올릴 때가 많았고, 그러면 지금껏 자신이 당연하게 해왔던 일의 수고와 비용을 따져볼 수밖에 없었다.

이후 한동안 인선은 경옥을 만나지 못했다.

네 사람이 투입되는 현장에도, 다섯 사람이 투입되는 현장에도 늘 처음 보는 신입들뿐이었다. 이를 악물고 일을 배우겠다던 중년 여자도, 대화를 하기 전까진 한국인처럼 보이던 몽골 남자도, 청소 업체 창업을 준비하고 있다던 청년들도 일주일을 넘기지 못했다. 수습 기간인 일주일 동안엔 식비와 교통비만 제공되고, 일주일이 지나야 정식으로 일당을 받을 수 있는데도 그랬다.

요즘 사람들이 뭐 이런 일 하려고 해? 조금만 힘들면 금방 그만둬버리지. 일은 많지, 사람은 없지. 말도 마. 나도 골치가 아파 죽겠다니까.

인선이 물으면 양 사장은 매번 앓는 소리를 했다.

기껏 일을 가르쳐놓으면 새로운 신입이 오고, 또 새로운 신입이 왔으므로 인선은 맥이 빠졌다. 일이 서툰 신입들을 대신해 인선이 해야 하는 일은 점점 늘었다. 일을 가르치고, 감독하고, 확인까지 하기엔 늘 시간이 빠듯해서였다. 제시간에 일을 마치려면 누구라도 무리를 할 수밖에 없었다.

양 사장이 인건비를 줄이기 위해 계속 신입을 데려온다는 생각은 하지 못했다. 매일 두 집씩, 주말도 쉬지 않고 일하는 사장 부부가 벌어들이는 돈이 결코 적지 않다는 생각도 하지 못했다. 그런 생각이 든 건 시간이 더 흐른 뒤였다.

인선 씨, 집에 있어? 아이, 휴일인데 미안하네. 아침부터 내가 일정이 꼬여서 말이야. 혹시 오늘 오후에 한 집 할 수 있어?

얼마 후, 인선은 다시 양 사장의 전화를 받았다. 20평 아파트라고 해도 내부는 아담하다고, 기본적인 작업만 하면 된다고, 두 명이 쉬엄쉬엄해도 서너 시간 안에는 충분히 끝낼 수 있다며 양 사장은 사정했다. 내일 아침 이사가 예정된 집이어서 무슨 일이 있어도 오늘까지는 청소를 완료해야 한다는 거였다.

인선은 경옥을 불러달라고 말했다.

누구? 경옥? 임경옥? 그게 누군데?

양 사장은 인선의 설명을 듣고 나서도 한참 만에야 경옥을 기억해냈다.

아, 그 젊은 여자애? 계속 땍땍거리던 애 아냐, 맞지? 에이, 뭐 하러 그런 애를 불러. 점잖은 사람도 얼마든지 많은데. 있어봐. 내가 전화 한번 돌려볼 테니까.

경옥 씨가 일은 잘해요. 말귀도 잘 알아듣고. 다 가르쳐놔서 이제 웬만한 작업은 알아서 다 한다니까요.

작업 일정을 관리하고 사람을 쓰는 건 양 사장의 권한이었고 인선이 관여할 수 없는 문제였다. 그걸 알면서도 인선은 고집을 꺾지 않았다.

아무것도 모르는 사람보다는 일을 좀 하는 사람을 데려가는 게 나도 편하잖아요.

걔가 일을 잘한다고? 에이, 쓸데없이 말만 많고 일은 제대로 안 하던데? 인선 씨도 봤잖아. 까탈스러운 거.

양 사장은 만류하듯 몇 마디를 더 보태다가 결국 경옥에게 연락하겠다고 말했다. 진지한 목소리로 불필요한 대화는 가급적 길게 하지 말라는 당부를 덧붙이고 나서였다.

경옥은 이번에도 조금 늦게 왔다. 인선이 주차된 차에서 청소 도구와 용품을 차례로 꺼내고 있을 때였다.

어? 차가 있으시네요.

경옥이 다가와 알은체를 했다.

지난번에도 가져왔는데 못 봤어요?

인선은 트렁크에서 청소기를 꺼내고, 연장이 담긴 작은 가방을 멨다. 그런 후엔 스크래퍼와 헤라, 걸레와 밀대 따위가 담긴 커다란 바케스를 경옥 쪽으로 밀었다.

차 없으면 무슨 수로 이걸 가져와요. 팀으로 갈 땐 사장님이 챙겨 온다지만 오늘은 둘뿐이잖아요. 이거 들 수 있죠?

오가는 사람이 거의 없는 아파트 단지 안은 한산했다. 고개를 들면 앙상한 겨울 산의 풍경이 바로 보였다. 산 아래 위치한 탓에 바람은 더 차갑게 느껴졌고, 몽땅하게 가지치기를 한 가로수들은 볼품없었다. 여기저기 보도블록이 깨져 있어 발을 내디딜 때마다 몹시 주의를 기울여야 했다. 인선은 띄엄띄엄 늘어선 건물을 올려다보며 걸었다. 3동, 5동, 7동. 11동 건물은 보이지 않았다. 또 엉뚱한 곳에 주차를 한 모양이었다.

근데요. 양 사장님요. 진짜 연락 안 올 줄 알았거든요. 갑자기 전화 와서 엄청 놀랐잖아요. 꼭 좀 와달라고 그러던데요?

경옥은 바케스를 들고 인선를 뒤따라오며 말했다. 덜그럭거리는 소리가 가까워졌다가 멀어졌다가 했다. 인선은 앞만 보고 걸었다. 마음이 급했다.

실은 사장님한테 일 없느냐고 몇 번 문자 했었거든요. 답도 없더라고요. 전화도 안 받고. 아예 대놓고 무시하나 싶었죠.

경옥은 계속 말했다.

근데 알고 보니까 다른 업체 팀장한테 제가 유별나다고 욕한 거 있죠? 사장들만 있는 채팅방에 그런 글을 올렸다고 하더라고요. 어이가 없어서. 자기가 치사하게 군 건 하나도 말 안 하고. 그때 메뉴 세개만 시키는 거 보셨죠? 그건 진짜 아니잖아요.

멀리 단지 안쪽에 11동 건물이 보였다. 5층짜리 건물이었고 엘리베이터가 없어서 계단으로 직접 짐을 날라야 할 것 같았다.

5시까지는 끝내야 하니까 오늘은 좀 빨리 움직이죠.

인선은 놀이터를 가로지르며 대꾸했고 서둘러 걸었다. 달라지지도 않고, 달라질 수도 없는 문제들을 들춰내고 싶지 않았고, 사장 부부의 결점을 들먹이며 열을 올리고 싶지도 않았다. 불만과 원망이 없는 일터가 어디 있느냐는 식의 훈계를 늘어놓을 수도 없는 노릇이었다.

아니, 인선은 뭔가를 더 알게 되는 게 불편했다. 이제껏 자연스럽다고 생각했고 당연하게 여겨왔던 이 일의 실체와 정체를 마주하는 것이 두려웠다. 그리고 뭔가 와르르 쏟아지는 소리가 났다. 인선이 돌아보았을 땐 경옥이 바닥에 엎어진 바케스를 바로 세우는 중이었다.

왜 그래요? 괜찮아요?

인선이 물었는데 경옥의 몸이 휘청하더니 앞으로 고꾸라질 뻔했다. 시소 옆 벤치. 그 일대만 시멘트를 새로 바른 모양이었다. 덜 마른 시멘트 위에 청소 솔과 스퀴지, 장갑과 마른걸레 같은 것들이 쏟아져 있었다.

공사했으면 뭐 표시라도 해놔야 하는 거 아니에요? 그냥 이렇게 두는 데가 어딨어요? 아, 진짜 짜증나게!

경옥은 제자리에서 발을 구르며 신발을 털어냈다. 탁탁, 하는 소리가 메아리처럼 울려 퍼졌다.

다친 데는 없어요?

인선은 경옥 대신 쏟아진 물건들을 챙겼다. 물건을 주우려면 어쩔 수 없이 덜 마른 시멘트를 밟아야 했다. 조심한다고 했지만 시멘트 위에 신발 자국 몇개가 남았다. 발자국을 남긴 것도, 신발이 더러워진 것도 문제였지만, 작업 도구가 오염된 게 가장 큰 문제였다. 무엇보다 걸레를 모두 빨아야 해서 마른걸레를 전혀 사용할 수 없을 것 같았다.

인선은 괜한 짓을 했다고 생각했다.

소질이니 전문가니 하는 칭찬에 마음이 물러지고, 추가
비용이니 수당이니 하는 요구에 귀가 솔깃해져서 경옥을
똑똑하고 야무진 사람이라고 여긴 자신이 바보 같았다. 경
옥에게 이것저것 알아보려던 자신이 한심하게 느껴지기까
지 했다.

일은 저녁 7시가 넘어서야 끝이 났다.

양 사장 말대로 실내는 아담했고 깔끔해 보였지만 실상
은 그렇지 않았다. 집 안은 하수구에서 올라오는 악취로 머
리가 아플 정도였고, 녹이 슨 베란다 새시는 아무리 힘을
줘도 열리지 않아 애를 먹었다. 시멘트가 묻은 청소 도구를
세척하는 데에 시간이 걸렸고 온수를 전혀 사용할 수가 없
어서 나중엔 손이 곱는 것 같았다.

인선은 청소가 끝난 실내를 둘러보며 사진을 찍은 뒤 밖
으로 나왔다. 주변은 이미 캄캄했다. 땀에 젖은 옷 사이로
찬바람이 새어 들었다. 잠잠했던 한파가 다시 시작되는 모
양이었다.

진짜 이렇게 일해주는 사람은 아무도 없을걸요. 녹슨 건
원래 제거 안 해주는 건데. 블라인드도 안 닦아주고요. 딴
데는 그런 거 다 추가로 비용 받는 거 아시죠?

경옥은 바케스를 들고 인선을 뒤따라왔다. 손이 언 모양

인지 경옥은 자주 바케스를 놓쳤고, 그때마다 바케스가 바닥을 때리며 요란한 소리를 냈다.

경옥은 계속 말했다.

근데요, 이렇게 늦게 끝나면 돈 더 줘야 하는 거 아니에요? 요즘은 저녁 먹으라고 만 원씩 더 주는 데도 있다던데, 양 사장님은 그런 적 없죠? 하긴 절대 안 그러겠지.

대우니 처우니 하면서 불평을 늘어놓는 사람들을 인선은 많이 봐왔다. 원칙과 권리를 들먹이던 이들은 대부분 보름을 못 넘기고 일을 그만두었다. 인선은 그들이 더 좋은 일을 구했을 거라고 생각한 적이 없었다. 어쨌든 그들은 이 일의 좋은 면을 발견하지 못했으니까. 다른 어떤 일을 해도 마찬가지일 거라고 여긴 거였다.

그럼에도 경옥의 이야기를 들을 때면 뭔가 잘못됐나 하는 의심이 생겼고, 아무런 계산 없이, 요령 없이, 형편없는 조건 속에 자신을 방치한 게 아닌가 하는 자책이 들었다.

배고프죠? 뭘 좀 먹고 갈래요?

주차된 차 앞에 이르렀을 때 인선은 그렇게 물었고, 트렁크에 대충 짐을 실은 뒤 시동을 걸었다. 경옥은 조수석에 타자마자 창을 열며 중얼거렸다.

근데 차에서 락스 냄새 나는 거 아세요? 아니다, 나한테서 나는 건가? 저한테서 나죠? 그죠?

세제가 독해서 그래요. 한두 시간 있으면 괜찮아져요.

시동은 두 번 만에 걸렸다. 산 아래 위치한 아파트 단지에는 상가라고 할 만한 것이 없었고, 도로변에 위치한 조그마한 시장도 문을 닫는 분위기였다. 큰길까지 내려오자 주차할 만한 곳을 찾기가 어려웠다.

결국 인선이 근처 분식점에서 김밥을 포장해 왔고, 두 사람은 차 안에서 김밥을 나눠 먹었다. 웅웅거리는 히터 소리와 나지막한 라디오 소리 사이로 음식을 씹고 삼키는 소리가 이어졌다.

경옥은 신축 아파트 입주 청소를 나갔을 때, 집 안이 너무 깨끗해서 당황스러웠다고 말했다. 청소를 하는 게 아니고, 누군가 꼭꼭 숨겨둔 먼지와 얼룩을 필사적으로 찾는 기분이었다고. 인선은 깔끔한 집보다는 더러운 집이 차라리 낫다고 했고, 새집일수록 주인이 까다롭다고 이야기했다.

두 사람의 대화는 두 번 다시 경험하고 싶지 않은 집과 집주인에 대한 토로로 이어졌다. 수수료니 소개비니 하며 일당을 깎는 사장들, 힘든 일을 요리조리 피해 다니는 얌체 같은 팀원들, 매번 다른 강도와 증상으로 찾아오는 몸의 통증에 대해서도 솔직하게 털어놓았다. 그럼에도 두 사람 모두 최악은 말하지 않았다. 지금껏 아물지 않았고, 언제 아물지 모를 기억에 대해서는 입을 다물 수밖에 없었다.

아, 생각하니까 또 열받네. 진짜 너무 화나지 않으세요?

이따금 경옥은 못 참겠다는 듯 그렇게 중얼거렸다.

인선은 잠자코 들었다. 이해한다는 듯 고개를 끄덕이고, 속상하다는 듯 한숨을 내쉬면서. 그리고 경옥의 말이 끝난 뒤 조심스럽게 입을 열었다.

있잖아요, 경옥 씨. 내 말 오해하지 말고 들어요.

식사를 끝낸 뒤, 경옥을 지하철역까지 태워다주는 길이었다. 신호가 바뀌었고, 차가 사거리에 멈췄다. 인선은 일렬로 늘어선 붉은 미등을 주시하며 다음 말을 꺼내려고 했다. 무슨 일이든 포기하고 감수해야 하는 것이 있다고, 매사 하나하나 다 따져가며 일할 수 없다고, 그러면 어떤 일도 지속할 수 없다고 충고할 작정이었다.

아, 맞다. 저 사실 경옥 아니에요.

그 순간 경옥이 불쑥 말했다. 인선은 그 말을 한 번에 이해하지 못했다. 고개를 돌려 눈을 맞추자 경옥이 조금 더 큰 목소리를 냈다.

그 이름, 제 이름 아니에요. 진짜 이름은 따로 있어요.

경옥이 진짜 이름이 아니라고요?

네. 그때 고지서에서 본 이름이에요. 왜 처음 갔던 원룸 있잖아요. 기억하시죠? 현관에 고지서 엄청 쌓여 있던 집. 거기서 봤어요. 임경옥이라고 적혀 있더라고요.

신호가 바뀌었고 인선은 속도를 냈다. 왜 그런 거짓말을 했는지, 왜 느닷없이 지금 그 사실을 털어놓는 건지 의아했지만 묻지 않았다. 다만 경옥이 차에서 내리기 직전 이렇게 말했다.

그럼 앞으로 뭐라고 불러요? 경옥 씨라고 계속 부르면 돼요?

아, 제 이름 소현이에요. 이소현. 근데 그냥 좋을 대로 부르시면 돼요. 상관없어요.

인선은 고개를 끄덕였다. 하려던 말은 하지 못했다. 덜 마른 시멘트에 남긴 발자국도 까맣게 잊고 말았다.

인선 씨, 어제 갔던 집 말이야. 거기 시멘트 밟아서 엉망으로 해놨다며? 아침부터 전화 오고 난리도 아니네.

다음 날 오전, 양 사장의 전화를 받고 나서야 인선은 어제 일을 기억해냈다.

아, 양 사장님. 그거, 그게 일부러 그런 게 아니고요. 놀이터에……

인선이 해명하려 했지만 양 사장은 들을 마음이 없는 것 같았다. 운전 중인 모양인지 신경질적인 경적이 계속 끼어들었다.

그 사람들이 뭐 우리 이야기를 듣기나 해? 하여간 골치 아프게 됐어. 관리 사무소에서 그 집 사람한테 원상 복구

해내라고 난리라네. 청소비는커녕 돈만 더 물어주게 생겼어. 듣고 있어?

거기 아무 표시가 없어서 사람이 다칠 뻔했어요. 무슨 표시라도 해둬야 하잖아요. 애들 노는 놀이터인데.

인선 씨가 그런 거야? 아이, 실수 안 하는 사람이 왜 그랬대? 인선 씨, 하여간 이건 인선 씨가 책임져야 해. 우리 업체 이미지도 있고. 그렇잖아.

미안한 일이었지만 다짜고짜 몰아붙이는 양 사장에게 서운한 마음이 들었고, 청소비를 주니 마니 하는 의뢰인의 태도가 말할 수 없이 야속했다. 처음 있는 일은 아니었다. 어떻게든 트집을 잡아 단 얼마라도 깎아보려는 사람들은 어디에나 있었다. 돈을 주는 사람이 억지를 부리면 방법이 없었다.

그래서 돈을 못 주겠대요? 집을 그렇게 깨끗하게 해놨는데도요?

일단은 잘 달래봐야지. 젊은 사람 같던데. 괜히 인터넷에 글이라도 올리면 더 큰일이잖아. 아무튼 인선 씨도 그렇게 알고 있어. 내가 다시……

인선은 양 사장의 말을 끊고 물었다.

그럼 제가 가서 이야기해볼까요? 오늘 이사한다고 했죠, 그 집?

양 사장은 그럴 필요는 없다면서 처음엔 그냥 기다리라고 했다가 자신이 해결하겠다고 말을 바꿨다. 인선은 경옥의 연락처를 알려달라고 했다. 어쨌든 상황을 직접 설명하고 싶었고, 오해를 살 만한 일은 만들고 싶지 않았다. 뜸을 들이던 양 사장은 한참 만에 경옥의 연락처를 알려주었다.

그래서 돈을 못 준대요?

전화로 짤막한 설명을 듣자마자 경옥은 대번에 그렇게 물었다.

일단은 사장님이 해결하겠다니까 기다려봐야죠.

겨우 몇 분이 지났을 뿐이지만 서운함도 야속함도 잦아들고 인선은 잠자코 양 사장의 연락을 기다릴 생각이었다.

해결할 생각이 있었으면 전화하기 전에 해결했겠죠. 아, 열 받아. 시멘트는 시멘트고 청소는 청소잖아요. 일을 시켰으면 돈을 줘야죠. 전 못 참아요. 진짜 못 참겠어요.

경옥은 가만히 있으면 안 된다고 말했고, 일이 어떻게 해결되는지 확인해야 한다고 말했고, 이도 저도 안 되면 그 집을 청소 이전의 상태로 돌려놓고 말겠다고 큰소리쳤다.

그럴 수 있으면 얼마나 좋겠느냐고 대꾸할 때까지만 해도 인선은 경옥과 함께 진짜 그 집을 찾아가게 될 줄은 몰랐다. 언성을 높이지 않고, 악다구니를 쓰지 않고 그토록 쉽게 돈을 받을 수 있을 거라고도 예상하지 못했다.

네? 누구시라고요?

11동 402호 남자는 황당하다는 얼굴로 두 사람을 맞았다. 쉴 새 없이 이삿짐이 올라오는 탓에 계속 주변을 두리번거리면서였다.

사장님한테 돈 못 준다고 하셨다면서요? 어제 저희 여섯 시간도 넘게 청소했거든요. 진짜 안 해도 되는 데까지 다 하고 갔다고요. 저기 베란다 창문 녹슨 거하고, 블라인드. 저런 건 원래 닦아주지도 않아요.

경옥이 목소리를 높이자 남자가 되물었다.

돈을 못 준다고 했다고요? 난 그런 말 한 적이 없는데요?

돈 못 주겠다고 했다면서요. 사장님이 그러던데요.

글쎄, 전 그런 말 한 적이 없다니까요. 시멘트 그거 어떻게 할 거냐고 물은 게 다라고요. 여기 청소하신 분이세요? 저한테는 사장님이 직접 청소한다고 하더니 다른 사람을 보냈나 보죠?

인선은 무슨 말을 더 하려는 경옥을 만류하며 이렇게 답했다.

청소는 우리가 훨씬 더 잘해요. 그래서 우리가 온 거예요.

남자는 관리 사무소에 가서 문제를 해결하라고 했고, 문제가 해결되면 청소비를 주겠다고 약속했다. 청소 상태가 꽤 만족스러운 모양이었다. 두 사람은 관리 사무소로 가서 신발 자국을 남긴 것에 대해 해명했다. 외부인, 무단 침입, 훼손 운운하며 두 사람을 하대하던 관리 과장은 놀이터, 위험, 아이들, 안전, 맘 카페 등을 언급하는 경옥의 말을 끝까지 듣고 나서 서류 한 장을 내밀었다.

알았어요. 그만합시다. 여기 이름 적고 서명해요. 우리도 기록으로 남기긴 해야 하니까.

402호 남자는 더는 책임을 묻지 않겠다는 관리 사무소의 전화를 받은 뒤 양 사장에게 바로 돈을 보냈다. 양 사장이 수수료를 제하고 두 사람에게 일당을 지급하기까지는 시간이 조금 더 걸릴 터였다.

그게 끝이었다.

당시엔 예상하지 못했지만 인선과 양 사장의 관계도 그렇게 끝이 났다. 양 사장이 인선을 탓하거나 인선이 양 사장에게 항의했기 때문이 아니었다. 인선은 아무것도 묻지 않았고, 양 사장도 아무런 말을 하지 않았다. 그러니까 인선은 끝까지 아무 말도 하지 않는 양 사장의 태도가 말할 수 없이 실망스러웠다. 아니, 모든 걸 당연한 줄 알고 성실하게 일해왔던 스스로가 너무나 바보 같았다.

양 사장님, 덕분에 그동안 많이 배웠어요.

이후 몇 차례 양 사장의 호출이 있었지만 인선은 그렇게 대꾸하고 말았다. 뻔뻔하게 자신을 속여온 사장에게 당하면서 배운 게 많긴 했으니까. 고마움과 원망이 공평하게 담긴 말이었다.

인선은 청소 업체 몇군데에 새로 지원서를 넣고, 인터넷 구인 공고에 연락처를 남겼다. 연락은 오지 않았다. 이사철이 지난 탓인지, 양 사장이 단체 채팅방에서 비밀스러운 복수를 감행하고 있는 탓인지 알 수 없었으나 인선은 뭐든 오래 생각하지 않으려고 애썼다.

일이 들어온 건 3월 중순이 지나서였다.

오가는 데만 세 시간이 넘게 걸리는 데다 일당도 터무니 없이 적었지만 인선은 하겠다고 했다. 이른 새벽, 인선은 경옥과 함께 출발했다. 거리는 고요했고 도심을 빠져나오자 풍경이라 할 만한 것들이 빠르게 멀어졌다. 나중엔 황량한 들판과 드문드문 서 있는 창고 몇 개가 전부였다.

인선은 라디오를 켜고 채널을 이리저리 돌렸다.

이참에 그냥 창업을 하시면 어때요? 아시죠? 청소 업체 엄청 많은 거. 창업하는 데 돈이 많이 안 들어서 그렇대요. 2백 갖고 창업한 사람도 있다던데요? 어차피 기본적인 건 다 갖고 계시잖아요.

경옥은 휴대폰으로 창 너머 해가 떠오르는 모습을 찍으며 말했다.

뭐, 돈만 있다고 창업을 할 수 있나요.

아뇨. 창업하시면 완전 대박 날걸요? 그건 제가 장담해요. 백 프로!

백 프로씩이나?

실력이 있으니까요.

그런 게 가능할 리 없다고 생각하면서도 인선은 웃어 보였다. 어떤 기분 좋은 상상들이 신기루처럼 잠깐 떠올랐다가 사라졌다.

경옥 씨는, 아니다. 소현 씨는 이 일 계속할 마음 있어요?

아뇨. 전 이 일 너무 싫어요. 당장이라도 그만두고 싶은데 또 모르죠. 하다 보면 잘 풀릴지도요. 근데 창업하시면 저 직원으로 써주시면 안 돼요? 저 진짜 잘할 수 있거든요.

라디오에서 경쾌한 팝송이 흘러나왔다. 그 멜로디가 마음속에 드리운 불안을 조금씩 걷어내는 것 같았다.

그런데 왜 남의 이름을 알려준 거예요? 소현이라는 이름이 훨씬 잘 어울리는데.

아, 그거요. 그날까지만 하고 진짜 그만둘 생각이었거든요. 근데 소현보다는 경옥이 청소를 더 잘할 것 같지 않아요? 경옥, 임경옥. 뭔가 베테랑 느낌이잖아요.

인선은 라디오 볼륨을 조금 낮추며 물었다.

이 일 하기 전엔 무슨 일 했어요?

저요? 편의점 알바도 하고, 베이커리에서 빵도 굽고, 커피도 만들고 그랬죠. 아, 우체국에서 사무 보조로 일한 적도 있고요.

그런데 왜 청소 일을 하게 되었느냐고, 인선은 묻지 않았다. 그런 질문에 관해서라면 자신도 제대로 된 답을 갖고 있지 못하니까. 이 일을 하게 되기까지의 과정은 자신조차 납득할 수 없는 공백으로 가득하니까.

저도 궁금한 거 있는데 물어봐도 돼요?

인선이 고개를 끄덕이자 경옥은 도저히 엄두가 나지 않는 집을 청소할 땐 마음이 너무 불행해지지 않느냐고 물었다. 받는 돈은 똑같은데 몇 배나 더 일해야 하는 상황이 억울하지 않으냐는 거였다.

축복을 비는 마음으로 하는 거죠, 뭐.

인선이 답했고 경옥이 물었다.

축복요? 무슨 축복요?

깨끗하게 청소해드리는 만큼 좋은 일 많이 생기시라고 빌어주는 거죠.

경옥이 황당하다는 얼굴로 인선을 돌아보았다. 인선의 얼굴에 엷게 웃음이 떠오르는 걸 확인하고 난 뒤에야 경옥이 중얼거렸다.

에이, 설마. 진짜 아니죠?

왜 아니에요? 진짜지. 진짜예요.

진심으로요? 축복을요? 말도 안 돼.

진짜라니. 축복을 비는 마음이라니. 인선은 대답 대신 소리 내어 웃었다. 때마침 경쾌한 팝송이 끝나고 다른 곡이 흘러나왔다. 나의 꿈 나의 모든 것 어여쁜 꽃 한 송이 모진 바람 불어와서 내 꿈을 데려갔네,로 시작하는 인선이 좋아하는 노래였다. 인선은 창을 내리고 라디오 볼륨을 높였다. 창틈으로 신선한 바람이 새어 들었다. 더는 한기가 느껴지지 않고, 이가 덜덜 떨리지도 않는, 정말 봄이라고 할 만한 공기였다.

---

* 마지막 장면의 노래 가사는 건아들의 「젊은 미소」(작사 이영복, 『꿈꾸는 아이들』, 1983)에서 가져왔다.

마음과 구조

이소
(문학평론가)

1

우리 사회의 구조적 모순은 '부동산'의 형태로 집약될 수 있고, 그 사회를 살아가는 개인의 욕망과 현실은 '집'의 형상으로 압축될 수 있다. 예전에 어떤 글에서 나는, 주택을 의미하는 하우스house와 가정을 의미하는 홈home이 우리말에서는 모두 '집'이라는 단어로 통하지만 그 '집'이 의미하는 바가 얼마나 불안정하게 하우스와 홈 사이를 오가며 구성되는지 이야기한 적이 있다.[1] 물론 원칙적으로는 홈은

---

1   이소, 「버티고 움직이고 미끄러지면서─최근 한국 소설이 그리는 '집'의 좌표평면」, 『문학과사회 하이픈』 2022년 겨울호.

안온하되 하우스는 열악할 수도, 하우스는 안정적이되 홈은 흔들릴 수도 있다. 그러나 실제로 '집'은 생활의 터전이기에 물질과 비물질 중 어느 쪽에서도 자유로울 수 없고, 하우스와 홈 중 어느 하나만으로는 세워지지 않는다. "네 집이야?"라는 물음을 '네가 거주하는 집이야?'라는 뜻으로만 받아들이는 한국인은 없듯이, 우리 사회에서 '집'은 거주의 의미만큼이나 소유의 의미가 강하고 그렇기에 홈과 하우스의 끊임없는 역동으로서 존재한다. 물리적인 동시에 비물리적인 '집'을 둘러싼 이 모든 층위를 통틀어 "과정으로서의 집home as process"[2]이라 부를 수도 있을 것이다.

김혜진의 소설은 이 역동을 단면으로 잘라 그 역학을 집요하게 규명한다. 다시 말해, 김혜진의 세계는 언제나 '집'을 중심으로 구성된다. 추상적이고 일반적인 구조와 개별적이고 특수한 상황이 중첩되어 이루어진 '집'을 무대 삼아 다양한 마주침과 충돌을 보여준다. 이는 당연히 계급, 젠더, 지역, 세대 등 어느 것 하나 무관할 수 없는 '전적인' 부딪힘일 수밖에 없고, 이때 '집'의 경계선은 고정된 실선이 아닌 유동하는 점선으로 그려진다. 내가 확신하는 것은

---

2   조문영, 「집으로 가는 길」, 『빈곤 과정—빈곤의 배치와 취약한 삶들의 인류학』, 글항아리, 2022, p. 148.

상품으로서의 집이 주거로서의 집을 압도하는 현실이 우리 사회의 최대 모순이라는 점과 그럼에도 여전히 '집'은 이 사회를 힘겹게 살아가는 사람들이 지켜내고자 하는 최후의 보루라는 점이다. 그 최대이자 최후의 것을 언제나 정면으로 응시하고 상대하는 것이 김혜진의 정공법이다.

2

그녀는 부지런하게 살았다. 매일매일 비슷해 보이는 골목을 돌고, 별다를 게 없는 집들을 살피고, 그러느라 자주 끼니를 놓치고 옆 사람의 입에서 허기진 구취가 올라오는 것을 느낄 즈음에야 종일 먹은 게 없다는 사실을 알아차릴 정도로 성실했다. 그러니까 그 시절, 그녀를 움직인 건 허기를 잊을 만큼의 절박함이었고, 그것이 오늘의 그녀를 있게 한 건지도 몰랐다. (「이남터미널」, pp. 112~13)

그녀가 처음 가졌던 건 집 하나를 갖겠다는 마음이었다. 그 마음이 낯선 동네를 필사적으로 돌아다니게 했고, 남우빌라를 소유하게 했고, 이보다 나은 집을 가질 수 있다는 자신감을 불어넣었다. 손해가 예상되는 상황에서도 그녀를 밀어붙인 건 자라나고 계속 자라나서 스스로의 힘으로는 물리칠 수 없는 그런 마음이었다. (「이남터미널」, pp. 131~32)

두 인용문에서 볼 수 있듯, 김혜진의 소설은 건물주를 단순히 악으로 규정하거나 투기꾼으로 비난하지 않는다. 오히려 강도 높은 업무에 시달리는 성실한 노동자처럼 보일 정도다. 실제로 소설에 등장하는 건물 소유주들은 바로 직전까지 셋집을 전전하던 세입자이거나, 어렵게 아끼고 부지런히 발품 팔아 겨우 주택을 매입했으나 "세입자도 수월하게 구해지지 않는 골칫덩이 오피스텔의 허울 좋은 주인"(p. 132)에 불과하다. 소설은 주제를 강조하기 위해 생략의 방식을 구사하는 대신 기꺼이 현실의 복잡성을 선택한다. 개발 계획이나 주택 정책에 따라 시세 차익이 널을 뛰는 이 불안정한 부동산 시장은 사람들로 하여금 오래된 동네에서 '보물찾기'를 하게 만들지만, 이들은 보물인 줄 알고 주운 것이 바로 그런 이유로 한순간에 쓰레기로 판명될 수 있다는 사실을, "한번 타이밍을 놓치면 빠져나오기가 쉽지 않다"(p. 123)는 사실을 누구보다 잘 알고 있다. 이 부동산 공화국에서 사람들은 욕망하기에 불안하고 불안하기에 욕망한다.

「목화맨션」의 만옥 역시 마찬가지다. 재개발을 기대하며

지어진 지 30년 넘은 빌라 한 칸을 장만한 후 겨우 대출 이
자를 감당하는 중인 만옥은 이런저런 수리를 요구하는 세
입자 순미에게 도리어 하소연을 쏟아낸다.

나라고 왜 안 고쳐주고 싶겠어. 뭐든 척척 고쳐주면 내 마
음도 편하고 좋지. 근데 정말 그럴 형편이 안 돼요. [……]
다들 금방 재개발이 된다길래 나도 덜컥 그 집을 산 거예
요. 아니면 뭐 하러 다 쓰러져가는 그런 집을 사겠어. 몇 년
안에는 틀림없이 된다더니 이제는 다들 모르겠다는 소리나
하고. 사람들이 왜 이렇게 무책임한대요? 있는 돈 없는 돈
다 긁어모아서 빚까지 냈는데. 팔고 나면 다들 나 몰라라지.
개발이고 뭐고 이제는 진짜 신물이 나요. 평생 그 말 쫓아다
니다가 나도 우리 아저씨도 다 굶어 죽게 생겼어. (「목화맨
션」, p. 84)

마흔 중반에 혼자 낡은 빌라로 이사 온 순미나, 남편이
편측마비로 쓰러져 병원비와 재활 운동까지 감당해야 하
는 만옥이나, 그 처지가 곤궁하긴 마찬가지라서 둘은 금세
집주인과 세입자의 관계를 초과하는 친밀한 사이가 된다.
그러나 재개발 소식은 매번 한동안 들썩이다 흐지부지 꺼
지기 일쑤고, 그때마다 그녀들의 '집'은 각자 다른 방향과

강도의 압력을 받으며 흔들린다. 순미가 나가고 싶었을 때 보증금을 내줄 수 없던 만옥이 순미를 붙잡아 눌러 앉힌 적도 있고, 만옥이 전세금을 올리고 싶었을 때 순미의 사정이 딱해 그대로 계약을 갱신한 적도 있다. 그렇게 곧 허물어지리라 믿었던 목화맨션은 꼬박 8년 동안 두 사람을 묶어둔다. 이런 두 사람의 관계를 단순히 임대인과 임차인의 관계라 할 수는 없겠지만 그렇다고 친구 사이라고 부를 수도 없다. 도저히 더는 버틸 수 없어 목화맨션을 팔기로 결심한 만옥이 "어쩌자고 서로의 사정을 이렇게 속속들이 알아버렸을까" "차라리 몰랐으면 나았을 거라고"(p. 100) 후회하는 것은 어쩌면 당연하다. 둘 사이에 오간 진심이 아무리 넓고 깊어도 그녀들이 서로에게 줄 수 있는 건 보물인지 쓰레기인지 여전히 알 수 없는 저 목화맨션에 단단히 묶여 있기 때문이다.

3

이 집을 에워싸고 죽일 듯이 위협하던 한파는 물러간 것처럼 보인다. 보일러가 얼고, 수도가 터지고, 며칠간 씻지도 못하고, 추위에 떨며 잠들어야 했던 끔찍한 밤을 더는 걱정

하지 않아도 될 것 같다. (「20세기 아이」, pp. 45~46)

세미는 언제 재개발될지 모르는 낡은 집에서 할아버지, 엄마, 언니와 함께 산다. 손봐야 할 곳이 한두 군데가 아니지만, 빨리 팔아 치우는 것이 목표인 집주인이 제대로 수리해줄 리는 만무하다. 임시방편으로 비가 새는 옥상에 방수 페인트를 칠했더니 주인 허락 없이 마음대로 손댔다는 핀잔만 듣는, 완벽히 '투기 상품'으로 존재하는 열악한 집이다.

그러던 어느 날 한 여자가 집을 보러 찾아온다. 동네 사람들과 달리 "뭔가 터져 나올 듯한 조마조마한"(p. 58) 불안감이 없는 여자를 보자 세미는 "여자가 이 집의 주인이 되면 집을 지금처럼 내버려두지 않을 거라는 생각" "여자가 이곳으로 이사 오면 엄마가 이사 갈 집을 새로 알아볼 테고, 그러면 진짜 이 동네를 떠날 수 있을지도 모른다는 생각"(p. 62)에 설레는 마음을 감출 수 없다. 그러나 누구나 짐작할 수 있듯이, 여자가 집주인이 되어도 집은 지금과 달라지지 않을 것이다. 여자는 결코 이곳에 들어와 살지 않을 것이고, 세미의 가족은 이 집을 떠나도 더 좋은 집을 얻을 수 없을 것이다. 이 사실을 아는 가족들은 집을 살펴보는 여자에게 아무런 관심도 보이지 않고, 집을 청소한다는 둥 수리한다는 둥 번잡하게 구는 세미가 한심하기만 하다.

그러나 여기서 가장 안타까운 점은 힘의 역학을 가장 기민하게 알아채는 존재는 언제나 어린아이라는 사실이다. 세미는 이 모든 상황을 누구보다 잘 파악하고 있다. 앞으로도 자신이 "다리 건너면 21세기, 여긴 20세기"(p. 73)인 동네에서 살아가리라는 것을, "식구들을 점점 더 무뚝뚝하고 퉁명스럽게 만드는" 것은 이 '집'이지만 그렇다고 "옥상을 고칠 수 없고, 당장 이 집을 떠날 수도 없다"(p. 74)는 것을. 그래서 세미는 지금 할 수 있는 유일한 일을 할 뿐이다. 엉망인 집에 사는 불쌍한 아이처럼 구는 대신 "네 덕분에 이집이 아주 환하구나"(p. 61)라는 말을 들을 만큼 명랑한 표정과 말투로 여자의 주변을 맴도는 것과 같은 일을.

4

앞서 말한 것처럼, 부동산 투자에 골몰하는 사람들에게도 나름의 노고와 불안이 존재한다. 재개발만 확정되면 "뭐든 할 수 있을 거라는 확신"(「목화맨션」, p. 89)과 "자꾸만 되살아나고 번듯해지는 이 집과의 싸움이 얼마나 지속될지 모른다는"(p. 87) 두려움 사이에서, 그런 집들이 가져온 불운에 깔려 죽다시피한 다른 투자자들의 몰락을 목격하면서, 이들 역시 공포와 불안을 경험한다. 당연하게도 미래에 베팅하는 것은 불안을 동반한다. 그렇다고 해서 '부동산'의 소유를 둘러싼 불안과 '집'의 상실을 둘러싼 불안을 동등한 무게로 취급하는 것이 정당할까. "우리가 사는 건 아니고, 그냥 사두는 거야"(「20세기 아이」, p. 61)라고 말하며 이 집이 '괜찮은 물건'인지 꼼꼼히 살피는 이의 불안은 금광이 있을지도 모르는 땅 앞에 선 채굴꾼의 불안과 크게 다르지 않아 보인다.

소유의 불안과 생존의 불안이 반대 방향으로 얽혀 있는 매듭에서 먼저 손을 놓을 수 있거나 놓아야 하는 것은 어느 쪽인가. 김혜진의 시선은 이 지점에서 오랫동안 머무른다. 소설은 시세 차익과 개발이익을 기대하며 부동산에 투자한 사람들의 "더 안전하고 안정적인 삶을 위해 기울인 노력을 폄하"하지 않으면서도, 자신의 안전과 안정을 바라는 그런 평범한 마음이 어떻게 다른 이의 안전과 안정을 불안하게 만드는지, 거주의 권리보다 소유의 권리가 압도적인 우리의 세계에서 그와 같은 노력이 어떻게 타인의 "주거권을 비가시화"[3]하고 생존을 위협하는 구조를 만들어

---

3 빈곤의 인류학 연구팀, 『동자동, 당신이 살 권리—쪽방촌 공공개발과 주거의 미래』, 조문영 엮음, 글항아리, 2023, p. 149.

내는지 탐구한다. 섣불리 윤리적인 답변을 제시하는 대신 구조에 대한 물음을 정교하게 세공하는 편을 선택한다.

5

소유와 거주, 임대인과 임차인의 이분법 외에도 '집'을 둘러싼 갈등은 얼마든지 존재한다. 특히 우리나라의 아파트는 주된 주거 형태인 동시에 완벽히 일원화된 체계의 상품이기에, 같은 공간을 점유하는 같은 아파트에 살더라도 그것의 소유 여부에 따라 선명한 선이 그어지는 경우가 드물지 않다. 집이 자가인지 전세인지 월세인지에 따라 대우가 달라진다는 사실을 한국인이라면 모르지 않아서, '임대동'에 거주하는 미애는 '입주민'을 대상으로 한 독서 모임에 참석하기 전에 "기준에 안 맞는다거나, 자격이 안 된다거나 하면서 거절당할 게 뻔"(「미애」, p. 9)하다고 여기며 연락 없이 무작정 찾아간다.

1년 전 이혼하고 여섯 살짜리 딸 해민을 키우는 미애가 독서 모임을 찾아가는 이유는 분명하다. 믿을 만한 사람들 속에 들어가 자신의 사정을 털어놓고 도움을 받는 것. 그녀는 친구에게 아파트를 빌린 3개월 동안 새로운 직장과 살

집을 마련해야 하고, 그러기 위해서는 자기가 없는 동안 해민을 돌봐줄 사람과 안전한 장소가 필요하다. 연민에 기대 생존을 도모하는 그녀에게 비슷한 형편끼리의 우정은 필요하지 않다. 그녀는 '임대동'의 옆집 문을 두드리는 대신 '분양동'의 '좋은 사람들'을 만나 기꺼이 동정을 받고 도움을 얻고자 한다. 그런 그녀에게 "좋은 사람"과 "좋은 것들을 많이 가진 사람"(p. 15)의 차이는 없고, 독서 모임 엄마들이 지닌 "더 나은 사람이 되고 싶다는" 열망이 얼마만큼의 진심과 얼마만큼의 허영인지 가늠할 필요도 없다. 오히려 그 열망이 "자신을 그 모임에 끼워준 진짜 이유"(p. 16)라면 기꺼이 거기에 맞추면 된다. 무엇보다 해민을 맡아주는 세아 엄마 선우와 좋은 관계를 유지할 수 있다면 그걸로 충분한 것이다.

그러나 해민과 세아가 무단으로 외출한 다음부터 선우는 미애와의 관계를 끊어버린다. 돌변한 선우의 태도를 보고 독서 모임의 다른 엄마들은 기겁하지만, 정작 미애는 자신과의 관계를 손쉽게 청산한 선우가 실망스럽지도 그 이유가 궁금하지도 않다. 그녀는 감정놀음 따위에는 관심이 없다. 선우의 집 앞으로 달려가 비굴해 보일 정도로 매달리면서, 이 절박함이 단지 계속 도움을 받기 위한 자구책인지 그것만으로 설명되지 않는 더 깊은 마음인지 구별할 여유도 이유도 없다. 오로지 선우네 문이 열리길, 다시 선우의 집으로 들어갈 수 있길 간절히 바라고 기다릴 뿐이다. 그러나 아파트는 철문을 닫는 순간 거의 완벽에 가깝게 외부와 차단되고, 선우의 마음 역시 마찬가지다. 자신이 원하면 얼마든지 온기를 내줄 만큼 안락하지만 그렇지 않으면 곧바로 철벽을 칠 만큼 폐쇄적인 마음. 그 매끈하게 닫힌 문이 다시 미애의 앞에 열리기는 아마 쉽지 않을 것이다.

6

형태학이 우리에게 외부 환경의 압력에 따라 모든 생명체의 외형이 결정된다는 사실을 알려준다면, 김혜진의 소설은 마음의 형태 역시 그 압력에 대응하기 위해 유동적으로 변형되며 형성되어간다는 사실을 보여준다. 모든 형태의 안정성은 외부와 접촉하는 정도, 외부 압력에 노출되는 정도에 따라 결정되고, 형태는 이와 같은 마찰과 압력을 회피하고 이에 저항함으로써 구축된다. 그런 의미에서 집만 '과정으로서의 집'이 아니라 마음 역시 '과정으로서의 마음'이라 할 수 있을 것이다. 흔히 마음이 유년시절에 빚어진다고 믿는 사람들은 아이들의 마음이 유연하게 변형되는 이유가 아이들이 상시적인 압력에 눌려 있기 때문이라는 사실을 잊고 있다. 실은 아이들 역시 외부와 접촉하지 않으면 마찰도 변형도 일어날 이유가 없다. 철문을 닫으면 미애로부터 완벽히 차단될 수 있는 선우에게 굳이 마음을 바꿀 이유가 없는 것처럼.

그러니 세입자들의 "시시콜콜한 사정"도, "고급 차를 주시하는 사람들의 시선도, 주차 공간을 찾아 헤매는 일도"(「산무동 320-1번지」, p. 162) 모두 불편하여 건물 관리를 호수 엄마에게 맡겨버린 장 선생에게도 마음을 바꿀 만한 일은 생기지 않는다. 마음이 변하는 건 건물주 대신 빌라촌의 경사지고 구불거리는 길을 오르내리며 월세를 독촉하고 다니는 호수 엄마에게나 생기는 일이다. 어쩌다 데려온 새끼 고양이 호수를 "보름만 맡아야지, 한 달만 맡아야지, 하다가 1년이 지"(p. 160)나버린 것처럼, 밀린 월세를 받으러 갔다가 어머니가 돌아가셨다는 세입자의 말에 도리어 조의금을 건넬 수밖에 없는 것처럼. 그렇게까지 할 필요 있느냐고 남편은 묻지만, 그건 필요의 문제가 아니라 마음의 문제다. "그냥 가려니 마음이 그렇네"(p. 170). 그러니 어찌할 수 없다. 마음이 변하는 일만큼은.

물론, 마음이 아름답게만 변하는 건 결코 아니다. 현지는 경미한 버스 사고 이후 몇 주째 병원에 입원해 있는 할머니를 보험 사기꾼 취급하는 버스 기사 아내의 말에 "저희 할머니 그런 분 아니에요"(「자전거와 세계」, p. 192)라고 반박하지만, 퇴원하는 날 할머니가 지금 집보다 넓은 집으로 이사 가는 데 보태라며 준 합의금을 봉투째 건네받는다. 현지는 당황한다. 할머니는 현지의 생각과 달리 '그런 사람'이었나. 아니면 원래 '그런 사람'은 아니었지만 '그런 사람'이 되어버렸나. 아니, 애당초 '그런 사람'은 어떤 사람인가. '그런 사람'은 정해져 있나. 아프지도 않으면서 병원에 누워 다른 사람의 돈을 챙긴 사람이 '그런 사람'인가, 수치심을 견뎌서라도 좁은 집에 사는 손녀에게 목돈을 주고 싶은 사람이 '그런 사람'인가, 화를 내면서도 못 이기는 척 그 돈을 받은 현지야말로 '그런 사람'인가. 예상치 못한 사고와 돈 봉투 앞에서 모든 것은 유동적이다. 분명한 것은 앞으로도 현지가 "고르지도 편편하지도 않고, 피해야 하고 조심해야 하는 것들은 끝도 없이 나타"(p. 202)나는 길에서 서툰 솜씨로 자전거를 타는 삶을 살아가야 한다면, '그런 사람'과 아닌 사람을 가르기는 어려우리라는 사실, 그 자신 역시 '그런 사람'인지 아닌지 미리 정해지지 않았다는 사실뿐이다.

그러니 다른 사람들이 나에게 무해한 사람이길 바라는 것은 언뜻 정당해 보이지만 실은 잔인한 요구이기 십상이다. 스스로 무해한 사람이 되어야 한다고 믿고 노력하는 것 역시 윤리적으로 엄결해 보이지만 유폐의 방식으로 자신을 보호하는 일이기 쉽다. 어쩌면 문제는 마찰과 그로 인한 압력을 유해한 것으로 감각하는 것에서, 사람들은 결코 서로에게 무해할 수 없다는 진실을 받아들이지 못하는 것에서 유래할지도 모른다. 튼튼한 문이 달린 안온한 '집'에서 사는 자가 연루되지 않고서는 살아갈 방법이 없는 사람들을 향해 무해함을 요구하는 것은 그들의 사회적 삶을 거둬들이길 종용하는 것과 크게 다르지 않다.

그렇다고 타자를 위해 충돌의 고통쯤은 감수하라는 윤리적인 당부를 하는 것은 아니다. 나는 오히려 반대의 말을 하고 싶다.

그 순간, 그녀의 집은 잿빛 담벼락 너머에 자리한 수많은 주택 중 하나가 아니다. 오랜 세월, 권태와 지루함을 견디며 낡아가는 그렇고 그런 주택도 아니다. 그 집엔 서로를 향한 두 사람의 순수한 애정과 진실한 마음이 머물러 있다. 이 순간, 그녀의 집은 특별하고 유일한 장소다. 매일 새로운 서사가 탄생하고 무궁무진한 가능성이 움트는 공간이다. (「사랑하는 미래」, p. 227)

그런 게 가능할 리 없다고 생각하면서도 인선은 웃어 보였다. 어떤 기분 좋은 상상들이 신기루처럼 잠깐 떠올랐다가 사라졌다. (「축복을 비는 마음」, p. 269)

철저히 예측 가능한 범주 안에서 일상을 보내던 주인이 마크를 만난 후 "텅 비고 적막한 공간"(「사랑하는 미래」, p. 232) 대신 "짐작할 수 없고, 도달할 수 없는 미래에 속한"(p. 238) 장소를 얻은 것처럼, "뭔가를 더 알게 되는 게 불편"(「축복을 비는 마음」, p. 258)하여 눈과 귀를 닫고 살던 인선이 경옥의 낯선 말을 듣고서야 바로 그런 말을 "자신이 내내 기다리고 있었다는 것을"(p. 251) 깨닫게 되는 것처럼, 현재에 구속된 우리가 미래를 만날 수 있는 유일한 방법은 기꺼이 충돌을 감행하는 것이다. 혹은 적어도 마찰을 차단하지 않는 것이다. 그리하여 무해함보다 유해함이, 차단보다 충돌이 우리에게 훨씬 자연스러운 삶의 방식이라는 걸 믿어보는 일이다.

*

　자신이 가난하다고 주장하는 사람들은 과거 어느 시절보다 많아졌지만,[4] 실제 우리 시대의 가난은 점점 은폐되고 비가시화된다. 가난이 판자촌처럼 연결되고 드러나 있던 과거[5]와 달리, 지금 우리 사회에서 가난이란 '기초생활수급' 여부로 규정되고 통치의 대상으로 개별화되어 "'우리의 삶'에서 '저들의 문제'로 고립되"어버렸다.[6] 최근 문학작품에서 가난이 인물의 정체성이나 배경처럼 고정된 설정값으로 등장하는 경우가 대부분인 까닭은 아마도 이와 같은 상황에서 연유할 것이다. 그런 의미에서 김혜진의 소설은 놀라운 데가 있다. 노숙인의 사랑과 '집'의 (불)가능성을 다룬 『중앙역』(문학동네, 2020; 초판 2014)에서부터 이 소설집에 이르기까지, 가난을 박제화하거나 소비하지 않고 "부단한 과정"이자 "고된 분투"[7]로서 재현하는 일은 결

4　"2019년 20~60대 시민 5027명을 대상으로 벌인 설문조사에서 응답자 절반 이상이 "나는 가난하다"고 답했는데, 이 중 연봉 6000만 원 이상이 11.35퍼센트, 자가 소유자가 51.85퍼센트, 대학 졸업자가 64.69퍼센트에 달했다"(조문영, 「고인 가난」, 같은 책, p. 24).

5　김수현, 「가난한 집의 역사」, 『가난이 사는 집―판자촌의 삶과 죽음』, 오월의봄, 2022, p. 183.

6　조문영, 「고인 가난」, 같은 책, p. 27.

7　조문영, 「노동의 무게」, 같은 책, p. 144.

코 쉽지 않은 것이다. 비평가 김현의 말처럼, 사람들을 가난으로부터 구하진 못해도 그 가난을 추문으로 만들 순 있는 것이 문학의 여전한 미덕이다. 그러나 이제 그것만큼 중요해진 것은, 가난을 추문으로 만드느라 가난한 사람들까지 추문 속에 빠뜨리지 않도록 하는 일, 그들의 삶에 추문 대신 '미래'와 '축복'을 선사하는 일이다. 그리고 충분히 사려 깊은 소설가는 이미 정확히 그런 방식으로 소설을 쓰고 있다.

이 책에 실린 소설은 모두 집에 관한 이야기다.

그러나 소설 안에서 집 자체를 묘사하거나 집에 온전히 집중하는 장면은 드물다. 오히려 그 집에 거주하는 사람들, 그들이 마주하는 시간, 집을 중심으로 확장되고 변화되는 관계 등이 훨씬 구체적으로 다뤄진다. 어쩌면 집과는 무관해 보이는 그런 것들을 통해서만 겨우 집이라는 공간을 설명할 수 있었던 건지도 모르겠다. 그렇게 보면 이 책은 집에 관한 이야기라기보다는 집을 둘러싸고 있는 어떤 마음들에 대한 이야기가 아닐까 하는 생각도 든다.

이 책을 통해 각자가 간직한 유일하고도 개별적인 집을 한번쯤 떠올릴 수 있다면 기쁠 것 같다. 어떤 시절에 내가 머물렀던 집들은 나를 위로하고 격려하고 단련시키며 기꺼이 나의 일부가 되었다는 생각을 종종 한다.

귀한 글을 주신 이소 평론가에게 고마운 마음을 전한다. 원고의 빈틈을 짚어주고 부족한 부분을 채워준 방원경 편집자와 문학과지성사 편집부에도 진심으로 감사하다는 인사를 드린다.

2023년 가을
김혜진

수록 작품 발표 지면

미애 『황해문화』 2021년 봄호

20세기 아이 『대산문화』 2022년 여름호

목화맨션 『에픽』 2020년 10/11/12월호

이남터미널 〈문장웹진〉 2019년 12월호

산무동 320-1번지 리디셀렉트 전자책 2019. 10. 11.

자전거와 세계 『현대문학』 2022년 9월호

사랑하는 미래 『문학사상』 2022년 9월호

축복을 비는 마음 『창작과비평』 2022년 여름호